수정마개

아르센 뤼팽 걸작선 5
수정마개

지은이 **모리스 르블랑**
옮긴이 **붉은 여우**
펴낸이 **안용백**
펴낸곳 **(주)넥서스**

초판 1쇄 인쇄 2012년 5월 25일
초판 1쇄 발행 2012년 5월 30일

출판신고 1992년 4월 3일 제311-2002-2호
121-840 서울시 마포구 서교동 394-2
Tel (02)330-5500 Fax (02)330-5555
ISBN 978-89-5994-416 3 14860

저자와 출판사의 허락 없이 내용의 일부를
인용하거나 발췌하는 것을 금합니다.

가격은 뒤표지에 있습니다.
잘못 만들어진 책은 구입처에서 바꾸어 드립니다.

www.nexusbook.com
지식의 숲은 (주)넥서스의 인문교양 브랜드입니다.

아르센 뤼팽 걸작선
5

ARSÈNE LUPIN

수정마개

모리스 르블랑 지음 | 붉은 여우 옮김

지식의숲

| 작품을 읽기 전에 |

아르센 뤼팽 & 모리스 르블랑

추리소설이 영국과 미국에서 크게 발전한 것은 단편의 창시자 에드거 앨런 포, 장편을 발전시킨 윌키 콜린스와 찰스 디킨스, 그리고 이 장르의 완성자 아서 코난 도일, 계승자 G. K. 체스터턴, 에드먼드 벤틀리 등의 위대한 작가들이 있었기 때문이다.

장편 추리소설을 최초로 썼다는 영예를 걸머진 프랑스의 에밀 가보리오는 명탐정 르콕을 만들어내긴 했으나 그의 소설은 '선정소설' 굴레에서 벗어나지 못하고 말았다.

그는 당시 프랑스의 대중 통속작가였으므로 신문에 연재하는 가정소설 속에 탐정 장면을 부분적으로 삽입한 격이 되었지만 그의 소설은 결국은 선정적인 통속소설에 불과했다.

그래서 프랑스의 추리소설은 에밀 가보리오의 전통을 지키느라 영미의 추리소설에 비하면 무척 격이 떨어졌다.

시대적으로나 기술적으로 가보리오에 가까운 작가는 포르튀네 뒤 보아고베(Fortune du Boisgobey, 1821-1891)였다.

뒤 보아고베는 가보리오의 충실한 제자였으며 그의 대표작

《르콕의 만년》(La Vieillesse de M. Lecoq, 1876)을 써서 스승이 창조한 르콕 탐정을 재등장시키고 있으나 그에게는 분석 능력과 수사의 흥미가 결여되어 있어서 그도 한낱 선정적 미스터리 작가가 되고 말했다.

프랑스가 세계적으로 이름을 떨치게 되는 미스터리 작가를 낳기 위해서는 20세기에 들어설 때까지 기다려야 했다. 그동안 영국의 추리소설 특히 코난 도일의 셜록 홈즈 모험담이 프랑스 작가들을 자극했을 것이다. 가장 두드러진 두 작가는 모리스 르블랑과 가스통 르루이다.

보알로 나르스자크의 《추리소설》(Roman Policier, 1964)을 보면 "가보리오는 코난 도일에게 영감을 주었다. 그리고 코난 도일은 모리스 르블랑에게 특수한 의미에서 그러했다. 아르센 뤼팽을 창조함에 있어서 모리스 르블랑은 결국 셜록 홈즈와는 모든 점에서 대조적인 주인공을 내세웠다."는 부분이 있다.

모리스 르블랑(Maurice Leblanc, 1864-1941)이 대중잡지 〈Je Sais Tout〉에 괴도신사 아르센 뤼팽을 주인공으로 범죄 모험소설을 쓰기 시작한 것은 1906년이다.

첫 단편 〈체포된 뤼팽〉(L'arrestation d'Arsène Lupin)가 독자의 호평을 받자 이어서 〈감옥의 아르센 뤼팽〉 등 여덟 편을 추가해 《괴도신사 뤼팽》(Arsène Lupin, Gentleman-Cambrioleur)이라는 제목으로 1907년에 출판되었다.

르블랑은 코난 도일에게 대항하여 셜록 홈즈와 맞서는 아르센 뤼팽을 내세웠을 텐데 이러한 대항의식은 마지막 단편 〈한 발 늦은 셜록 홈즈〉(Sherlock Holmes arrive trop tard)에 노골적으로 나타나 있다. 장 폴 사르트르는 《말》(Mots, 1986)에서 "나는 아르센 뤼팽을 숭배한다. 헤라클레스와 같은 완력, 교활한 용기, 프랑스적 지성이……" 하고 말하는 것을 보면 오늘날 셜록 홈즈가 영미의 아니 전 세계 독자들에게 주는 이미지와 같은 이미지를 뤼팽은 당시의 프랑스 독자에게 그리고 전 세계 독자에게 주었을 것이다.

셜록 홈즈가 추리의 천재, 진실의 사도, 정의의 화신이라고 한다면 뤼팽은 강도이며, 멋쟁이 신사이며, 협객이며 경찰관이며 탐정이기도 하다. 홈즈가 이상적 영국인이라면 뤼팽은 전형적인 프랑스인이다.

《괴도신사 뤼팽》의 마지막 단편 〈한 발 늦은 셜록 홈즈〉에서 뤼팽은 홈즈의 시계를 훔쳤다가 돌려준다. 뤼팽은 소매치기의 명수이기도 하지만 신사강도로서는 좀 장난꾸러기 같은 인물이다. 그리고 드반이 폭소를 터뜨리는 것도 일부러 초대한 명탐정에 대한 에티켓으로는 조금 야비(?)하다.

코난 도일이 그가 창조한 명탐정이 아르센 뤼팽과 같은 신사강도에게 조롱당하는 것을 참지 못하여 모리스 르블랑에게 항의를 했다고 한다.

르블랑은 셜록 홈즈를 헐록 숌즈(Herlock Sholmes)로, 왓슨(Watson)을 윌슨(Wilson)으로 바꾸고 있을 뿐이다. 그래서 두 번째 단편집도 《아르센 뤼팽 대 셜록 홈즈》(Arsène Lupin contre Herlock Sholmes, 1908)로 되어 있고 〈한 발 늦은 셜록 홈즈〉도 그렇게 고치고 있다. 그러나 여기서는 셜록 홈즈로 부르기로 한다.

뤼팽은 장편 《수정마개》(Le Bouchon de Cristal,1910), 《기암성》(L'aiquille-creuse, 1912), 《813의 수수께끼》(813, 1923), 단편집 《시계 종이 여덟 번 울릴 때》(Les huits coups de l'horloge, 1913), 〈뤼팽의 고백〉(Les Confidences d'Arsène Lupin, 1913), 〈바네트 탐정사〉(L'Aqence Barnett, 1927) 등 20여 권에서 활약한다.

아르센 뤼팽은 완력이나 배짱이나 두뇌가 슈퍼맨에 속한다. 그는 만능선수이다. 그에게는 왓슨 역이 없다. 부하는 있으나 도구에 불과하다. 다만 도덕성과 정의감이 부족한 것이 흠이랄까. 그러나 강도라도 '신사'가 붙어 있으며 때로는 경찰부장을 지내며 자신의 체포 명령을 내리기도 한다. 추리력도 대단하다. 종횡무진이며 신출귀몰한다. 그도 홈즈처럼 신화적 존재가 되었다. 그는 셜록 홈즈와 더불어 우리들의 청소년기뿐만 아니라 평생의 영웅이 된 것이다.

차례

작품을 읽기 전에	4
체포	10
9 - 8 = 1	37
도브레크의 사생활	61
적의 두목	88
27인의 명단	110
사형선고	139
나폴레옹의 반면상(半面像)	170
연인들의 탑	194
어둠 속에서	217
달지 않은 샴페인	243
로레인의 십자가	264
단두대	295
최후의 대결	314

체포

어둠이 짙게 드리워진 조그마한 부두. 두 척의 보트가 잔잔한 파도에 일렁이고 있었다. 창문을 비어져 나온 불빛들이 호숫가의 짙은 안개 사이로 언뜻언뜻 비쳤다. 도박 시즌이 끝난 9월 말, 호수 저편의 앙장 카지노는 휘황한 불빛으로 화려했다.

구름이 흐르면서 별들이 모습을 드러냈다. 때를 맞춰 불어온 미풍이 수면 위를 스치자 잔물결이 일었다.

조그마한 정자 안에서 담배를 피우던 아르센 뤼팽이 자리에서 일어나 부두 끝으로 걸어갔다. 수면 위로 허리를 약간 구부리고는,

"그로냐르? 르발류? 거기에 있나?"

하고 소리쳤다. 기다렸다는 듯이 두 척의 보트에서 두 명의 사내가 모습을 드러냈다.

"네, 있습니다!"

"준비해. 자동차 소리가 나는 걸 보니 질베르와 보슈레가 돌아온 모양이야."

뤼팽은 정원을 가로질러 집으로 갔다. 집은 공사 중이었다. 머리 위쪽으로 만들어진 안전판을 힐끔 쳐다보곤 생 튀르 가로 통하는 문을 조심스럽게 열었다. 약속이나 한 듯 자동차의 헤드라이트 불빛이 문 안으로 흘러들었다. 멈춰 선 자동차에서 곧바로 두 사내가 내렸다. 외투 깃을 바짝 세우고 챙모자를 깊숙이 눌러쓴 두 사내…… 질베르와 보슈레였다. 질베르는 스물한두 살 가량으로 단단해 보이는 근육과 매력적인 외모를 지녔다. 반면 보슈레는 작은 키에 곱슬머리, 게다가 창백한 얼굴 탓에 행여 병이라도 걸린 게 아닌가 싶었다.

"어찌 됐나? 국회의원은 봤나?"

"네. 예상대로 그는 7시 40분 파리 행 기차에 올랐습니다."

아르센 뤼팽의 질문에 질베르가 대답했다.

"그렇군. 그렇다면 이제 마음껏 일을 벌여도 괜찮다는 의미인가?"

"물론입니다. 마리 테레즈 별장은 이제 우리 손바닥 안에 있는 것이나 마찬가지입니다."

뤼팽이 운전석에 앉아 있는 사내에게 즉각 명령을 내렸다.

"남의 눈에 띌 수도 있으니 여기서 기다릴 필요 없어. 돌아갔다가 9시 30분에 다시 이곳으로 오게. 그때 짐을 실을 거야. 별다른 일이 생기지 않는다면 말이야."

"별다른 일이라뇨?"

질베르가 이렇게 묻는 사이, 시동을 컨 자동차가 어딘가를 향해 출발했다. 뤼팽은 자동차를 힐끔 쳐다보곤 호숫가 쪽으로 느릿하게 발걸음을 옮겼다. 두 사내 역시 그의 뒤를 따랐다.

"오늘 밤에 벌어질 일은 내가 계획한 게 아니야. 내가 직접 계획하지 않았다면 반밖에 믿을 수 없어."

"농담하시는 거죠? 두목과 한솥밥을 먹은 지 벌써 3년입니다. 저도 알 만큼은 안다고요."

"그야 그렇겠지. 허나 뭔가를 좀 안다고 싶을 때가 실은 가장 위험한 시기인 거야. 실수란 건 항시 그때쯤 터지기 마련이지. 왠지 걱정이 앞서는군. 아무튼…… 보트에 오르게. 보슈레, 자넨 저쪽 보트에 타고. ……됐어. 자, 출발하지. 되도록 은밀하게 노를 젓도록 하게."

그로냐르와 르발류는 카지노 왼쪽 편 제방을 향하여 곧장 보트를 저어갔다. 가는 중에 젊은 남녀가 타고 있는 보트 한 척을 만났다. 그들은 서로 껴안은 채 밀어를 속삭이고 있었고, 배는 흔들리는 파도에 맡겨둔 채였다. 조금 더 보트를 저어갔을 때 한패의 젊은이들이 탄 보트를 또 만날 수 있었다. 그들은 목청껏 노래를 불러대고 있었다. 그 이외에 더 이상 마주친 보트는 없었다.

뤼팽이 질베르에게 나지막한 목소리로 물었다.

"오늘 밤 일은 누가 계획했지? 네가 아니라면 보슈레겠지?"

"누구라고 꼬집어 말할 수는 없습니다. 몇 주 동안 둘이 머리를 맞대고 의논을 했으니까요."

"그렇군. 문제는⋯⋯ 저 보슈레란 놈을 선뜻 믿을 수 없다는 것이야. 보슈레는 그리 질이 좋지 않아. 제 속내를 절대로 드러내지 않는 녀석이야. 진작 내쳤어야 했는데⋯⋯ 후회돼."

"정말로 그렇게 생각하시는 겁니까?"

"그래 솔직하게 얘기한 거야. 보슈레는 위험한 인물이야."

잠시 침묵하던 뤼팽이 다시금 말을 이었다.

"외출하는 도브레크 의원을 분명하게 본 건가?"

"예. 제 두 눈으로 분명 보았습니다."

"파리에서 약속이 있다고 했나?"

"연극을 관람하기 위해 극장으로 가는 것입니다."

"그래도 앙장 별장엔 하인들이 남아 있을 텐데?"

"요리사는 귀가했고, 도브레크가 가장 신뢰하는 하인 레오나르라는 자 역시 주인을 배웅하기 위해 파리로 갔습니다. 아마도 새벽 1시 전까지는 돌아오지 않을 겁니다. 문제는⋯⋯."

"문제는?"

"뭐랄까⋯⋯ 도브레크의 변덕을 계산에 넣기가 매우 어렵다는 것입니다. 마음이 변해 갑자기 집으로 돌아올 가능성도 전혀 배제할 수 없습니다. 그러니 모든 걸 한 시간 내로 해치워야 합니다."

"오늘 밤의 실행을 결정한 건 언제였지?"

"오늘 아침입니다. 보슈레와 저는 도브레크가 집을 비우는 오늘 밤을 절호의 기회로 판단했습니다. 우리가 조금 전까지 머물렀던 저 신축 건물은 숨기에 아주 적당한 장소였습니다. 밤에 다른 사람의 눈에 노출될 염려가 조금도 없었으니까요. 전 동료 두 사람에게 보트를 구하게 한 뒤 두목에게 연락을 취한 겁니다."

"열쇠는 가지고 있나?"

"대문 열쇠만 갖고 있습니다."

"그러니까, 우리가 목표로 한 곳이 저기 저 공원 안에 있는 별장이란 말이지?"

"그렇습니다. 흔히 마리 테레즈 별장이라고 부릅니다. 양쪽으로 늘어선 다른 별장들은 며칠 전부터 이미 비어 있는 상태입니다. 모든 조건이 아주 좋습니다. 그동안 무척 공을 들였었는데, 오늘 밤 그 보상을 받을 수 있을 것 같습니다."

"그런가? 허나 말이야, 일이 너무 간단하게 끝나버리면 그만큼 성취감도 떨어지는 법이지."

뤼팽은 무언지 불만족스럽다는 듯이 중얼거렸다.

보트는 작은 샛강에 가 닿았다. 그들은 썩어 무 져내릴 듯한 지붕 아래를 통과해 돌층계를 대여섯 개 올라갔다. 물건을 남모르게 실어내기에는 적당한 곳이었다.

뤼팽이 돌연 걸음을 멈추었다.

"별장에 사람이 있는 것 같은데…… 보라고, 저 불빛……!"

"저건 가스등입니다. 보세요, 움직이지 않습니다."

그로냐르는 보트 곁에 남아 망을 보기로 했고, 르발류는 생튀르 가 쪽으로 나 있는 문을 지키기로 했다.

뤼팽과 두 부하는 어둠을 타고 문 앞에 이르렀다. 앞장선 질베르가 큰 문 열쇠를 꽂은 다음 빗장을 뺐다. 문이 열리고, 세 사람은 소리를 죽인 채 안으로 스며들었다. 질베르가 말했던 것처럼 응접실을 환하게 밝힌 것은 가스등이었다.

"두목이 보았던 불빛은 바로 이겁니다."

"그래, 그런 것 같긴 한데, 내 생각으론 밖에서 보았던 불빛은 이곳에서 새어나오지 않았었어."

뤼팽은 목소리를 낮춰 말했다.

"설마 그럴 리가요? 그럼 대체 어디서 불빛이 새어나왔다는 것이죠?"

"그건 잘 모르겠네. ……그건 그렇고 응접실치곤 조금 초라해 보이는군."

"여긴 응접실이 아닙니다, 두목." 질베르는 뤼팽하곤 달리 큰 목소리로 대답했다. "지독하게 조심성이 많은 인간이 도브레크입니다. 그는 거의 모든 귀중품을 자기 방과 그 옆방에 모아놓고 있습니다."

"계단이 안 보이는군."

"오른쪽 커튼 뒤로 있습니다."

커튼 쪽으로 다가간 뤼팽이 그것을 홱 잡아 젖혔다. 그 순간 왼으로 네 발짝쯤 되는 곳의 문이 갑자기 벌컥 열리더니 한 남자가 튀어나왔다. 남자는 핏기라곤 전혀 없는 창백한 얼굴로, "사람 살려! 살인이다!"라고 소리치며 도망쳤다.

"앗, 도브레크의 하인 레오나르다!"

질베르가 소리쳤다.

"저놈을 잡아야 돼! 놓치면 일이 엉망이 돼!"

보슈레가 뒤이어 소리쳤다.

"젠장. 대체 일이 왜 이리 엉뚱하게 꼬이는 건가, 보슈레?"

뤼팽이 소리치며 급히 하인의 뒤를 쫓았다.

뤼팽은 식당으로 뛰어들어갔다. 사람은 보이지 않는데 램프는 환하게 밝혀져 있었다. 그곳의 식탁에는 요리접시와 술병들이 널브러져 있었다. 레오나르는 식료품 저장실 뒤쪽 창을 열고 도망치고자 애를 쓰는 중이었다. 허나 뜻대로 되지 않아서인지 몹시 허둥대고 있었다.

"꼼짝 말고 거기 서!"

레오나르의 발이 창틀에서 미끄러지면서 그의 몸이 마룻바닥으로 떨어졌다. 그러나 뤼팽은 그에게 다가가지 못하고 재빨리 몸을 피해야 했다. 레오나르의 손에 권총이 들려 있었고, 그것을 발견했다고 생각한 순간 세 발의 총성이 허공을 울렸다. 그러나 레오나르의 반항은 그것으로 끝이었다. 민첩한 동작으로 바짝 다가선 뤼팽이 레오나르에게 발을 걸어 넘어뜨렸다. 이후의 뤼팽의 동작은 이전보다도 훨씬 빨랐다. 상대방의 무기를 빼앗는가 싶었는데 어느새 뤼팽의 손이 레오나르의 목덜미를 힘껏 움켜쥐고 있었다.

"빌어먹을. 하마터면 총에 맞을 뻔했군. ……보슈레, 이자를 묶어라! 감히 내게 총을 쏘다니, 어디 얼굴이나 봐야겠군."

그는 손전등을 하인의 얼굴에 들이댔다. 레오나르의 얼굴은 공포로 일그러졌고, 관자놀이에서는 연신 땀이 흘러내리고 있었다.

"변변치 못한 자로군. 적어도 도브레크 의원의 하인이라면 이래서는 안 될 것 같은데? 경고하는데, 앞으로는 함부로 총을 쏘지 말라고…… 보슈레, 다 묶었나?"

"염려 마십시오, 두목."

질베르가 대신 대꾸했다.

"총소리가 밖으로 새어나갔을 텐데, 걱정이군……."

"신경 쓰지 않으셔도 괜찮을 겁니다."

"까짓, 아무래도 좋다! 서둘러 일을 끝내도록! 보슈레, 램프를 가지고 2층으로 올라가자!"

질베르와 뤼팽이 앞장서서 2층으로 올라갔다.

"못난 녀석들…… 너희들이 캐낸 정보란 게 고작 이 정도였다니, 무척 실망스럽군. 이래서 내가 너희들을 믿지 못하는 것이다!"

"입이 열 개라도 할 말은 없습니다만, 하인 녀석이 이리 일찍 돌아올 줄은 정말이지 꿈에도 몰랐습니다."

"무엇인가를 목표로 정했다면, 모든 것을 빠짐없이 체크했어야 했어. 너하고 보슈레는 아무튼 좀더 치밀했어야 해. 멍청이들!"

뤼팽의 노기는 대단한 것이었으나 방 안에 있는 물건들을 둘러본 뒤에는 다소 누그러졌다. 방 안의 물건들은 하나같이 호사가들이 탐낼 만한 것들이었다. 거장 오베이유쏭의 의자, 명공(名工) 베르셰 퐁떼느의 책상, 프라고나르의 걸작 등등. 이중 프라고나르의 나체 조각은 비록 가짜라곤 해도 굉장히 멋있는 걸작이었다. 하여튼 어림잡아도 수만 프랑의 값어치는 나갈 값진 물건들이었다. 매우 만족한 얼굴의 뤼팽은 한동안 넋을 놓고 물건들을 바라보았다.

뤼팽의 지시에 따라 질베르와 보슈레는 민첩하게 움직였다. 크고 작은 물건들이 채 30분도 안 되어 보트를 가득 채웠다. 그로냐르와 르발류는 그것들을 공사 중인 건물 앞에 대기하고 있는 자동차에 옮겨 싣는 역할을 맡았다.

그로냐르와 르발류가 탄 보트가 출발하는 것을 보고 난 후 뤼팽은 다시 별장으로 돌아왔다. 현관 앞을 지나치는데 식품 저장소 쪽에서 사람의 고함소리 같은 소리가 들려왔다. 뤼팽은 즉시 그곳으로 달려갔다. 꽁꽁 묶인 레오나르가 마룻바닥 위에서 소리를 질러대며 몸부림을 치고 있었다.

"이봐, 하인 양반. 우리 일은 곧 끝날 걸세. 그러니 너무 안달하지 말고 얌전히 있도록 하게나. 만일 내 말을 듣지 않고 계속 밋대로 군다면, 사실 나도 이런 짓은 원하진 않지만 자네를 강제적으로 조용하게 만들밖에 달리 방법이 없네. 무슨 뜻인지 알겠지?"

엄중한 경고를 늘어놓은 뒤 뤼팽은 2층으로 향했다. 하지만 계단을 채 밟기도 전에 그의 등뒤로 사람의 목소리가 들려왔다. 그 소리가 누구의 것인지는 확인하지 않아도 자명한 일이었다.

"사람 살려! 살인이다! 누구 없어요! 제발 부탁이니 경찰에 연락 좀 해주세요!"

"말귀를 못 알아듣는 자로군."

뤼팽이 중얼거렸다.

"지금 경찰을 불러봤자 아무런 소용이 없다는 걸 도무지 이해하지 못하는 작자로군. 못난 자 같으니라고……."

뤼팽은 하인에겐 아랑곳하지 않고 곧장 2층으로 올라갔다. 당장은 물건을 운반하는 일이 가장 급했다. 물건을 옮기는 일은 예상외로 시간이 많이 걸렸다. 운반해내면 낼수록 또 다른 귀한 물건들이 쏟아져 나왔다. 이유가 있었다. 보슈레와 질베르는 필요 이상으로 샅샅이 이곳저곳을 뒤지고 있었다.

뤼팽은 두 사람에게 경고의 메시지를 던졌다.

"그쯤 해둬라. 욕심이 난다고 모조리 다 가져갈 수는 없는 노릇이다. 자, 밖에서 초조하게 기다리고 있는 사람도 있으니 그만하고 어서 보트에 오르도록 해."

이렇게 말하곤 뤼팽이 층계를 내려가려고 했다. 그때 느닷없이 질베르가 뤼팽의 소매를 붙잡고 늘어졌다.

"두목, 딱 한 번만 더 찾아보게 해주세요! 오 분이면…… 오 분이면 되니 제발 딱 한 번만요!"

"대체 뭘 찾겠다는 건가? 어지간히 챙겼으니 이제 그쯤 해둬."

"실은…… 소문으로 듣기에 아주 오래된 유물함이 있다고 합니다. 기막히게 좋은 물건이 그 안에 있답니다."

"이미 운반한 물건 중에도 기막힌 물건은 수두룩해. 더 이상 욕심내지 말고 어서 보트로 가도록 해!"

"아닙니다. 그 물건은 다릅니다. 반드시 그걸 찾아야 합니다. 방금 떠올랐는데…… 식품 저장소…… 거기에 커다란 찬장이 있었어요! 제발, 거기를 한 번 뒤져볼 수 있게 허락해 주세요!"

뤼팽의 허락이 떨어지지도 않았는데 질베르는 이미 현관 쪽으로 달려가고 있었다. 보슈레 역시 그의 뒤를 쫓아 뛰어갔다.

"정확히 십 분이다! 그 이상은 기다리지 않아! 십 분을 넘겼다간 둘 모두 버리고 가겠어!"

뤼팽이 그들의 뒤통수에 대고 소리쳤다.

시간은 흘러 십 분이 지났는데도 두 사람은 좀처럼 돌아오지 않았다. 뤼팽이 시계를 확인했다.

"9시 15분인데…… 이놈들이 대체 무슨 생각을 하고 있는 거야?"

이렇게 중얼거리던 뤼팽은, 물건을 운반할 때부터 보슈레와 질베르의 태도가 왠지 모르게 미심쩍었다는 것을 기억해냈다. 아무래도 두 사람은 무슨 꿍꿍이속이 있는 것 같았다. 돌연 뤼팽은 까닭없이 불안해졌고, 자신도 모르게 두서너 발짝 뒷걸음질을 쳤다. 바로 그 순간이었다. 앙장 호수 쪽으로부터 사람의 발자국 소리가 들려왔다. 한 명도 아닌 여러 명이 우르르 몰려드는 소리! 게다가 발자국은 정확히 이쪽을 향하고 있었다. 누구지? 본능적으로 두려움을 느낀 뤼팽이 힘껏 휘파람을 불었다. 위급한 경우 부하들에게 보내는 그만의 신호였다. 그런 후 뤼팽은 바깥동정을 살피고자 큰길이 내다보이는 철문 쪽으로 달려갔다. 뤼팽이 철문 문고리에 막 손을 대는 순간, 느닷없이 집안으로부터 한 발의 총성이 울렸다. 총성에 뒤이어 밤의 장막을 찢는 듯한 비명소리도 들려왔다. 뤼팽은 민첩하게 움직였다. 발길을 되돌려 식당으로 뛰어들며 냅다 호통을 쳤다.

"이런 멍청한 녀석들 같으니라고! 뭘 꾸물거리는 거야, 어서 움직여!"

그런데 눈앞의 상황이 전혀 뜻밖이었다. 이상했다. 다른 사람도 아닌 질베르와 보슈레가 서로 엉킨 채 필사의 격투를 벌이고 있었다. 그들의 옷은 이미 피투성이였다. 아무튼 상황이 상황인지라 뤼팽은 달려들어 두 사람의 싸움을 뜯어말리고자 했다. 그런데 그 순간 질베르가 보슈레의 몸을 바닥으로 쓰러뜨렸고, 보슈레의 손아귀에 들려 있던 그 무엇인가가 질베르에게로 넘어갔다. 보슈레는 어깨에 심한 상처를 입었던 터라 그대로 기절해 버리고 말았다.

"대체 무슨 짓들인가! 누가 보슈레의 어깨를 이 모양으로 만든 거야? 질베르 너냐?"

격분한 뤼팽이 질베르를 다그쳤다.

"아닙니다. 하인의 짓입니다."

"뭐야, 레오나르! 그놈은 꽁꽁 묶였잖아?"

"줄을 풀고 권총으로 우릴 쏘았습니다. 재수가 없었는지 보슈레가 총탄에 맞았습니다."

"하인은 어디에 있나?"

물어보고 말 것도 없었다. 뤼팽은 램프를 들고 식품 저장소로 향했다.

하인은 사지를 큰 대 자로 쭉 뻗고서 천장을 향해 드러누워 있었다. 끔찍하게도 목에 비수가 꽂혔다. 얼굴은 납빛이었고, 입에서 흘러나온 한 줄기 피는 턱을 타고 바닥으로 흘러내렸다.

화들짝 놀란 뤼팽이 하인을 살폈다.

뤼팽이 길게 한숨을 내뱉었다.

"이런! 죽어버렸어!"

"저, 정말입니까?"

"그래, 확실하다. 맥박이 전혀 뛰질 않고 있어."

"보슈레 녀석이…… 하인의 목을 찔렀어요."

당황한 질베르는 어쩔 줄을 몰라 했다.

뤼팽이 돌연 질베르의 멱살을 부여잡고 소리쳤다.

"보슈레가 한 짓이라고? 그럼, 그 동안 네 녀석은 무엇을 하고 있었지? ……못난 녀석들! 봐라, 저 시뻘건 피를…… 난 피가 싫어. 사람을 죽이지 않는다는 것이 내 철칙이란 것을 설마 모르진 않겠지? 너희들로 하여 나 역시 사람을 죽인 공범이 되어버렸다. 어리석은 녀석들, 시퍼런 단두대의 칼날이 두렵지 않았단 말인가?"

하인의 죽음에 자극을 받았는지 뤼팽의 분노는 사그라들 기미를 보이지 않았다. 오히려 질베르의 멱살을 잡은 그의 두 손에 더욱 힘이 가해졌다.

"왜지? 보슈레가 왜 사람을 죽인 거야?"

"보슈레가 찬장 열쇠를 꺼내려고 하인의 주머니에 손을 집어넣는 순간, 하인이 반항을 했어요. 몸을 묶었던 줄은 이미 다 풀어져 있었고…… 놀란 보슈레가 그만 칼로 하인을 찔렀습니다."

"그렇다면 방금 전에 들린 총소리는 뭐지?"

"그건 이미 말했듯이 하인이 쏜 겁니다. 손에 권총을 들고 있었는데, 죽어가면서 방아쇠를 당긴 겁니다."

"찬장 열쇠는?"

"보슈레가 빼앗았어요."

"찬장은 뒤져보았나?"

"네……."

"찾던 물건은?"

"찾았습니다."

"그래서 두 놈이 서로 그것을 차지하고자 몸싸움을 벌인 것이로군. 유물함은 좀더 클 것이고…… 그 물건이 대체 뭐지? 그 물건을 내놔 봐?"

그러나 질베르는 입을 꾹 다물고 침묵했다. 뤼팽이 위협하듯 말했다.

"나는…… 아르센 뤼팽이다! 버틸 생각 따윈 아예 하지 않는 게 좋을 거야! ……하긴, 지금은 그 따위로 입씨름할 여유가 없겠군. 질베르, 보슈레를 보트까지 메고 가도록 해."

질베르가 보슈레를 들쳐업으려고 몸에 손을 대는 순간,

"쉿! 가만!"

뤼팽이 질베르의 행동을 제지시켰다.

두 사람은 불안한 시선을 주고받았다. 아니나다를까, 수상한 소리가 들려오고 있었다. 상당히 멀찌감치에서 들려오는 듯한 소리는 매우 나직했다. 그러나 피투성이로 쓰러져 죽어 있는 하인 외에는 이런 소리를 낼 사람이 없었다. 그러니 묘할밖에.

때로는 날카롭게, 때로는 숨이 막힐 듯이, 때로는 신음하듯, 때로는 외치는 듯, 때로는 슬프게, 게다가 의미도 모를 외마디 소리까지!

인적인 담력을 지닌 뤼팽이지만 좌르륵 소름을 끼치게 하는 소리에 긴장할 수밖에 없었다. 관 속에서 울려나오는 것 같은 저 소리의 정체는 대체 무엇이란 말인가?

뤼팽은 하인의 주위를 살폈다. 그때에도 소리는 여전히 들려오고 있었다.

"좀더 가까이! 등불을 이쪽으로 가져와!"

뤼팽이 질베르에게 명령했다.

등골이 오싹하고 모골이 송연해지는 일이었으나 수상쩍은 소리는 시체로부터 흘러나오고 있었다. 그건 의심할 여지가 없는 일이었다. 질베르가 쳐든 등불에 비춰 자세히 살펴보아도 얼음장같이 굳어 있는 하인의 얼굴은 살아 있는 사람의 것은 분명 아니었다. 그렇다면 대체 어디서 소리가 흘러나온단 말인가?

"두…두목, 이게 어찌된 일이지요?"

질베르가 공포에 질려 부들부들 몸을 떨었다.

돌연 뤼팽이 소리를 내어 웃음을 터뜨렸다. 그러더니 죽은 하인의 몸을 옆으로 굴렸다. 바닥에 있던 무엇인가가 불빛에 반사되어 번쩍거렸다.

"이제 알겠지? 하하, 바로 이것 때문이었어. 충분히 짐작할 수 있는 일인데도 겁부터 집어먹었던 거로군."

수화기였다. 수화기와 연결된 전화선이 길게 벽을 타고 있었다. 뤼팽은 수화기를 귀에 갖다댔다. 소리가 들려왔다. 누군가를 부르는 다급한 목소리, 여러 명의 사람들이 외치고 떠들어대고 있었다.

……거기 누구 없소? ……대답이 없어! 큰일났다…… 죽었는지도 몰라! 정신차리시오…… 경찰이 출동했소…… 경찰이 출동했단 말이오……!

"젠장!"

뤼팽이 수화기를 내던져버렸다.

까닭 없이 불안했던 느낌이 현실로 드러났다. 뤼팽 일행이 물건을 운반하는 동안 레오나르는 결박을 느슨하게 했고, 전화기 옆까지 굴러가서는 수화기를 입으로 내렸다. 그런 다음 앙장의 전화국에다 구원을 요청했던 것이다.

보트가 떠나는 것을 보고 집 안으로 들어오던 뤼팽이 들었던 소리, '사람 살려! 살인이다!'는 레오나르가 필사적으로 교환국에다 구원을 요청하는 소리였다. 레오나르가 끝까지 말을 잇지 못했기에 교환국 쪽은 떠들썩할 수밖에 없는 상태인 것이다. 아마도 저쪽에서는 굉장한 일이 벌어졌을 것이라 직감했을 것이고, 그리하여 이 의 반응을 파악하기 위해 계속하여 응답을 요구하는 것일 터였다. 그들의 말대로라면 이미 경찰은 이쪽으로 출동했다. 그리고 4, 5분 전 정원 쪽에서 들려왔던 인기척은 바로 경찰들의 소리였음이 틀림없었다.

"경찰이 출동했다! 될 수 있는 한 빨리 이곳을 떠나야 해!"

뤼팽이 앞서서 식당을 빠져나갔다.

"보슈레는 어떡하죠?"

질베르가 물었다.

"가엾지만 어쩔 수 없다."

이때 여전히 기절한 줄로만 알았던 보슈레가 불쑥 끼여들며 소리쳤다.

"두목! 제발 절 버리지 마세요. 제발……!"

뤼팽은 걸음을 멈추었다. 뤼팽의 도움을 받아 질베르가 부상당한 보슈레를 들쳐업었다. 창 밖으로 이미 경찰들이 많이 모여든 것 같았다.

"이를 어쩐다?"

뤼팽이 난감한 듯 표정을 구겼다.

경찰들은 문을 부수고자 작정한 것 같았다. 금방이라도 떨어져 나갈 것처럼 문이 덜컹거렸다. 그는 복도로 난 문을 향해 달려갔다. 그러나 경찰은 이미 집을 포위하고 있는 상태였다. 질베르와 함께라면 호숫가로 도망칠 수 있겠지만 문제는 보슈레였고, 또 뒤에서 쏟아질 총탄을 어떻게 피할 수 있느냐, 호수는 어떻게 건널 것인가가 문제였다.

하는 수 없이 그는 문을 닫고 빗장을 질렀다.

"이미 포위됐어요! 우린 잡힐 겁니다!"

질베르는 잔뜩 겁에 질렸다.

"닥쳐!"

뤼팽이 소리쳤다.

"저것 보세요! 문을 부수고 있어요!"

"그 따위 소린 그만둬! 잠시 아무 말 하지 말고 조용히 있도록 해. 난 생각 좀 해야겠으니까."

이렇게 말한 뒤 뤼팽은 마치 석상처럼 움직이지 않았다. 그의 얼굴빛은 평상시와 다름없이 평안했다. 사태의 추이를 냉철하게 통찰하여 빠져나갈 수 있는 방법을 생각해내는 뤼팽! 위기에 닥쳤을 때 제 실력을 발휘하는 그만의 능력이기도 했다. 뤼팽은 차분하게 하나 둘 셋 넷… 하고 숫자를 세기 시작했다. 초인적인 통찰력과 온몸에서 솟구치는 정력과 빈틈없는 사고와 교묘한 탈출 방법이 홀연히 떠오르기를 바라는 그의 마음은 이미 무념무상의 상태였다. 그러기를 잠시, 뤼팽은 명징한 마음의 거울에 비춰 모든 상황과 현상에 대해 확실하게 파악할 수 있게 되었다.

몇 십 초가 지나고 침착해진 뤼팽이 부하들에게 명령을 내렸다. 이미 그는 경찰의 존재 따윈 생각지 않고 있었다.

"어서 따라와!"

그는 응접실로 들어가 뜰로 향한 창을 열고 밖의 동정을 살펴보았다. 우왕좌왕하면서도 경찰은 안으로 들어올 수 있는 방법을 찾고 있었다. 저 많은 경찰을 뚫고 도망친다는 건 왠지 불가능해 보였다.

갑자기 뤼팽이 목이 터져라 소리를 질렀다.

"여기 있다! 도둑을 잡았다! 도와줘요! 여기야, 여기!"

그와 동시에 총을 꺼내어 정원의 나뭇가지를 향해 두 방을 쏘았다. 그러고는 보슈레의 피로 자기 손과 얼굴을 칠했다.

"아니, 뭘 하시는 겁니까, 두목?"

"내게 좋은 생각이 있다. 넌 잠자코 있어!"

갑자기 뤼팽이 질베르를 바닥에 메다꽂았다.

"두, 두목……?"

"약속하지만, 머지않은 시기에 너희들을 구해주마. ……너희들은 내가 책임져! 그렇지만 그렇게 하려면 우선 내가 자유의 몸이 되어야 해."

총소리가 난 곳으로 경찰들이 모여들었다.

"여기다! 여기!"

뤼팽이 또다시 고함을 질렀다.

"여기다! 범인들을 붙잡았다! 어서 도와줘!"

뤼팽이 질베르에게 나지막한 소리로 말했다.

"조심해라. 그리고…… 내게 말해 줄 것이 있으면 시간이 없으니 되도록 빨리 하도록 해."

뤼팽의 생각을 미처 파악치 못한 질베르는 당황해했다. 부상당한 보슈레는 아무런 저항도 없었다. 몸에 입은 상처 때문에 축 늘어진 보슈레가 자포자기했는지 이렇게 말했다.

"이봐…… 두목에게 맡겨 둬. ……어쨌든 두목을 빠져나가게 해야…… 되지 않겠어? 그게…… 급선무잖아?"

뤼팽은 문득 질베르가 보슈레에게서 빼앗았던, 그리하여 주머니에 집어넣었던 '그것'이 생각났다. 뤼팽이 돌연 질베르의 주머니에 손을 집어넣었다. 당연히 주머니에 들어 있을 '그것'을 빼앗기 위함이었다.

"안 돼요! 그것만은 제발……!"

질베르의 저항은 제법 완강했다. 그러나 뤼팽은 질베르의 저항 따윈 무시했다. 이때 창을 통해 안으로 뛰어들려는 두 경관의 모습이 보였다. 질베르는 이내 체념하곤 슬그머니 뤼팽의 손에 '그것'을 넘겨주었다.

"두목, 이건…… 나중에 말씀드리겠습니다. 두목이라면 틀림없이……."

채 말이 끝나기도 전에 두 명의 경관과 다른 사람들이 사방에서 쇄도해 들어왔다.

질베르는 잠자코 결박을 당했다. 경관이 들이닥쳐 다행이라는 듯 뤼팽이 안도의 숨을 내쉬곤 이렇게 말했다.

"수고하십니다. 별 탈은 없었지만…… 꽤 애를 먹었어요. 한 놈을 때려눕힌 뒤에 이놈을……."

"한데 이 집 하인은 어떻게 되었습니까? 죽었나요?"

경찰이 물었다.

"그건 잘 모르겠습니다."

"몰라요?"

"네, 저로선…… 사람을 살려달라는 외침을 듣고 들어왔습니다만 경찰들이 이 집 오른편으로 돌기에 저는 왼편으로 돌았던 것입니다. 열려 있는 창으로 들어가는 중에 막 이쪽으로 튀어나온 강도 두 놈과 부딪쳤습니다. 그래서 먼저 한 방 쏘았죠. 이놈에게요."

뤼팽이 보슈레를 손가락으로 가리켰다.

"그 다음에는 이쪽 놈을 때려눕혔습니다."

누가 그를 의심한단 말인가? 뤼팽은 피투성이의 몸이었고, 하인을 죽인 살인범 두 명을 체포한 것이 아니던가.

뿐만 아니라 사람들은 일대 소동이 벌어지고 있는 상황인지라 그의 말이 이치에 합당한지 아닌지를 판단할 겨를도 없었다. 이 소동에 점점 더 많은 사람들이 모여들어 현장의 소란은 더욱 심해졌다. 사람들은 위층, 아래층, 창고 할 것 없이 온 집안을 샅샅이 뒤지며 돌아다녔다. 뤼팽이 보기에 실로 우스꽝스럽기 짝이 없는 광경이었다.

그러던 중, 식품 저장소에서 하인의 시체가 발견되었다. 비로소 경찰은 사건을 보다 냉정하게 판단할 수 있게 되었다. 경찰은 관계자를 제외하고 모든 사람들을 뜰로 내몰았다. 대문 안팎으로 경관을 배치시켜 사람들의 출입을 통제하였다. 그런 다음 현장 조사에 착수하였다.

보슈레는 솔직하게 자신의 이름을 자백하였으나 질베르는 완

강하게 거부했다. 예심판사 앞이 아니라면 이름을 밝힐 수 없다고 고집을 부렸다. 하인 살해범이 누구냐고 묻자 피의자 두 사람은 서로 자기가 아니라고 끝까지 항변했다. 그렇게 경찰의 주의를 자기들한테 쏠리게 함으로써 뤼팽을 무사히 도망치게 하자는 것이 그들의 속셈인 듯했다.

그들의 은밀한 계략을 깨닫지 못하고 서장은 두 사람의 싸움에 현혹되어 결국 두 사람 모두에게 수갑을 채웠다. 그런 다음 다른 사람의 증언을 듣고자 주위를 둘러보며 뤼팽을 찾았다. 뤼팽이 그제까지 거기에 있을 리가 없었다. 서장이 부하를 불렀다.

"아까 이자들을 체포한 분을 모시고 오도록 해. 좀 물어볼 말이 있으니까."

경관은 뤼팽을 찾아다녔다. 어떤 사람은 그가 문간에서 담배를 피우고 있는 것을 보았다고 했고, 또 어떤 사람은 그가 경관들에게 담배를 나눠주었다고도 했다. 일이 있으면 또 오겠노라고 말한 뒤 호숫가로 천천히 걸어갔다고 하는 사람도 있었다.

경관이 큰 소리로 그를 불렀으나 대답이 없었다.

그때 경관 한 사람이 황급히 달려와 그 신사가 방금 보트에 타더니 호수 저편으로 건너갔다고 보고했다.

서장은 질베르의 얼굴을 뚫어지게 바라보다가 이윽고 '아차 속았구나' 싶었다.

"그놈을 잡아라. 한패거리가 틀림없어. 총을 발사해도 좋다. 어서 서둘러!"

이렇게 외치는 동시에 서장은 질베르와 보슈레를 감시할 부하 몇 명을 제외하고, 나머지 부하들을 데리고 앞장서서 호숫가로 뛰었다. 뤼팽은 이미 보트를 저어가는 중이었고, 이쪽을 조롱하듯 모자를 흔들어댔다.

분에 못 이긴 경관 한 사람이 총을 두세 발 발사했다.

바람에 실려 뤼팽의 노랫소리가 물 흐르듯이 들려왔다.

흘러라 부평초야
바람이 부는 대로…….

안하무인격인 괴한의 태도에 격분한 경관들이 발을 동동 굴렀다. 그러다가 이웃집 마당에 보트 한 척이 매어 있는 것을 보았다. 서장 이하 경관 두 명이 담을 뛰어넘어 보트에 올라탔다. 경관 두 명이 바쁘게 노를 저었다.

두 척의 보트는 추격전을 벌였다. 구름 사이로 달빛이 새어나왔다. 괴한의 배는 진로를 우측으로 잡고 그쪽 마을로 도망치려는 속셈인 것 같았다. 경관들의 보트는 노를 젓는 사람이 두 명이나 되었다. 그러니 상대적으로 속력이 빠를 수밖에 없었다. 순식간에 두 보트의 거리가 좁혀졌다.

"됐다! 이대로만 가면 녀석을 체포할 수 있을 것이다! 아무튼 빨리 놈의 얼굴을 보았으면 좋겠군."

서장은 벌써 승리를 확신하는 듯 득의만면한 얼굴이었다.

그런데…… 조금 이상했다. 두 보트 간의 거리가 이상할 정도로 빨리 좁혀지고 있었다. 괴한의 보트는 거의 움직이지 않는 것 같았다. 이제는 도저히 도망칠 수 없다고 체념한 것인가? 경관들은 마지막 힘을 다해 노를 저었다. 보트는 이전보다도 빠르게 앞으로 나아갔다.

"정지!"

두 보트의 거리가 조금 더 가까워졌을 때 서장이 소리쳤다.

괴한은 뱃전에 몸을 굽힌 채 옴짝달싹하지 않고 있었다. 상대가 몸을 움직이지 않을 때일수록 경계를 늦춰서는 안 된다. 이렇게 대담한 악당이라면 상대편이 다가오는 것을 기다려 마지막 반격을 시도할 가능성이 높았다.

"조금이라도 움직이지 마!"

서장이 소리쳤다.

그때 달이 구름 속으로 들어갔다. 주위는 온통 암흑이었다. 그 순간 경관은 괴한이 사격 자세를 취하는 것으로 판단했다. 경관들은 재빨리 뱃전에 몸을 숙였다. 그런데도 배는 관성력 탓에 계속하여 앞으로 나아갔다.

"놈의 계략일지도 모른다. 단단히 준비해!"

서장이 경관들에게 주의를 주었다.

그러나 괴한은 여전히 꼼짝달싹하지 않았다.

"셋을 셀 때까지 무기를 버려라! 만일 반항한다면 그 즉시 발사하겠다. ……하나, 둘…… 셋!"

그래도 괴한은 반응이 없었다. 경관들이 일제히 공포를 발사했다.

마침내 두 보트 간의 거리가 완전히 사라졌다. 서장이 총으로 괴한을 겨누었다.

"움직이면 쏜다!"

그러나 범인은 여전히 태연했다. 두 명의 경관이 괴한의 보트에 밧줄을 던졌다. 그리고 괴한의 보트에 발을 들여놓는 순간, '앗!' 하는 탄성이 세 사람의 입에서 동시에 터져나왔.

배는 텅 비어 있었다. 괴한은 헤엄쳐 도망친 것 같았다. 지금까지 괴한이라고 생각했던 것은 도둑질한 물건 위에 씌워둔 괴한의 모자였다. 괴한은 어둠을 이용하여 이런 기막힌 음모를 꾸몄던 것이다.

서장과 경관은 성냥불을 켜고 범인이 남겨두었음직한 물건들을 찾았다. 모자는 상표가 없었고 재킷의 주머니는 텅 비어 있는 채였다. 그러나 아무런 소득이 없었던 건 아니었다. 괴한이 남기고 간 한 장의 명함! 그 명함에는 '아르센 뤼팽'의 이름이 인쇄되어 있었다.

같은 시각, 뤼팽은 처음 출발했었던 호숫가에 모습을 드러냈다. 거기에는 부하인 그로냐르와 르발류가 기다리고 있었다.

뤼팽은 두서너 마디의 명령을 내리고는 황급히 도브레크 국회의원의 집에서 훔쳐낸 물건을 가득 실은 자동차에 올랐다. 인적이 드문 밤길을 달려 닐리 가의 비밀창고에 도착한 즉시 그는 택시로 바꿔 타고 생 필립 뒤 루르 가로 갔다.

그곳에서 그리 멀지 않은 곳, 마티뇽 가에 질베르 이외에는 아무도 모르는 뤼팽만의 은신처가 있었다. 뤼팽은 안도의 숨을 내쉬고 나서 옷을 벗고 샤워를 했다. 마음이 겨우 진정됐다. 허나 강물에 흠뻑 젖었던 탓에 스멀스멀 한기가 치밀어 올랐다.

 침대에 눕기 전, 습관적으로 주머니 속에 넣었던 것을 하나하나 꺼내어 옆의 난로 위에 놓았다. 먼저 지갑을, 다음으로 열쇠 뭉치를 꺼냈다. 그때, 질베르가 그에게 넘겨주었던 물건이 문득 생각났다. 뤼팽은 그것을 꺼냈다. 그것은 특별한 것도 아닌 흔한 유리병에 달려 있음직한 수정으로 만든 마개였다. 언뜻 보기에는 병마개의 용도 이외로는 아무짝에도 쓸모가 없을 것 같았다. 굳이 특징을 말하자면 마개의 꼭지가 다면체이고, 중간쯤까지 황금색으로 채색되어 있다는 것 정도랄까! 수정마개는 아무리 보아도 귀중품이라곤 여겨지지 않았다.

 '이상하군. 보슈레와 질베르가 그토록 욕심을 냈던 물건이 고작 이 수정마개였다니? 이 마개 하나 때문에 하인을 죽였단 말인가! 이것 때문에 둘이 싸웠고, 이것 때문에 도망칠 기회를 놓쳤고, 이것 때문에 감옥행의 위험도 잊었고, 이것 때문에 재판을 잊었고, 이것 때문에 단두대의 공포마저 두려워하지 않았단 말인가? 이해할 수 없군. 도대체 알 수 없는 노릇이야……'

 수수께끼를 풀고 싶은 마음은 간절했으나 너무도 피곤한 탓에 뤼팽은 문제의 수정마개를 난로 위에 올려놓은 채 침대에 드러누워 잠들어버렸다.

 그날 밤, 뤼팽은 악몽에 시달렸다. 식은땀이 그의 얼굴을 흠뻑 적실 정도로 그의 꿈은 흉흉했다. 감방의 돌바닥에 엎드린 질베르와 보슈레가 두 손을 창살 밖으로 내놓고 신음하듯 애원하는 꿈이었다.

"살려주세요, 살려주세요……!"

무서운 악몽에서 도망치고자 발버둥을 치는데도 눈에 보이지 않는 밧줄에 몸이 묶인 듯 손가락 하나 까딱할 수 없었다. 온몸이 사시나무 떨리듯 떨려왔다. 눈앞에 무서운 환영들이 연속하여 떠올랐다. 검정색 천으로 뒤덮인 관, 그리고 죽은 자의 얼굴, 비참한 단두대의 단말마 소리도 명확하게 들렸다.

"아, 끔찍한 꿈이야!"

뤼팽은 가까스로 눈을 떴다.

"긴장이 풀어진 탓인가? 지나치게 마음이 약해졌군. 그건 그렇고…… 수정마개나 다시 살펴봐야겠군."

뤼팽의 손이 난로 위를 더듬었다. 그러나 그의 손에 잡히는 것이라곤 아무것도 없었다. 그 순간 그의 입에서 '이럴 수가!' 하는 소리가 저절로 튀어나왔다. 수정마개가 사라져버리다니, 말도 안 되는 일이었다.

9 - 8 = 1

　　　뤼팽은 비교적 내게 솔직한 편이다. 그는 내게 거의 모든 것을 말해준다. 허나, 그럼에도 불구하고 아직 한 가지 내가 알 수 없는 것이 있다. 다름 아닌 뤼팽의 조직이었다.

　언급할 필요도 없이 뤼팽은 굉장한 조직을 갖고 있다. 뤼팽이 저지르는 어떤 사건이건 간에, 강력한 조직과 그에게 절대 복종하는 부하들의 활약을 생각지 않고서는 가능하지가 못하다. 한데 이 엄청난 조직이 어떻게 움직여지는 것일까?

　조직에 관련하여 뤼팽은 내게 비밀을 고집하고 있다. 뤼팽이 비밀을 고집한다면 그 누구도 그것을 알아낼 수 없다.

　내 판단으론 뤼팽의 부하들은 두 종류로 나뉘는 것 같다. 강력한 단결력을 가진 뤼팽 직속의 부하들과 임의적으로 가담시키는 비교적 충성도가 떨어지는 부하들. 후자의 경우, 직속 부하들의 명령을 받든다. 그리고 그 부하들끼리도 누가 누구인지 모르는 경우가 많다. 허나 전자의 경우, 뤼팽과의 연락이 긴밀하다. 뤼팽은 이들을 직접 통솔하며, 그들에 대한 신임도 두텁다. 그러니 실제적인 뤼팽의 힘은 이들에게 집중되어 있다고 해야 할 것이다.

질베르와 보슈레는 뤼팽의 직속 부하임에 틀림없었다. 따라서 당국에서도 그들에 대한 조사에서 신중한 태도를 취했다. 경찰이 뤼팽의 직속 부하를 체포한 건 사실 이번이 처음이었다.

그런데 그런 수족 같은 부하가 살인을 한 것이다! 뿐만 아니라 범행의 유력한 증거까지 드러났다. 누가 판단하든 그들은 사형을 모면키 어려운 상황이었다.

가장 유력한 범행 증거로 경찰은 하인 레오나르가 죽기 직전에 걸었던 전화 내용을 제시했다. "사람 살려! 살인이다!"라고 소리치며 구원을 요청하던 목소리!

부하들이 체포된 그날부터 뤼팽은 왠지 모를 불안감에 시달렸다. 이제 상황은 이전하고는 완전히 달라졌다. 그야말로 새로운 국면으로 진입한 것이다. 더욱이 뤼팽 자신이 가장 혐오하는 살인의 오명을 뒤집어쓴 꼴이 아닌가! 적어도 이번의 상황은 사회를 공격하기는커녕 방어의 위치에 설 수밖에 없게 된 것이다. 더욱이 부하 두 명은 목이 잘리게 될 위험한 상황이었다.

뤼팽은 곤경에 빠지면 그 내용을 기록으로 남겨두는 습관이 있었다. 일기라고 할 수 있는데, 내가 들여다본 그의 일기에는 이런 내용이 적혀 있었다.

> 질베르와 보슈레가 나를 조롱한 것만은 틀림없다. 마리 테레즈 별장에 스며들었을 때, 두 사람은 목적이 따로 있었다. 여러 가지 물건을 운반하는 틈틈이 그들은 오직 한 가지 물건만을 찾고 있었다. 그들의 머릿속엔 수정마개를 찾는 것 외엔 전혀 다른 생각이 없었던 것이다. 따라서 사태 전체를 투명하게 보기 위해서는 그들이 수정마개에 그토록 집착했던 이유를 알아내야만 한다. 아직까지는 이유를 모르지만 이 유리조각은 그들에게 절대적인 가치가 있다. 아니 그뿐만이 아니다. 내 방에 들어와 이것을 훔쳐간 '그 누군가'에게도 지상 최고의 가치가 있는 것이 분명하다……

뤼팽 자신을 피해자의 입장에 서게 한 절도사건은 그의 심사를 비틀어 놓았다. 그의 머릿속에는 두 가지 의문이 떠올랐다. 하나같이 풀기 어려운 의문이었다. 첫째, 그의 침실에 침입한 괴한의 정체가 궁금했다. 마티뇽 가의 은신처는 질베르 이외에는 아무도 모른다. 질베르는 현재 감옥에 갇혀 있다. 그렇다면 질베르가 그를 배반하여 경찰에 비밀장소를 고백한 것일까? 그건 아니다. 만일 그랬다면 경찰은 뤼팽 자신을 먼저 체포하려 했을 것이다.

둘째, 침실의 문은 잠겨 있었다. 도둑은 어떻게 침실의 문을 열었다는 것인가? 문이 열린 것은 분명했지만, 자세히 살펴보아도 이 사실을 입증할 만한 흔적은 전혀 없었다. 도대체가 모를 일이었다. 매일 밤 침실 문을 걸어 잠그는 것은 그의 오래 전부터의 습관이었다. 단 하룻밤도 이것을 잊고 잔 적은 없었다. 그런데 자물쇠에는 전혀 손을 댄 흔적이 없는데 귀신이 곡할 노릇처럼 수정마개가 없어지지 않았는가? 뿐만 아니라, 제아무리 깊은 잠이 들었어도 바늘 하나 떨어지는 소리에도 눈이 번쩍 떠진다는 뤼팽인데 어젯밤만은 아무 소리도 듣지 못했던 것이다.

일단 뤼팽은 골치 아픈 문제는 접어두기로 마음을 굳혔다. 그냥 내버려두어도 수수께끼는 사건의 추이에 따라 저절로 해명이 될 것이었다. 그러나 생각하면 생각할수록 분하고 불안하여 지금의 은신처를 떠나 이런 재수 없는 곳에는 두 번 다시 발을 들여놓지 않고 싶은 마음이었다.

뤼팽은 질베르와 보슈레에게 연락할 방법을 고민했다. 사태가 중대하다고 판단한 경찰당국은 이번 사건을 세느 에 와즈 현 지방재판소로부터 파리 재판소로 이관하여 뤼팽에 대한 일반적 증거물을 수집하기로 결정을 내렸다. 따라서 질베르와 보슈레도 샹테 교도소로 이송되었다. 샹테 교도소에는 경찰청장 특명으로 엄중한 경계망이 펼쳐졌다. 두 명의 피의자와 뤼팽 간의 연락을 막자는 의도였다. 간수들은 밤낮을 가리지 않고 질베르와 보슈레를 따라다녔다. 이 즈음 뤼팽은 탐정사무소 소장으로서의 활동을 접은 상태였다. 그러므로 재판소에는 그의 정보원이 없었다. 뤼팽은 적절한 계획을 세우지 못한 채 훌쩍 2주일을 허비했다.

이러저러지도 못 한 채 뤼팽은 분노와 불안의 나날에 사로잡혀 있었다.

사건의 고비는 마지막이 아니라 그 출발점이다.

항상 뤼팽이 하는 말이다. 그렇다면 어디에서부터 먼저 손을 써야 할지는 자명했다.

뤼팽은 도브레크 국회의원 쪽으로 타깃을 집중했다. 수정마개는 원래 그의 소유물이었다. 그런 그가 수정마개의 중요성을 몰랐을 리가 없다. 물론 여전히 의문은 남는다. 질베르는 어떻게 도브레크의 일상생활을 그리 낱낱이 알 수 있었을까? 어떤 방법으로 질베르는 수정마개에 대한 정보를 알아낼 수 있었을까? 그날 밤만 해도 질베르는 도브레크가 연극 구경을 위해 별장을 떠난다는 사실을 알고 있었다. 도대체 어떻게? 해결하지 않으면 안 될 문제들이 산처럼 쌓여 있었다. 문제는 이 모든 의문들이 도브레크에 닿아 있다는 것이었다.

마리 테레즈 별장에 도둑이 든 이후, 도브레크는 파리에 있는 저택으로 옮겨와 머물고 있었다. 저택은 라마르틴 광장 좌측에 있으며 빅토르 위고 가와 마주보고 있었다.

뤼팽은 노인으로 변장했다. 지팡이를 짚은 채 쉬엄쉬엄 산책을 하는 척 저택의 주변을 맴돌았다. 때론 위고 가가 보이는 벤치에 앉아 저택을 감시했다. 첫날, 뤼팽은 아주 재미있는 사실을 하나 발견했다. 뤼팽 말고도 노동자 차림의 두 남자가 저택을 감시하고 있었다. 당국에서 파견한 것일까? 도브레크가 외출하면 두 사내도 뒤를 따라 붙었다. 그가 뒤돌아서면 역시 그들도 뒤돌아섰다. 두 사내가 사라지는 건 저녁 즈음이었다.

"그래, 내가 제대로 짚은 거야. 도브레크는 뭔가 수상쩍은 사내인 게 분명해."

도브레크를 감시한 지 나흘째 되는 날 밤이었다. 도브레크를 감시하는 두 사내에게 여섯 명의 다른 사내들이 다가왔다. 그들은 라마르틴 광장의 구석진 곳에서 무엇인가를 쑥덕거리며 의논했다. 그들 가운데 뤼팽이 잘 알고 있는 프라스비유라는 자가 섞여 있었다. 뤼팽은 무척 놀랐다. 프라스비유, 그는 전직 변호사였고, 운동가, 탐험가이기도 했다. 이유는 모르지만 대통령을 면담한 후 그는 경찰청의 고문관이 되었다. 그야말로 거물급 인물이랄 수 있는 자였다.

뤼팽의 머릿속으로 문득 한 가지 기억이 스쳤다. 2년 전이었을 것이다. 부르봉 궁전에서 프라스비유와 도브레크가 격렬하게 말다툼을 벌인 적이 있었다. 그에 대한 이유는 아무도 모른다. 그날 프라스비유는 죽기살기의 태세였지만, 무슨 이유인지 몰라도 도브레크는 은근슬쩍 뒤로 물러서는 기색이었다. 이런 일이 발생하고 얼마 후, 프라스비유는 경찰청 고문관에 임명되었다. 그때의 사건과 프라스비유의 경찰청 고문 임명은 분명 어떤 연관이 있을 터였다. 이것이 뤼팽이 짐작하는 바였다.

"수상쩍어…… 분명 저자는 수상쩍은 자야."

뤼팽은 프라스비유의 일거수일투족을 살폈다.

밤, 일곱 시. 프라스비유 일당이 갑자기 앙리 마르탱 가(街) 쪽으로 부리나케 흩어졌다. 조금 뒤 저택의 문이 열리고 도브레크가 밖으로 나왔다. 두 사내는 즉시 그 뒤를 따라갔고, 떼부 행기차를 탔다.

도브레크 의원이 저택을 나선 뒤 프라스비유는 공원에서 나와 저택으로 가더니 초인종을 눌렀다. 하녀가 나와서 문을 열자, 그와 하녀는 한동안 이야기를 나누었다. 그런 후에 프라스비유와 그 부하들은 대문 안으로 들어갔다.

"가택수색을 벌이려는 모양이군. 이런 일에 내가 빠질 순 없지."

그는 조금도 주저하지 않고 열려 있는 문 안으로 뚜벅뚜벅 걸어 들어갔다. 안에서는 불안한 눈길의 하녀가 사내들의 동정을 살피고 있었다. 뤼팽은 약속에 조금 늦은 사람처럼 이렇게 말했다.

"다들 이미 도착한 모양이로군. 내가 조금 늦었는걸."

"네, 다들 서재에 계십니다."

뤼팽은 애초부터 계획 따윈 가지고 있지 않았다. 입회한 검사의 자격으로 현장을 지키고 있어도 그만한 성과는 있을 것이었다. 허나, 프라스비유 일당에게 정체가 탄로나선 곤란하다. 뤼팽은 현관을 통하여 곧장 식당으로 갔다. 거기에선 서재로 통하는 유리창으로 프라스비유와 그 일당들이 하는 행동을 훤히 볼 수 있었다.

프라스비유는 만능열쇠 같은 것으로 가구들의 서랍을 전부

열었다. 그러고는 열심히 무엇인가를 찾았다. 다섯 명의 부하들 역시 서가에서 책을 빼내어 낱낱이 책장을 들춰보았다.

'저들이 찾는 게 무엇인지 모르겠군. 서류일까, 아니면…… 지폐?'

"젠장, 아무것도 없군."

프라스비유의 목소리였다. 그러나 그는 그 '무엇'을 찾는 작업을 단념할 생각은 없는 듯했다. 그는 장 속에 든 술병들의 마개를 일일이 빼보았다. 그제서야 뤼팽은 프라스비유 일당이 찾는 것이 무엇인지를 눈치챘다.

'저놈들도 수정마개에 관심이 있는 거였군! 이거, 갑자기 뭐가 뭔지 헷갈리는군…….'

뤼팽은 생각했다.

또다시 다른 것들을 들춰보던 프라스비유가 한 부하에게 말했다.

"자네 몇 번이나 여기에 왔었나?"

"지난 겨울에만 여섯 번 정도입니다."

"그때 조사는 철저했겠지?"

"방이란 방은 모조리 샅샅이 뒤졌습니다. 선거운동 때문에 도브레크가 시골에 내려갔을 때도 며칠 낮과 밤을 이곳에서 살며 세밀하게 조사했었고요."

"그런데도 없었단 말이지? 한데 다른 하녀는 없는 건가?"

"네. 한 사람 더 필요하다고 하여 구하고 있는 중이랍니다. 그런 탓에 요즘 도브레크는 식사를 거의 밖에서 하고 있습니다.

그 밖의 집안일은 모두 하녀에게 맡기고 있습니다. 물론 지금의 하녀는 우리에게 무척 협조적이구요."

프라스비유 일당은 계속하여 열심히 조사를 벌였다. 당연한 것이지만 그들은 들춰본 것들을 원래의 모습으로 해놓았다. 아홉 시 무렵 도브레크를 미행했던 사내 두 명이 돌아왔다.

"그가 돌아오고 있습니다."

"걸어서 오는 건가?"

"네."

"그럼 시간은 넉넉하군."

"네, 그렇습니다."

프라스비유와 그 부하들은 별로 서두르지 않았다. 그들은 마지막으로 방 안을 둘러보며 '방문의 증거'를 남겼는지를 체크했다. 그런 다음 그들은 태연히 물러갔다. 이렇게 되고 보니 오히려 입장이 곤란해진 건 뤼팽이었다.

지금 정문으로 뛰어나가면 도브레크와 마주치게 되니 그럴 수는 없었다. 그러나 식당의 창을 통하면 공원으로 빠져나갈 수 있었다. 뤼팽은 그대로 남아 있어도 무방할 것이라 생각했다. 도브레크라는 인물을 세밀하게 관찰하기에는 이번이 다시없는 좋은 기회였다. 더구나 그는 밖에서 식사를 한다고 했으니 식당에 들어올 염려도 없었다. 뤼팽은 벨벳 커튼 속에 몸을 숨겼다.

얼마 지나지 않아 문을 여닫는 소리가 났다. 누군가 서재로 들어와 불을 켰다. 뤼팽은 비교적 가까운 거리에서 도브레크를 살폈다.

도브레크는 목이 짧고 비만한 체격이었다. 반백의 수염과 벗겨진 이마는 잘생긴 외모라곤 말하기 힘들었다. 시력이 안 좋은 듯 그는 안경 위에 다른 검은색 안경을 덧쓰고 있었다. 허나 툭 튀어나온 광대뼈는 그가 정력가임을 여실히 말해주고 있었다. 손은 우악스럽다 여길 만큼 컸다. 다만 다리는 구부정하여 걸음을 옮길 때마다 이상하게 상체를 굽히고 엉덩이를 흔드는, 그러니까 고릴라 같은 꼴이라고 할까?

아무튼 사내다운 얼굴에 튼튼해 보이는 몸, 힘깨나 쓸 것 같은 그런 사내임에는 틀림없었다.

책상 앞에 걸터앉은 도브레크는 주머니에서 파이프를 꺼냈다. 메릴랜드 담배를 담아 피우며 편지를 쓰기 시작했다.

잠시 후 그는 책상 한 구석을 뚫어지게 응시하였다. 깊은 상념에 잠긴 모습이었다. 그러다가 손을 내밀어 책상 위에 있는 우표 상자를 가만히 들여다보았다. 그는 무엇인가를 눈치챈 듯 여러 물건들을 세심하게 살피기 시작했다. 도브레크는 곧 초인종을 눌러 하녀를 불러들였다.

"그들이 또 왔었나?"

당황한 하녀가 대답을 못하고 주저하자 그가 다시금 다그쳤다.

"이봐, 클레망스! 설마 자네가 나의 우표 상자에 손을 대진 않았겠지?"

"무…물론입니다."

"나는 이 상자에다가 가느다란 고무줄을 끼워 놓았었어. 그런데 그 고무줄이 끊어져 있더군. 왜 그렇지?"

"저는 다만……."

"거짓말은 안 통해, 클레망스! 방문객이라고 하여 아무나 다 안으로 들일 수 있는 건 아니야. 내가 그렇게 지시한 적도 없었고!"

"사실은……."

"사실은…… 양쪽 모두의 편에 서고 싶다 이 말인가? 좋아, 그렇다면……."

도브레크는 50프랑짜리 지폐 한 장을 꺼내어 하녀의 손에 쥐어주었다.

"그들이 왔었지?"

"……네."

"지난번에 왔었던 자들이었지?"

"네. 모두 다섯 명이었어요. 그리고 또 한 사람…… 그들을 지휘하는 사람이 있고요……."

"지휘하는 자라면…… 키가 큰 갈색 머리의 남자겠지?"

"……네."

"그들이 전부였나?"

"아니오. 나중에 또 한 사람이 왔었습니다. 그리고 또 다른 두 사람이 왔고요. 맨 나중에 온 두 사람은 늘 집 앞을 서성거리는 그들이었어요."

"다 서재에 있었나?"

"네."

"그러다가 내가 돌아온다고 하니 도망쳐버린 것이로군."

"네."

"그래…… 알았다."

하녀는 물러갔다. 도브레크는 잠시 중단해 두었던 편지를 다시 쓰기 시작했다. 그러다가 책상 한 구석에 놓여 있는 메모 용지를 손으로 끌어당기더니 무엇인가를 끄적거렸다. 그것은 일련의 숫자였다. 뤼팽이 훔쳐보니 9-8=1이라고 씌어 있었다.

도브레크는 혼잣말로 중얼거리다가 갑자기 큰 소리로 이렇게 말했다.

"음, 그렇겠군!"

도브레크는 다시 또 한 통의 편지를 쓰기 시작했다. 다시 쓴 편지를 봉투에 집어넣은 뒤, 숫자를 쓴 메모지 옆에 그 편지를 세워놓았다. 세워졌음으로 당연히 뤼팽도 훤히 그것을 볼 수 있었다.

경찰청 고문관 프라스비유 귀하

도브레크는 다시 하녀를 불렀다.

"이봐, 클레망스! 어렸을 때 학교엔 다녔겠지?"

"왜…… 그런 걸 물으세요? 물론 학교엔 다녔습니다만."

"그렇다면 수학은 배웠겠군."

"대체 무슨 일로……?"

"간단한 뺄셈인데 그리 서투른 건가, 클레망스?"

"무슨…… 말씀이신지……?"

"아홉에서 여덟을 빼면 하나가 남는다는 걸 정녕 몰랐단 말인가? 이건 아주 중요해. 이 정도도 모르면 세상 살아가기 힘들 거야."

이렇게 말한 뒤 도브레크는 자리에서 일어나 뒷짐을 진 채 방 안을 이리저리 어슬렁거리며 돌아다녔다. 그러다가 문득 식당으로 방향을 바꾸더니 문을 활짝 열어젖혔다.

"문제는 간단해. 아홉에서 여덟을 빼면 하나가 남아. 역시 뺄셈은 사람을 속이지 않으니까."

그는 뤼팽이 숨어든 커튼 자락을 가볍게 톡톡 쳤다.

"이봐, 거기에 그렇게 숨어 있는 것도 고역일 텐데 그만 나오시지. 커튼을 칼로 푹 찌르기만 하면 그만일 테지만, 그렇게 되면 커튼 뒤에 숨었다가 생쥐의 누명을 쓰고 햄릿에게 찔려 죽은 폴로니어스의 신세가 되고 말 걸세. 햄릿의 문구는 아니지만 '쥐로구나, 그것도 큰 쥐로구나!'가 떠오르는군. 이봐, 폴로니어스 선생, 아니 쥐 선생, 어서 쥐구멍에서 나오시지 그러나?"

난생 처음 뤼팽은 모멸감을 느꼈다. 아니 이렇게까지 모욕을 당한 적이 있기라도 한 걸까? 독 안에 든 생쥐 꼴이라니, 뤼팽은 참담한 기분이었다. 그러나 도망갈 방법이라곤 없었고, 그의 말에 순순히 따를 수밖에 없었다.

"안색이 안 좋군, 폴로니어스 선생. 어라, 선생은 얼마 전부터 내 집 앞을 정탐하던 바로 그 노인장이시로군! 그럼 역시 선생도 경찰청의 끄나풀이겠군. 하하, 허나 너무 놀라진 말게나. 칼로 자네를 찌르진 않을 테니……. 어떤가, 클레망스. 내 계산이 정확하게 들어맞았지?"

'이자는 대체 나를 어떻게 하겠다는 수작인 것인가?' 마음 같아선 당장 도브레크에게 달려들어 단숨에 때려눕히고 싶었다.

"이봐, 연극은 이제 이것으로 끝났네. 폴로니어스 선생, 내가 쓴 편지를 그대의 두목인 프라스비유에게 전해주게. ……클레망스! 이 양반을 현관까지 안내해 드리도록 해. 그리고 앞으로 이분이 오시면 언제든지 문을 열어드리도록 하고. 폴로니어스 선생, 그럼 잘 가시오."

뤼팽은 잠시 주저했다. 이런 상황이라면 허세라도 부려야 뤼팽의 체면이 조금이라도 서는 것이 아닌가? 그러나…… 이미 그의 완벽한 패배였다. 패배한 이상 그는 잠자코 물러나기로 결심했다.

뤼팽은 모자를 쓴 후 하녀의 전송을 받으며 현관을 빠져나갔다.

"엉망이로군!"

문을 나온 뤼팽이 도브레크의 방 쪽을 쳐다보며 중얼거렸다.

"두고 봐라. 내게 이런 망신을 주다니…… 고릴라, 이 복수는 반드시 곱절로 되돌려 줄 것이다."

그의 분노는 머리끝까지 치솟았다. 그러나 뤼팽은 분노와 다른 그 무엇인가를 도브레크에게서 느꼈다. 그를 결코 가볍게 보아서는 안 된다는 것! 또한 도브레크가 이번 사건의 '주인공'이라는 확신!

도브레크의 대단한 배짱, 경찰청의 고문관을 상대하고서도 조금도 기죽지 않는 태연한 모습, 가택수색을 당했음에도 오히려 조소하는 호기! 그뿐만이 아니다. 아홉 번째 사람이 숨어 있는 것을 뻔히 알면서도 침착하기 그지없는 그의 태도…… 이 모든 것은 평범한 사람으로서는 도저히 생각할 수조차 없는 행동인 것이다! 이런 것들로 보아 그는 결코 호락호락한 상대는 분명 아니었다.

하지만 그의 자신감은 지나치게 강했다. 대체 그 이유가 무엇일까? 무엇 때문에 도브레크와 프라스비유는 적대적인 관계가 된 것일까? 뤼팽은 이에 관해서는 아무것도 몰랐다. 상대편에 대한 것도 마찬가지였다. 뤼팽은 도브레크의 조직이나 무기, 세력, 전략 등을 아무것도 모른 채 싸움에 휩쓸리고 만 꼴이었다. 다만 한 가지 사실은 분명했다. 그들의 싸움은 '수정마개'를 차지하기 위함이라는 것!

재미있는 건 그나마 도브레크가 뤼팽 자신의 정체를 모르고 있다는 점이었다. 도브레크는 그를 겨우 경찰청의 끄나풀 정도로 여기고 있었다. 그러니, 도브레크와 경찰청은 이번 사건에 제3자가 개입하였다는 걸 모르고 있는 것이다! 안타깝게도 그에게 유리한 것이란 고작 이것뿐이다.

뤼팽은 도브레크가 프라스비유에게 전하라고 건네준 편지를 뜯어보았다. 편지에는 이런 내용이 적혀 있었다.

프라스비유에게

프라스비유, 네가 노리는 건 손에 잡힐 듯한 곳, 아주 가까운 곳에 있었다. 너는 거기에 손을 댔으나 가져가지는 못했다. 좀더 노력했으면 너의 소원은 이루어졌을 텐데……. 허나 그것을 찾아내기에 너는 너무 어리석군. 나를 망하게 하고자 너만큼 노력하는 자는 아마도 이 세상에 없겠지. 아, 조국 프랑스여! 프라스비유, 잘 있게. 경고하건대, 이런 일을 또다시 벌이다가 내 눈에 띄게 되면, 그날 넌 결코 무사하지 못할 것이다.

_도브레크

"손에 잡힐 듯한 곳……!"
편지를 읽고 나서 뤼팽은 중얼거렸다.
"도브레크 정도라면 대담하게 진실 그대로를 말할 수 있다! 가장 단순한 장소가 가장 안전한 곳이라는 말도 있다! ……아무튼 조사해볼 필요가 있겠어. 하긴 무엇 때문에 도브레크가 감시를 당하는지도 무척 궁금하긴 해. 이번 일에 관심을 집중해야겠어."
뤼팽은 곧바로 비밀탐정소에 연락을 넣어 도브레크의 신원 조사를 의뢰했다.

알렉시스 도브레크 :
재작년 부슈 뒤 르노 군 국회의원에 당선. 무소속. 뚜렷한 정견은 확실치 않다. 다만 거액의 금품을 유권자들에게 뿌려 호감을 사고 있다. 하여 그의 기반은 상당히 견고한 편임. 본가는 파리에 있지만, 앙장과 니스에도 별장을 가지고 있다. 극히 호화로운 생

활을 즐기는데, 재원은 불분명하다. 정계에 특수한 관계 또는 당파적 세력과 연결되어 있지도 않다. 한데도 성부에 대해 커다란 영향력을 행사한다. 정부에 대한 그의 요구는 이제껏 단 한 차례도 거부당한 적이 없다.

"이런! 고작 직업 조사서 정도의 조사라니!"
보고서를 읽은 뤼팽은 몹시 실망했다.
"나에게 필요한 건 도브레크에 대한 비밀한 행적인데……."
뤼팽이 원한 건 다른 차원의 정보였다. 도브레크의 사생활에 대한 보고 같은 것이 바로 그것이었다. 그것만 알고 있어도 뤼팽의 활동은 훨씬 쉬울 것이었다.
뤼팽은 개선문에서 그리 멀지 않은 곳에 은신처를 마련했다. 그는 미셸 보몽이라는 이름을 사용했다. 그 외 다른 사람은 심복인 아쎌뿐이었다. 하인 대신 부리고 있는 아쎌은 여러 사람에게서 걸려오는 전화 내용을 일일이 메모해놓는 등 소소한 일들을 전부 맡아 처리했다.
외출했다 돌아온 뤼팽은 아쎌로부터 한 여인이 한 시간 전부터 그를 기다리고 있다는 말을 전해들었다.
"그거 이상한데? 지금까지 이 집으로 날 찾아온 사람은 아무도 없었어…… 더욱이 젊은 여자라니?"
"아니오. 그리 젊진 않았습니다."
"젊지 않았다고?"
"네. 얼굴을 자꾸 감추는 탓에 자세히 살필 순 없었습니다만…… 외모로 보아 사무원 아니면 점원 같았어요."

"누굴 만나러 왔다고 말하던가?"

"미셸 보몽 씨를 만나러 왔다고 분명하게 말했습니다."

"이상한 일이야…… 그래 용건이 뭐라던가?"

"앙장 사건 때문이라고…… 그래서……."

"뭐! 앙장 사건 때문이라고? 그럼 그 여자는 내가 그 사건에 관계하고 있다는 것을 알고 있다는 말인가! 게다가 내가 여기 살고 있는 것까지도 말이야!"

" 차림만으론 정체를 파악할 수 없으니 일단 한번 만나보시죠."

"지금 어딨지?"

"응접실에서 기다리라고 했습니다."

뤼팽은 빠른 걸음으로 응접실로 향했다.

"아니, 아씰! 아무도 없는데, 대체 그 여인은 어디로 사라진 것인가?"

뤼팽의 다급한 외침에 아씰이 달려왔다. 뤼팽의 말처럼 응접실에는 아무도 없었다.

"이거 이상한데요! 20분 전에 이곳을 들여다보았었는데 그땐 분명히 이 의자에 다소곳이 앉아 있었습니다. 수상한 기색이라곤 전혀 없었고요!"

"그 여자가 이곳에 있는 동안 넌 대체 무엇을 한 거야!"

뤼팽은 벌컥 화를 냈다.

"현관에…… 있었습니다. 맹세하건대, 현관에서 한 발자국도 움직이지 않았습니다. 그 여자가 밖으로 나갔다면 내 눈에 띄지 않았을 리 없습니다!"

"그렇지만 보시다시피 여자는 사라졌어."

"기다리다가 그냥 가버린 건가? 그런데…… 도대체 어디로 나갔단 말이죠?"

아씰은 기가 막힌다는 표정이었다.

"창으로 나갔어. 아씰 여길 보게. 이렇게 창이 열려 있지 않나! 저녁 무렵이면 이 거리는 사람의 발길이 끊어져. 그러니 이리로 나갔을 게 분명해."

뤼팽은 방 안을 꼼꼼히 살펴보았다. 특별히 수상쩍다 싶은 흔적은 발견치 못했다. 원래 뤼팽은 응접실에 귀중한 서류나 물건을 잘 놓아두지 않는 편이었다. 따라서 그 여인이 돌연 이곳을 방문한 이유와 또 홀연히 사라진 이유에 대해 도무지 짐작조차 할 수 없었다.

"달리 보고할 일은? 전화는 어땠지?"

"없었습니다."

"편지는?"

"한 통 왔습니다."

"어디에 두었나?"

"책상 위에 있습니다."

뤼팽의 방은 응접실과 붙어 있었으나 샛문은 언제나 잠겨 있었다. 그러므로 돌아서 안으로 들어가지 않으면 안 되었다. 뤼팽은 방에 불을 켜고 편지를 찾았다. 그런데 편지가 보이지 않았다.

"아씰! 편지가 대체 어디에 있단 말인가?"

"그럴 리가 없는데요. 책상 오른쪽에 놓아두었습니다만……."

"와서 직접 보도록 해. 아무것도 없단 말이다!"

"엉뚱한 곳을 찾으신 것 아닙니까?"

아씰이 책상 위는 물론이고 그 주위를 샅샅이 찾아보았으나 편지의 그림자조차 보이지 않았다.

"빌어먹을! 그 여자가 편지를 훔쳐간 것 같습니다. 못된 것 같으니라고!"

"지금 그걸 핑계라고 하는 건가? 응접실과 이 방은 통로가 없어. 더욱이 방은 잠겨 있었다고!"

"그럼 이상하잖습니까? 대체 누가 편지를 훔쳐갔다는 거죠?"

아씰의 반문에 뤼팽은 그만 입을 다물고 말았다. 그러나 뤼팽의 가슴속은 분노로 말이 아니었다.

"자네, 편지를 보긴 본 건가?"

"물론입니다."

"편지에서 이상한 점은 없었나?"

"별다른 건 없었습니다. 보통 봉투였고, 연필로 주소와 성명이 적혀 있었습니다."

"뭐라고? 연필로 주소와 이름이 씌어 있었다고?"

"네. 급하게 썼는지 글씨가 삐뚤빼뚤 했습니다. 아무렇게나 갈겨쓴 것 같았습니다."

"봉투엔 뭐라고 적혀 있었지?"

"그게 조금 이상하다면 이상했는데…… 보몽 미셸 씨라고 적혀 있었습니다."

"내 이름이 거꾸로 적혀 있었다고! ……아아!"

뤼팽이 탄식을 터뜨렸다. 아쎌은 뤼팽의 반응에 그저 몸둘 바를 몰라 했다.

"편지는 질베르가 보낸 거였어!"

뤼팽은 창백해진 얼굴에 비통한 빛마저 띠고 있었다. 의심할 여지없이 편지는 질베르가 보낸 것이었다. 수년 전 뤼팽은 질베르로부터 온 편지라는 것을 단박에 식별할 수 있도록 겉봉에 자기의 이름을 거꾸로 적도록 지시한 바 있었다. 차디찬 철창 안에서 감시자들의 눈을 피해가며 한 글자 한 글자 공포와 슬픔의 감정으로 쓴 편지였을 텐데……. 뤼팽 역시 기다리던 편지였다. 과연 그 편지에는 어떤 내용이 적혀 있었던 것일까? 질베르는 무엇을 호소하려 했던 것일까? 구원을 요청했을까? 아니면……?

뤼팽은 방 안을 다시 한 번 조사했다. 방엔 응접실과는 달리 여러 가지 중요한 서류가 있었다. 허나 그것들은 책상서랍에 고스란히 넣어져 있었다. 책상서랍에는 손을 댄 흔적이 없었다. 따라서 그 수상쩍은 여인은 질베르의 편지 이외에는 다른 것을 가져가지 않은 모양이었다. 그렇다면 그 여자의 목적은 단지 질베르의 편지뿐이었단 말인가? 뤼팽이 물었다.

"그 여자가 이곳에 있을 때 편지가 도착했나?"

"그 여자와 배달부는 거의 같은 시각에 이 집에 들렀습니다."

"그렇다면 그 여자가 편지의 겉봉을 보았을 수도 있겠군."

"네. 아마 그랬을 겁니다."

이것으로 결론은 보다 명백해졌다. 그 여자의 목적은 편지였다는 것! 문제는 그 여인이 어떤 방법으로 편지를 훔쳐냈는가 하는 것이었다.

응접실 창을 통해 들어왔던 것일까? 그러나 그건 불가능했다. 뤼팽이 조사한 바에 따르면 문은 방 안쪽에서 잠긴 상태였다.

하지만 그 여인은 들어오고 나갔다. 그렇다면 어딘가에는 출입구가 반드시 있어야 마땅하다. 그것도 오래 전도 아닌 불과 몇 십 분 전에 일은 발생했다. 출입구는 방 안에 있다! 벽인가? 그렇다면 의문의 여인은 이전부터 출입구를 알고 있었다는 결론인가? 그렇다면, 벽에 어떤 장치를 할 만한, 그리고 그것을 보이지 않도록 감출 만한 그 무엇을 찾아야 한다. 허나 비밀장치 같은 것은 아무리 찾아도 없었다.

뤼팽은 응접실로 돌아와 방으로 통하는 문을 좀더 면밀하게 조사했다. 그러다가 깜짝 놀랐다. 문은 좁은 판자 여섯 장으로 짜여 있었는데, 오른쪽 첫째 판자가 조금 비뚤어지게 박혀 있었다. 가까이서 살펴보니 판자의 위아래에 박힌 작은 못들은 그저 형식적으로 꽂혀 있는 정도였다. 못대가리를 손으로 잡아당기자 쉽게 빠져나왔다. 판자 역시 너무나 쉽게 마룻바닥에 떨어졌다.

놀랐는지 아씰의 얼굴빛이 달라졌다. 그러나 뤼팽은 차분한 표정으로 이렇게 말했다.

"그렇다고 달라지는 건 없군. 역시 모르겠어. 이 구멍은 겨우

가로 7~8인치, 세로 1피트 5인치밖에 안 돼. 그러니 보통의 체격을 지닌 여자라면 이 구멍으로 드나드는 건 불가능하다고 판단해도 될 거야. 열 살짜리 어린아이도 드나들기 힘들 거란 말이지?"

"그건 그렇지만, 팔을 넣어서 문고리를 벗길 수는 있지 않겠습니까?"

"아래의 고리는 가능하겠지만 위쪽의 고리는 너무 높아서 손이 닿지 않아. 그래도 한번 해볼까?"

여러 번 시도해 보았으나 아씰의 손은 닿지 않았다.

"도대체 방법을 모르겠는데요?"

아씰이 의아한 얼굴로 물었다.

뤼팽은 이 말에 즉각 대답하지 않고 잠시 생각에 잠겼다. 그러다가 느닷없이 이렇게 말했다.

"아씰, 내 모자와 외투를 가져오게!"

뤼팽은 부리나케 문 밖으로 나갔고, 곧바로 택시를 집어탔다.

"마티뇽 가…… 서둘러 주시오!"

수정마개를 도난당했던 은신처 근처, 뤼팽은 택시에서 내렸다. 뤼팽은 그만의 비밀 출입구를 통해 침실로 들어갔고, 거기서 문의 판자를 엄밀하게 조사했다.

과연! 뤼팽이 짐작했던 것처럼 거기에도 어린애가 드나들 만한 구멍이 뚫려 있었다. 이곳의 문 역시 팔을 넣어 문의 위쪽 고리를 벗겨내는 건 불가능했다.

"도대체 어떤 방법이란 말인가! ……젠장!"

두어 시간 전부터 가슴속에 쌓인 뤼팽의 분노는 금방이라도 폭발할 것 같았다.

"도무지 방법을 알 수 없으니, 답답하군!"

수수께끼 같은 문제가 꼬리에 꼬리를 물고 이어지고 있었다. 뿐만 아니라 문제들은 하나같이 난해했다. 아무리 머리를 굴려도 해결책은 떠오르지 않았다.

질베르는 체포당하기 직전에 그에게 수정마개를 넘겨주었다. 또한 어려움을 무릅쓰고 감옥에서 편지를 보냈다. 그런데 그 모든 것들이 한꺼번에 사라지고 말았다!

뤼팽은 지금까지 이 모든 것을 단순히 우발적인 일로만 여겼었다. 그런데 결코 그게 아니지 싶었다. 의문의 여인은 어떤 확고한 목적 아래 또 치밀한 계획을 앞세워 비밀한 그의 아지트에까지 침입했다. 그것도 두 번씩이나! 결국 천하의 뤼팽을 바보로 만들어버린 것이다!

지금까지 뤼팽은 이루 헤아릴 수 없는 모험과 위기를 겪어왔다. 허나 그 모든 상황에서 지금처럼 난감했던 적은 일찍이 없었다.

뤼팽은 두려웠다. 마음속의 두려움은 묘하게 덩치를 키우고 있었다. 환영도 보았다. 4월의 어느 날, 창백한 얼굴빛의 두 사내가 단두대를 향해 터벅터벅 걸어가고 있었다! 뤼팽은 그저 구경꾼일 뿐이었다. 무력감이 뤼팽의 전신을 휘감았다. 그것은 부하에 대한 깊은 죄책감이었다.

도브레크의 사생활

　　　　가택수색을 당한 다음 날, 점심 식사를 끝내고 집으로 돌아온 도브레크에게 하녀 클레망스가 쪼르륵 따라붙었다. 클레망스는 대단히 훌륭한 가정부를 소개받았노라고 도브레크에게 귀띔했다.

　그날 밤 새로운 가정부가 집으로 찾아왔다. 그녀는 믿을 만한 명문가의 소개서를 가지고 있었다. 나이는 좀 든 편이나 꽤 기운이 있어 집안일은 남의 손을 빌리지 않고도 척척 해나간다는 내용이었다. 더욱이 그녀는 도브레크가 희망하는 조건에 아주 적합했다. 얼마 전까지 그녀는 국회의원 소르바 남작 집에 있었다고 했다. 물론 도브레크는 전화로 그녀의 대답을 확인했다.

집사라는 남자가 전화를 받았는데 그녀라면 아주 훌륭한 가정부라고 칭찬해 주었다. 도브레크는 그녀를 채용하기로 결정했다. 짐을 옮겨오고 나서 새 가정부는 집안 청소와 도브레크의 식사 준비를 도맡아 했다.

저녁 식사를 끝내고 도브레크는 홀연히 외출을 했다.

자정 무렵 클레망스는 잠에 곯아떨어졌다. 그 틈을 타서 가정부는 몰래 마당으로 나갔다. 주위를 살펴보더니 조심스럽게 잠긴 철문을 열었다. 한 사내가 모습을 드러냈다.

"거기…… 뤼팽 도련님이세요?"

"네, 접니다."

두 사람은 아주 다정스러워 보였다. 그녀는 뤼팽을 3층의 자기 방으로 데려갔다.

"또 무슨 일을 꾸미시는군요. 대체 철은 언제쯤 들 거예요? 무엇인가 꾸밀 때마다 이 늙은이를 귀찮게 부려먹으니 어디 맘 편안히 남은 여생을 보낼 수 있겠어요?"

"미안해요, 빅뜨와르. 돈과 무관하게 제 일을 도울 수 있는 사람은 유모뿐이니 전들 어쩌겠습니까?"

"그런 나쁜 일을 하면서도 도련님은 항시 재미있어 하는 것 같아요. 이 늙은이를 이런 위험천만한 곳에 몰아넣었으면서도 말이에요."

"너무 몰아붙이지 마세요. 제가 다른 사람도 아닌 유모를 위험한 일에 끌어들이겠어요?"

뤼팽이 손사래를 쳤다.

"그렇지 않으면, 저 소개서는 어떻게 된 거죠? 모두 거짓말이 잖아요?"

"소개서야 늘 엉터리였죠."

"도브레크가 저쪽에 문의를 해보면 금방 들통날 텐데요?"

"이미 문의했어요."

"뭐, 뭐라구요?"

"전화로 소르바 남작의 집사에게 유모에 대해 문의했다구요. 유모가 정말 그 집에 있었는지 말이죠."

"그럼 모두 들통났겠네요?"

"유모는 잘 모르겠지만 그 집 집사는 아주 친절한 사람이죠. 그래서 유모를 극구 칭찬만 했으니 안심하셔도 돼요."

"그 사람은 나를 모를 텐데요?"

"내가 그 사람을 잘 알죠. 그를 그 집 집사로 들여보낸 것도 바로 저니까요. 이제 아시겠어요?"

"수완 하나는 여전히 좋으시군요. 아무튼 세상 모든 일은 다 주님의 뜻이에요. 그건 그렇고 이 늙은이가 무엇을 도울 수 있을까요?"

"먼저…… 저를 이 집에 숨겨줘야겠죠. 유모는 저한테 젖을 먹여 키워주었으니 그리 거북한 건 없을 테고…… 이 방의 반을 제게 빌려주세요. 잠은 이 방 소파에서 잘 테니까요."

"그리고 다른 것은요?"

"물론 먹을 것도 챙겨주셔야겠죠. 먹어야 힘을 낼 테니까요."

"또 없나요?"

"있어요. 어떤 물건을 저와 함께 찾아야 해요. 아주 중요한 일입니다."

"그게 뭐죠?"

"전에 말한 적이 있습니다."

"그러니까, 그게 뭐냐고요?"

"……수정마개!"

"수정마개라고요? 그런 걸 찾아 뭐하시게요. 아니, 그건 그렇다 치고 그걸 못 찾게 되면 어쩌실 거죠?"

뤼팽은 빅뜨와르의 팔을 부드럽게 마주잡았다.

"반드시, 그걸 찾아야만 해요. 유모도 잘 아는 질베르의 목이 그 물건에 달려 있습니다. 물론 보슈레의 목도 함께……."

"보슈레 따윈 걱정도 안 해요. 그런 악당이야 어떻게 되건 말건 상관없다고요! 하지만 질베르는……."

"유모, 오늘 석간신문을 봤을 겁니다. 상황이 무척 안 좋아요. 보슈레는 하인을 죽인 자가 질베르라고 주장하고 있어요. 우연찮은 일이겠지만 공교롭게도 보슈레가 하인을 찌른 그 칼은 평소 질베르가 가지고 다니던 겁니다. 게다가 유력한 증인이 한 사람 나타났습니다. 질베르는 약은 듯 굴지만 아직은 어린아이에 불과해요. 배짱도 없고요. 진술만 해도 애매모호해지는 경우가 많고, 그뿐만이 아니라 자꾸 쓸데없는 변명을 둘러대려고 해요. 그럴수록 자신의 입장만 점점 불리해지는데 말입니다. 그러니 어쩌겠어요? 이번에 유모가 애 좀 써주셔야겠어요."

외출했던 도브레크는 새벽녘에 돌아왔다.

그로부터 수일간 뤼팽은 도브레크와 함께 생활했다. 도브레크가 외출을 한 틈을 타 뤼팽은 집안의 여기저기를 수색했다. 뤼팽의 조사는 아주 독특했다. 그는 여러 방을 부분적으로 구분하여 그 하나하나를 세심한 주의력으로 샅샅이 뒤졌다. 빅뜨와르도 기꺼이 동참했다. 테이블 다리, 의자의 등, 마룻바닥의 빈틈, 벽, 거울, 기둥, 화분, 시계, 전화기 등등 수정마개가 있을 만한 곳은 빼놓지 않고 모조리 뒤졌다. 뿐만 아니라 도브레크의 모든 동작과 표정, 그리고 그가 즐겨 읽는 책, 그가 쓰는 편지에 대해서도 예민한 눈초리를 집중시켰다.

뤼팽이 살펴본 바로는 도브레크의 생활은 극히 단순하고 기계적이었다. 방문객은 없었다. 그는 오후에는 의회로, 밤에는 클럽에 나가기를 반복했다.

"……아닙니다. 겉으로는 저래 보여도 분명 뭔가 구린 데가 있을 거예요."

"있긴 뭐가 있다고 고집이에요! 괜히 이곳저곳 뒤지느라 우린 헛수고만 했어요. 어물쩍거리다간 오히려 우리 정체만 들통 나겠어요!"

빅뜨와르가 불평을 터뜨렸다.

빅뜨와르는 수상한 사람들이 매일같이 집 앞을 서성거리는 것을 보았다. 그러니 잔뜩 겁을 집어먹을 수밖에. 그녀는 이미 자기 자신은 물론이거니와 뤼팽의 존재까지도 경찰들이 냄새를 맡았다고 여기고 있었다. 그런 탓에 그녀는 시장으로 반찬거리를 사러 나가는 것을 극히 꺼려했다. 경찰신분증을 들이민 사내들이 그녀를 체포하지 않을까 두려워한 때문이다.

어느 날 외출을 나갔던 유모가 창백한 얼굴로 집안으로 뛰어들어왔다. 그녀의 얼굴빛은 하얗게 질려 있었다.

"빅뜨와르! 대체 무슨 일이에요? 얼굴빛이 말이 아니로군요!"

"너무 놀라 그만……!"

빅뜨와르는 의자에 앉아 펄떡거리는 심장을 진정시켰다. 그런 후에 이렇게 말했다.

"어떤 남자가…… 모르는 남자였는데 갑자기 내 옆으로 바짝 다가오더니…… 청과물 가게였는데……."

"그래서요? 유모를 납치라도 하려 했답니까?"

"아니오! 그 남자가…… 편지를 줬어요!"

"겨우 그것 때문에 얼굴이 사색이 된 겁니까? 하하, 연애편지 두 번만 받았다간 정말로 큰일이 벌어지겠는걸요."

"놀리지 말아요! 이 나이에 무슨…… 그게 아니라 편지를 건네준 남자가 '이걸 두목에게 전해라'고 말했어요. 내가 '두목이라고 했나요?' 하고 물으니까 '그래, 네 방에 머물고 있는 신사 말이야'라고 하지 않겠어요?"

"뭐라고요?"

뤼팽 역시 깜짝 놀랄 수밖에 없었다.

"편지…… 제게 주세요!"

편지 겉봉에는 아무것도 적혀 있지 않았다. 뤼팽은 서둘러 겉봉을 뜯었다. 봉투는 이중 봉투였다. 거기에는 이렇게 적혀 있었다.

빅뜨와르 방, 아르센 뤼팽 귀하

"정말이지…… 별일이로군."
 뤼팽은 아무렇지 않다는 듯 태연하게 중얼거리며 안쪽의 봉투를 뜯었다. 봉투 안에는 대문자의 굵은 글씨체로 쓰여진 종이 한 장이 달랑 들어 있었다.

**지금 당신이 계획하고 있는 모든 일은 소용없을 것이다.
위험하다.……포기하라!**

 뤼팽의 옆에 서서 편지를 읽은 빅뜨와르는 외마디 소리를 지르며 기절해버렸다. 뤼팽은 모욕을 당한 사람처럼 얼굴이 화끈거렸다. 참으로 황당하고 어처구니없는 일이었다. 하지만 적어도 겉으로 그는 차분한 태도를 유지했다. 잠시 후 빅뜨와르는 정신을 되찾았다. 잠시 잠깐 뤼팽의 눈치를 살폈으나 이내 방을 나갔다. 그날, 뤼팽은 하루종일 방 안에 틀어박혀 생각에 생각을 거듭했다.
 뤼팽은 그날 밤 좀처럼 잠을 이루지 못했다.
 '젠장! 아무리 생각해도 도무지 이해가 안 되는군. 난관이야, 난관! 다시 한 번 사건을 곰곰이 정리해보자. ……이번 사건은 도브레크와 경찰국…… 그리고 제3자로서 내가 중간에 끼여들었다. 그런데 또 다른 제4의 인물이 있다. 제4의 인물은 내 정체를 알고 있을 뿐만 아니라 나의 모든 행동까지도 감시하고 있다. 도대체 제4의 인물은 누구란 말인가? 도대체 그는 누구란 말인가? 아아, 머리만 아프군!'

 그날 새벽이었다. 네 시쯤이나 됐을까? 잠들었던 뤼팽은 언뜻 수상한 소리에 잠에서 깼다. 뤼팽은 본능적으로 벌떡 일어나 창문가로 갔다. 아래쪽을 내려다보니 도브레크가 부리나케 층계를 내려가고 있었다. 그는 마당으로 나갔다.

 일 분쯤 지나고 난 뒤, 철문을 열고 도브레크는 코트 깃으로 얼굴을 가린 한 남자를 집안으로 데리고 들어왔다.

 언젠가 벌어질 이런 뜻밖의 일에 대비하여 뤼팽은 이미 치밀한 대비책을 세워놓고 있었다. 도브레크의 서재와 3층의 유모가 사용하는 방은 집의 뒤뜰을 향해 있었다. 그러므로 그는 창가에다 미리 줄사다리를 준비해 두었다. 그는 줄사다리를 타고 서재의 창까지 내려갔다. 창은 커튼이 내려져 있었다. 허나 커튼을 친 철사가 늘어져 위쪽에 약간의 빈틈이 있었기에 문제될 것은 없었다. 방 안에서 주고받는 소리는 들리지 않았지만 방 안의 광경은 빤히 들여다보였다.

 남자라고 여겼던 손님은 뜻밖에도 큰 키의 여자였다. 젊었을 때 무척이나 아름다웠을 여자는 연약한 몸매에 수수한 옷차림새였다. 하지만 왠지 모르게도 얼굴에는 수심이 가득했다. 그것을 보아 판단하건대 여자는 제법 오랫동안 슬픔의 시간에 젖어 있었던 모양이었다.

'낯설지 않아. 저 여자를 어디선가 본 듯해. 저 얼굴, 저 눈매, 저 표정…… 무척 익숙해. 어디서 보았더라……?'

테이블 앞에 선 채 여자는 꼼짝하지 않았다. 그녀는 오로지 도브레크가 떠벌리는 말을 잠자코 듣고만 있을 뿐이었다. 반면 도브레크는 크게 흥분된 모습 - 도브레크는 뤼팽에게 등을 보이고 있었으나 맞은편 벽에 걸린 거울에 비쳐 자세히 볼 수 있었다 - 이었다. 그의 얼굴은 괴이하다 싶을 만치 강한 야수의 욕망에 사로잡혀 있어 어찌 보면 매우 섬뜩했다.

여자는 도브레크의 욕망에 이글거리는 시선을 회피하려는 듯 얼굴을 숙이고 있었다. 도브레크는 여자에게로 한 발 한 발 조심스럽게 다가섰다. 이윽고 그의 두 팔이 여자를 가만히 껴안으려고 할 때…… 뤼팽은 분명히 보았다. 굵은 눈물 줄기가 여자의 볼을 소리없이 적시는 것을!

여자의 눈물에 화가 났는지 도브레크는 난폭해졌다. 강제적으로 여자를 붙잡아 껴안으려고 하는데, 여자는 그의 뜻과는 달리 혼신의 힘으로 그를 밀어냈다. 그러나 도브레크는 무엇인가 작정한 사람 같았다. 그는 다시금 여자에게 접근했다. 그의 얼굴은 잔인하고 추악한 빛으로 번들거렸다. 그런 와중에 두 사람의 시선이 허공에서 마주쳤다. 두 사람은 꼼짝 하지 않고 서로를 노려보았다.

잠시 후, 도브레크는 의자에 털썩 주저앉았다. 그의 얼굴에는 가소롭다는 표정이 역력했고 입술에도 조소의 빛이 어려 있었다. 도브레크는 무척 위압적이었다. 상대에게 일방적인 조건을 제시할 때처럼 그는 간간이 테이블을 주먹으로 내리치며 끊임없이 지껄여댔다. 여자는 석상처럼 꼼짝하지 않았으나 눈동자에는 불안한 기색이 가득 스며들어 있었다. 뤼팽은 여자의 얼굴을 안타까운 시선으로 바라보았다.

여자는 과연 어떤 생각인 걸까? 그것을 알아내고자 뤼팽은 한시도 여자에게서 눈을 떼지 않았다. 그러던 중 뤼팽은 여자의 이상한 행동을 목격하게 되었다. 물론 도브레크는 보지 못했다. 갑자기 여자의 머리가 슬그머니 돌아간다 싶었는데 그녀의 손이 테이블 쪽으로 기어올라갔다. 테이블 한쪽에는 물병이 있었다. 한눈에 보기에도 물병마개는 귀중해 보였고, 더구나 손잡이는 금이었다. 여인의 손이 미끄러지는가 싶더니 슬며시 병마개를 빼냈다. 그러고는 힐끗 마개를 본 후 재빨리 도로 제자리에 꽂아버렸다.

'그렇다면 저 여자도 수정마개를 찾고 있다는 의미! 이렇게 되면 점점 사건은 복잡해지는데……'

숨을 죽인 채 계속해서 여인의 행동을 지켜보고 있으려니 또다시 놀라운 일이 벌어졌다. 그 즈음 이유는 몰라도 여인의 표정이 무섭게 변해 있었다. 조금 전 병마개를 빼냈던 여자의 손이 테이블 위를 훑는가 싶더니 느닷없이 다시 또 책들을 마구 뒤적거렸다. 그러나 그것도 잠깐, 한순간 여자의 손에 번뜩이는 칼이 잡혔다. 도브레크는 여전히 무엇인지를 열심히 떠벌리고 있었다. 도브레크의 등 뒤, 번뜩이는 비수가 높이 치켜올려졌다. 여인은 무서운 눈초리로 도브레크의 목덜미를 뚫어지게 주시하였다.

'불쌍한 여자…… 일토당토하지 않은 일을 서지르려고 하다니!'

여자가 도브레크를 살해한다면? 뤼팽은 마음속으로 빅뜨와르와 함께 이곳을 도망칠 방법을 재빨리 고민했다. 아무튼 더 이상 살인자로 몰려서는 안 되는 일이었다.

팔을 치켜든 여자는 약간 주저하는 기색을 보였지만 그것도 잠깐 이를 악무는가 싶더니 얼굴에 짙은 혐오의 기색이 드러났다. 찰나 비수가 번개같이 허공을 갈랐다.

그러나, 도브레크의 행동은 비수보다 빨랐다. 덩치에 어울리지 않는 민첩함으로 도브레크는 한발 앞서 재빨리 의자에서 몸을 피했고, 오히려 비수를 쥔 여인의 손을 꼼짝달싹 못하도록 움켜쥐었다. 도브레크는 이런 일쯤 별것 아니라는 듯 별로 놀라는 기색도 아니었다.

비수를 떨어뜨린 뒤 여자는 두 손으로 얼굴을 감쌌다. 그리고 흐느끼기 시작했다. 여자의 반응에는 아랑곳하지 않고 도브레크는 또다시 무엇인가를 떠들어댔다.

여자는 무엇인가를 거부하는 몸짓이었다. 그래도 도브레크는 포기하지 않았다. 오히려 그는 더욱 집요해진 것 같았다. 참다 못한 여자가 발을 동동 구르다가 큰 소리로 이렇게 외쳤다. 그 소리는 너무나 커서 뤼팽에게도 분명하게 들렸다.

"싫어요! 싫어!"

도브레크는 한마디 대꾸도 하지 않았다. 조금 전의 열정은 어디로 사라져버렸는지 침묵한 채 여인이 입고 왔던 털외투를 그녀의 어깨에 걸쳐주었다. 여인은 외투로 얼굴을 가린 뒤 도망치듯 밖으로 뛰쳐나갔다.

2분쯤 지나 정원 쪽에서 대문을 여는 소리가 들려왔다.

'안타깝군. 저 여자를 쫓아가 도브레크에 대해 얘기를 나누고 싶은데 말이야. 왠지 모르지만 저 여자는 이번 일을 해결하는 데 아주 중요한 역할을 할 것 같아…….'

아무튼 뤼팽에겐 숙제가 하나 더 생겨난 셈이었다.

국회의원 도브레크는 어쨌든 겉으로는 문제가 없어 보였다. 단 경찰청의 사내들이 철수한 깊은 밤, 수상한 사람들과 만난다는 것을 제외하곤 말이다. 분명 여기엔 알 수 없는 비밀과 피치 못할 사정이 있을 터였다. 뤼팽은 빅뜨와르에게 부탁해 부하 두 명과 연락을 취했다. 부하 두 명에게 그는 밤새워 도브레크를 철저하게 감시케 했다. 뤼팽 역시 마찬가지로 밤새우며 도브레크를 감시했다.

전날 밤과 마찬가지로 새벽 4시경 이상한 소리가 들려왔다. 어젯밤과 마찬가지로 도브레크는 한 사내를 서재로 끌어들였다. 뤼팽은 급히 줄사다리를 타고 내려가 창 틈으로 방 안을 들여다보았다. 놀랍게도 사내는 도브레크의 발 밑에 꿇어앉아 있었다. 아니 그 정도가 아니라 그의 다리를 부여잡고 울부짖으며 애원하고 있었다.

도브레크는 웃으면서 몇 번 그 사내를 뿌리쳤다. 하지만 사내는 다시 달려들어 그의 다리를 붙잡았고, 알지 못할 소리로 계속하여 애원했다. 도브레크는 별 반응 없이 시큰둥했다. 사내는 서의 미치광이처럼 굴었다. 그러나 그것도 극에 달했는지 이윽고 분노를 터뜨렸다. 갑자기 달려든 사내가 도브레크의 몸을 쓰러뜨리더니 두 손으로 그의 목을 조르기 시작했다. 예측하지 못했던 돌발적인 상황에 도브레크도 어쩌지 못하고 속수무책이었다. 그러나 도브레크는 곧 몸을 추슬렀고 맹렬하게 반격을 가했다. 도브레크는 단숨에 사내의 팔을 뿌리쳤고, 일어나더니 사내를 옴짝달싹 못하게끔 간단히 제압했다. 상황은 순식간에 역전되었다. 도브레크는 승리자의 당연한 권리처럼 한 손으로 사내의 뺨을 힘껏 후려쳤다.

사내는 파랗게 질린 얼굴이 되었다. 그러나 잠시 후, 사내는 굳은 표정으로 주머니에서 무엇인가를 꺼냈다. 권총이었다. 사내는 권총을 도브레크의 코앞에 바짝 들이밀었다. 그래도 도브레크는 태연했다. 오히려 도브레크는 미소를 머금은 얼굴로 상대방을 경멸하듯 바라보았다. 약 15초에서 20초 정도, 사내의 권총이 도브레크를 겨누었다. 그러나 위협이 조금도 먹혀들지 않자 급기야 꺼낼 때와 마찬가지로 권총은 슬그머니 주머니 속으로 들어갔다. 대신 사내는 속주머니에서 지갑을 꺼냈다. 그와 동시에 도브레크가 한 걸음 다가섰다. 사내의 열린 지갑 사이로 지폐 뭉치가 드러나 보였다. 도브레크는 그 돈이 마치 자신의 돈인양 낚아채더니 수를 헤아렸다. 천 프랑짜리 지폐가 정확히 서른 장이었다.

사내는 도브레크가 하는 대로 내버려두었다. 더 이상 애원도

하지 않았다. 사내는 완전히 체념한 것 같았다. 도브레크에게는 애원도 위협도 통하지 않는다고 판단한 모양이었다.

뤼팽은 사내의 행동에 의문이 생겼다.

'저자는 무엇 때문에 비굴하게 애원을 해야만 했을까? 격투를 벌이다가 나중에는 권총을 들이댔고, 종국에는 적지 않은 돈을 바쳐야만 하는 것일까? 권총을 거둔 것으로 보아 도브레크가 죽는다고 해도 사내의 문제는 해결이 안 되는 것이 분명하다. 도대체 무슨 사연이기에 사내는 도브레크에게 쩔쩔매는 것일까?'

뤼팽이 이런 생각을 하고 있는데, 모자를 머리에 쓴 사내가 힘없는 걸음걸이로 서재를 나갔다.

오전 11시. 시장에서 돌아온 빅뜨와르가 어젯밤 저택을 감시했던 뤼팽의 부하가 건네준 쪽지를 가져왔다. 쪽지에는 '어젯밤 도브레크를 방문한 사람은 중립사회당의 당수 랑주르 의원. 가난한 집안에다 딸린 식구가 많음'이라고 적혀 있었다.

그제서야 뤼팽은 도브레크의 행동에 고개가 끄덕여졌다.

'공갈 협박으로 돈을 챙기는 거로군. 주피터 신이 따로 없군. 제멋대로 중립당 당수를 쥐고 흔들다니!'

사흘쯤 후, 또 다른 사내가 나타나 도브레크에게 돈 뭉치를 내놓았다. 그리고 다시 이틀 뒤, 다른 사내가 와서는 진주목걸이를 내놓았다. 먼저 온 사람은 전직 장관이며 지금은 참의원에 올라 있는 다쇼몽, 그리고 이후에 도브레크를 찾은 사내는 예전에 나폴레옹 공작의 심복이라 불렸던 알뷔펙스 후작이었다. 알뷔펙스 후작은 보나파르트 당 출신의 국회의원이었다. 두 사람 모두 랑주르 딩수와 그리 다르지 않은 행동을 보였으나 결국 도브레크의 기세를 꺾진 못했다.

뤼팽은 생각했다.

'이제껏 내가 목격한 사람은 네 사람뿐이지만 앞으로 몇 사람을 더 목격한다 해도 결과는 마찬가지일 것이다. 이 일은 이 정도에서 끝맺도록 하고 나머지는 부하들의 보고를 받기로 하자. 그렇다면…… 그 친구들이나 돌아가며 만나볼까? 그 친구들이 나를 믿고 순순히 털어놓을지 의문이지만, 그렇다고 언제까지 쉬쉬하며 비밀로 간직하는 것도 어려울 테니, 어쩌면……? 이 집 안에서 일어나는 일은 빅뜨와르에게 맡겨야겠군.'

뤼팽은 초조했다.

질베르와 보슈레의 상황은 점점 악화되어 가고 있었다. 그런데도 하루하루 큰 소득 없이 시간은 흘러가고 있었다. 뤼팽은 내내 고뇌에 사로잡혀 자신의 노력이 물거품이 되지 않을까 싶어 조바심을 쳤다. 하지만 그는 도브레크의 수상쩍은 거래가 질베르와 보슈레를 구할 수 있는 유일한 수단으로 활용될 수 있다는 것에 한 가닥 기대를 걸고 있었다.

그리고 어느 날, 대수롭지 않은 일을 계기로 그의 불안정했던 마음이 결국 하나의 목적을 정하게 되었다. 아침식사를 끝낸 도브레크가 전화하는 소리를 빅뜨와르가 엿들었다.

"……그래요, 지난번처럼 특별석을 마련해 주셨으면 하오. 6

주 전처럼 내가 집을 비웠을 때 도둑이 들면 곤란한데……."

이렇게 말하며 도브레크는 웃었고, 곧 전화는 끊어졌다고 한다.

이 보고를 전해받고 뤼팽은 도브레크가 어느 부인과 8시 반에 연극을 관람하기로 약속한 것이라고 추측했다. 의심할 필요는 없었다. 지금으로부터 6주 전 뤼팽과 그의 부하들은 앙장 별장을 습격했었다. 뤼팽은 도브레크와 연극을 함께 관람하는 여인을 확인해 보기로 결심하였다. 이는 대단히 중요한 일이었다. 지난번 질베르와 보슈레는 도브레크가 오후 8시부터 밤 1시까지 집을 비운다는 사실을 미리 알고 있었다. 도대체 누구한테 그런 정보를 들을 수 있었단 말인가? 이 질문에 대해 그 여자는 큰 도움을 줄 수 있는 인물이었다.

오후에 빅뜨와르에게 다시 연락이 왔다. 여느 날과 달리 도브레크가 저녁 식사를 하기 위해 일찍 집으로 들어온다는 내용이었다. 뤼팽은 먼저 집을 나섰다. 그는 샤토브리앙 가의 은신처로 가서 전화로 세 사람의 부하를 불러냈다. 그런 후에 그는 러시아 귀족으로 변장을 했다. 금발의 머리카락, 구레나룻 수염…… 이때 아쎌이 샤토브리앙 가 미셸 보몽 앞이라는 전보를 가져왔다.

뤼팽은 눈으로 전보를 읽었다.

오늘 밤 극장에 나타나지 마시오. 당신의 간섭으로 결국 나의 일만 그르칠 것이오.

뤼팽 옆에는 난로가 있었고, 그 위에는 꽃병이 있었다. 뤼팽은 꽃병을 집어들어 신경질적으로 마룻바닥에 내리쳤다. 꽃병은 산산조각이 났고 조각들은 사방으로 흩어졌다.

"미치겠군. 그는 나의 생각을 모조리 읽고 있어. 그는 나를 우롱하고 있단 말이지! 똑같은 행동, 똑같은 트릭, 다른 것이라곤……."

도대체 다른 것은 뭐지? 그것마저 뤼팽은 알 수 없었다.

뤼팽은 속이 뒤집혔다. 그러나 이미 작정한 계획을 포기하고 싶지 않았다.

"따라 와!"

뤼팽은 부하들에게 명령을 내렸다.

그의 명령에 따라 운전사는 시동을 건 채 차를 라마르틴 광장 근처에 세워놓았다. 도브레크는 감시하는 형사들을 뿌리치기 위해 곧장 택시에 몸을 실을 것이요, 그런 그를 쫓아가려면 뤼팽으로서도 미리 대비를 해놓을 필요가 있었다. 그러나 뤼팽으로서도 미처 생각하지 못한 것이 있었다.

7시 반, 철문이 활짝 열리더니 불빛이 일직선으로 거리를 비추었다. 아차 싶은 순간 한 대의 오토바이가 쏜살같이 앞으로 달려나갔다. 눈 깜짝할 사이 오토바이는 광장을 가로질러 세워놓은 자동차 앞을 지났고 곧장 거리 쪽으로 내달렸다. 정말이지 번개 같은 동작이었다.

"안녕! 잘 가게!"

뤼팽은 입으로는 이렇게 태연하게 말했지만 속으로는 분노가

끓어올라 도저히 참기 힘든 심정이었다.

  뤼팽은 일단 부하들과 함께 광장 근처에서 허기를 채웠다. 그러고는 도브레크가 갈 만한 극장을 샅샅이 뒤졌다. 특별석에서 만난다는 말을 전해들었으므로 그는 특별석만 살펴보았다. 도브레크가 없으면 곧장 뛰쳐나와 다시 다른 극장으로 발길을 돌렸다. 도브레크 같은 인간이 절대로 들르지 않을 것 같은 르네상스 시대의 소재를 다룬 연극일지라도 뤼팽은 빼놓지 않고 들러 특별석을 살폈다.

  10시가 넘도록 뤼팽의 극장 순례는 계속되었다. 그러다가 보드빌 극장을 찾았을 때, 유독 눈길이 닿는 두 사람을 만났다. 좌석안내원을 매수하여 물어보았다. 남자 손님은 건장하고 뚱뚱한 신사였고, 여자 손님은 두툼한 레이스 베일로 얼굴을 감춘 부인이었다. 마침 그 좌석의 옆자리는 비어 있었다. 뤼팽은 부하들에게 무엇인가를 지시하고 난 뒤 좌석의 입장권을 구입하여 슬그머니 그리로 가 앉았다.

  막간에 비추는 불빛을 통해 그는 도브레크의 옆얼굴을 확인할 수 있었다. 그러나 함께 온 부인은 좀처럼 얼굴을 알아볼 수 없었다. 두 사람은 끊임없이 얘기를 나누었는데 막이 오르는 것에 상관없이 두 사람의 소곤거림은 계속되었다.

  10분쯤 지났을 즈음 누군가 도브레크의 좌석을 두드렸다. 좌석 안내원이었다.

  "실례합니다. 혹시 도브레크 의원이신지요?"

  도브레크는 뜻밖의 질문에 잠시 놀란 표정을 지었으나 곧바

로,

"그렇긴 한데… 어떻게 내 이름을 알았나?"

하고 반문했다.

"전화가 왔습니다. 22번 좌석으로 가라고 해서……."

"누구라던가?"

"알뷔펙스 후작이시랍니다."

도브레크가 침묵하자 좌석 안내원이 다시 물었다.

"저…… 뭐라고 말씀드릴까요?"

"아니, 전화를 받겠네. 나를 안내하게."

도브레크는 일어나서 좌석 안내원을 쫓아갔다.

도브레크의 모습이 사라지고, 곧바로 모습을 드러낸 뤼팽이 소리 없이 부인의 옆에 앉았다. 여자는 낯선 사내의 갑작스런 출현에 약간 놀란 듯했다.

"쉿! 할 말이 있습니다. 아주 중요한 일입니다."

"아아, 아르센 뤼팽!"

여자의 입에서 신음처럼 이 말이 흘러나왔다. 오히려 이번에는 뤼팽이 놀랐다. 뤼팽은 여자에게 뒤통수를 한 대 얻어맞은 기분이었다. 이 여자는 뤼팽을 알아볼 수 있단 말인가? 뿐만 아니라 변장한 것까지 꿰뚫어볼 수 있단 말인가?

"보아하니…… 나를 아는 듯한데, 맞습니까?"

동시에 뤼팽은 여자가 방어 태세를 갖추기 전에 얼른 선수를 쳐 여자의 베일을 걷어냈다.

"맙소사! 이럴 수가!"

여자는 정말이지 뜻밖의 인물이었다. 지난번 도브레크의 저택에서 비수를 휘둘렀던 바로 그 여자였다!

"그렇다면…… 당신도 날 아시는 건가요?"

"물론입니다. 며칠 전 도브레크의 집에서 비수를 휘둘렀던 바로 그분……이시죠."

뤼팽의 말에 덜컥 겁이 났는지 여자가 도망치려고 했다. 뤼팽은 재빨리 여자의 손목을 붙들었고, 얼른 의자에 도로 앉혔다.

"당신의 정체가 무척 궁금합니다. 저는 반드시 당신의 정체를 알아야겠습니다. 그런 이유로 전화로 도브레크를 불러낸 겁니다."

여자는 뤼팽을 뚫어져라 바라보았다.

"그럼 그 전화는 알뷔펙스 후작으로부터 온 것이 아니었군요?"

"그렇습니다. 내 부하가 건 전화입니다."

"그럼 그는 곧 돌아오겠군요."

"아마 그럴 겁니다. 허나 약간의 시간은 있습니다. 진정하시고…… 아무튼 다시 만나 여유 있게 이야기를 나누고 싶습니다. 제가 알기로 도브레크는 당신의 적입니다. 당신을 도브레크로부터 구해드리죠. 단……."

"당신이 왜 그래야 하죠? 이유가 뭐죠?"

"저를 믿으십시오. 당신에게 좋은 일은 제게도 좋은 일입니다. 우리는 뭉쳐야 합니다. 내일은 어떻습니까? 시간은 언제쯤이 괜찮으시겠어요? 어디서 만났으면 좋을지 말씀해 주십시오."

여자는 무엇을 어찌 얘기해야 좋을지 모르겠는지 당혹해하며 의혹에 찬 눈길로 뤼팽의 얼굴을 빤히 바라보았다.

"주저하실 거 없습니다. 제발 부탁입니다. 한마디만 해주십시오. 우물쭈물하는 사이 도브레크는 돌아옵니다. 어서요!"

뤼팽이 몰아붙이자 여자가 또렷한 목소리로 대답했다.

"제 정체는 그리 중요하지 않아요. 그러나 한 번은 만나야 될 것 같군요. 대신 제게 당신이 이번 일에 끼여든 경위에 대해 모두 설명해 주는 조건이라야 합니다. 그럼 내일 오후 3시…… 장소는 불레바 구석의……."

여자의 말이 채 끝나지 않았는데 뒷문이 벌컥 열렸고, 도브레크가 모습을 드러냈다.

"쥐새끼 같은 놈!"

뤼팽은 마지막 한마디를 듣지 못한 것이 못내 아쉬웠다. 그런 탓에 그는 무척 화가 치밀었다. 허나 도브레크는 그런 뤼팽을 대하면서도 콧방귀를 뀔 뿐이었다.

"얄팍한 수작을 부렸더군. 어째 좀 처음부터 수상하다고 생각됐었어. 이봐, 친구… 전화 연극 같은 건 이제 시대착오적이지 않나? 자네에겐 안됐지만 중간에서 낌새를 채고 나는 되돌아왔네."

그는 뤼팽을 구석으로 밀치더니 여인 옆에 가 앉았다. 그러고는 매서운 눈길로 뤼팽을 노려보았다.

"이봐, 자네의 정체는 뭔가? 경찰국의 경찰 나부랭이쯤 되나?"

 그는 눈썹 하나 까딱하지 않고 서 있는 뤼팽을 바라보며 상대의 이름을 기억해내고자 무진 애를 썼다. 허나 지난번 자신이 폴로니어스라고 이름 붙여준 바로 그 사람과 동일 인물이라는 건 전혀 짐작조차 못한 눈치였다.

 뤼팽은 도브레크를 경계하면서 한편으로 이후의 행동을 계획했다. 여기까지 밀고 온 계획을 이대로 포기할 순 없었다. 여자는 몸을 움츠린 채 두 사람의 대화에 귀를 기울이고 있었다.

 "일단 밖으로 나가지. 모처럼 연극구경을 온 관객들에게 방해를 끼치고 싶진 않군."

 뤼팽이 말했다.

 "아니, 여기서 얘기해. 지금은 막간이야. 다른 사람들한테 방해 따윈 되지 않아."

 "허나……."

 "허튼수작 부리지 말아! 내가 네놈을 순순히 놓아줄 것 같아?"

 도브레크가 갑자기 긴 팔을 뻗어 뤼팽의 코트 옷깃을 움켜잡았다. 그야말로 난폭하기 짝이 없는 행동이었다. 여인 앞에서 어찌 이런 거친 행동을 보일 수 있단 말인가. 더구나 여인은 누구라도 한눈에 반할 것 같은 미인이 아닌가. 도저히 묵과할 수 없는 일이었다!

 그러나 뤼팽은 침묵해야 했다. 그럴 수밖에 달리 방도가 없었다. 짐작은 하고 있었지만 도브레크의 힘은 생각했던 것보다 훨씬 강했다. 도브레크가 힘을 주어 어깨를 지그시 내리누르자 뤼팽은 그만 무기력하게 바닥에 주저앉고 말았다.

"쥐새끼 같은 놈! 고작 이 정도로 내게 덤비다니!"

도브레크가 뤼팽을 비웃었다.

그때 무대 위로 배우들이 우르르 쏟아져 나왔고, 서로 언성을 높이며 논쟁을 벌이기 시작했다. 연극의 소란 탓에 방심했는지 도브레크의 손아귀에서 조금 힘이 빠졌다. 바로 그 순간, 뤼팽은 기회를 놓치지 않고 주먹으로 상대방의 어깨를 후려쳤다.

고통을 느낀 도브레크가 조금 주춤거렸다. 재빨리 몸을 일으킨 뤼팽은 상대방의 기선을 제압하고자 도브레크의 목을 움켜쥐었다. 그러나 상대방은 결코 만만하지 않았다. 뒤로 한 발짝 물러선 도브레크가 팔을 벌려 공격해오는 뤼팽의 손을 허공에서 모두 낚아채듯이 붙잡았다. 엄청난 힘이 뤼팽의 손에 전달되었다. 혹시 사람이 아닌 짐승과 겨루고 있는 것은 아닐까? 문득 이런 생각을 할 정도로 도브레크의 힘은 그야말로 대단했다.

팽팽하게 맞선 손 끝 뼈마디에서 우두둑 하는 소리가 났다. 여기에서 밀리면 끝장이라는 생각이 뤼팽을 초조하게 했다. 한편 무대는 조용한 장면으로 바뀌었다. 관객은 숨을 죽인 채 배우들의 연기에 몰입해 있었다.

여자는 의자에 몸을 의지한 채 공포에 질린 두 눈으로 두 사내의 맹렬한 격투를 그저 바라보고 있을 뿐이었다. 여자가 보기에 두 남자의 힘 겨루기는 조금의 기울어짐도 없이 팽팽했다. 만약 여자가 어느 한 사람의 편을 들어준다면 상황은 간단하게 끝날 수도 있었다.

 과연 여자는 누구의 편을 들 것인가? 그런 까닭에 뤼팽은 온 힘을 모아 도브레크의 압박을 견뎌내면서도 한편으론 여자의 움직임을 주시하지 않을 수 없었다.

 한없이 지켜볼 것만 같던 여자가 자리에서 일어났다. 여자는 두 남자의 격투에 아랑곳하지 않고 뒤돌아서서 문으로 나가려고 했다. 뤼팽이 여자에게 말했다.

 "의자를…… 치워주시면 고맙겠소!"

 두 남자는 의자를 사이에 두고 격투를 벌이고 있는 중이었다.

 명령을 받들듯 여자는 재빨리 몸을 구부려 의자를 치워주었다. 뤼팽에게 기회가 생긴 셈이다. 장애물이 제거되는 순간 뤼팽의 구둣발이 힘껏 도브레크의 정강이를 걷어찼다. 고통을 느꼈는지 도브레크가 주춤거렸다. 다시 그 틈을 이용해 이번에는 도브레크의 우람한 팔을 꺾어버렸고, 그대로 목을 죄기 시작했다.

 도브레크는 저항을 포기하지 않았다. 뤼팽의 손을 떼어내고자 안간힘이었다. 허나 이미 때는 늦었다. 그의 노력은 뤼팽에게 먹히지 않았다. 도브레크가 숨을 헐떡였다. 그의 기운도 눈에 띄게 빠지고 있었다.

 "이 늙은 고릴라……! 사람들이 많은데 왜 살려달라고 소리치지 않는 것이지? 스캔들에 말려들까 겁이 나는 건가?"

 연극 구경을 하는 데 방해가 되었는지 옆 좌석에서 조용히 하라는 의사 표시로 판자를 서너 번 두드렸다.

"얼마든지 두드려라. 연극이 어찌되든 난 기필코 이 고릴라 녀석을 때려눕힐 수밖에 없으니까!"

도브레크가 끙끙 앓는 소리를 냈다. 그때 뤼팽의 주먹이 번개같이 허공을 갈랐다. 턱을 맞은 도브레크가 더 이상 버티지 못하고 바닥으로 쓰러졌다. 그저 쓰러졌다고 생각했는데 도브레크는 기절을 했다. 이제 뤼팽에게 남은 일은 사람들이 몰려들기 전에 신속하게 이곳을 빠져나가는 것이다. 물론 여자와 함께! 이렇게 생각하며 뤼팽은 얼른 여자가 서 있던 곳으로 시선을 던졌다. 여자의 모습은 어느새 사라지고 보이지 않았다.

내게서 도망을 친 건가? 설령 그렇다고 해도 그리 멀리 가지는 못했을 것이다. 뤼팽은 문을 열고 복도로 뛰쳐나갔다. 팸플릿 판매원과 좌석 안내원들이 지켜보고 있었지만 그는 상관하지 않고 단숨에 창 밖으로 몸을 던졌다. 곧이어 앙탱 가쪽 출입구를 나서는 여자의 모습이 눈에 들어왔다. 하지만 그가 다가갔을 때 이미 여자는 자동차에 올라 문을 닫은 상태였다. 그는 쫓아가며 자동차의 문 손잡이를 잡으려고 했다. 이대로는 여자를 놓칠 수 없었다. 그 순간 차 안에서 한 사내가 불쑥 상체를 내밀더니 뤼팽의 얼굴에 강하게 주먹을 찔렀다. 뤼팽이 도브레크의 턱을 가격한 것 못지 않은 훌륭한 솜씨였다.

뤼팽은 느닷없는 공격에 눈앞이 아찔했지만 사내를 눈여겨보는 것을 잊지 않았다.

조수석에 탄 사내는 다름 아닌 그로냐르였다. 우습게도 운전석에는 르발류가 버티고 앉아 있었다. 앙장 별장을 습격하던 날 밤 보트를 저었던 두 녀석이었다. 다시 말해 그들은 질베르와 보슈레의 친구가 아니던가. 결과적으로 두 녀석은 뤼팽의 부하였다.

뤼팽은 샤토브리앙 가의 은신처로 되돌아왔다. 피투성이의 얼굴을 씻은 뒤 한 시간 가량을 소파에 드러누워 있었다. 따지자면 그는 처음으로 배신의 고통을 경험한 것이다.

뤼팽은 치솟는 분기를 억지로라도 가라앉히고자 노력했다. 옆에 있는 석간신문을 신경질적으로 집어들었다. 신문을 들척이던 그는 사건뉴스란에서 다음과 같은 기사를 발견했다.

마리 테레즈 별장 사건

마리 테레즈 별장의 하인 레오나르의 살인범으로 이미 검거된 두 사람 중 한 사람인 보슈레의 신분이 최근 밝혀졌다. 그는 주로 가명을 사용했는데, 이미 살인죄 명목으로 두 번 기소된 바 있는 극악무도한 범죄자였다. 그러나 공범 질베르는 끝내 함구한 채 침묵을 지키고 있다. 담당검사는 하루빨리 사건의 기소 수속을 밟겠다는 의지다. 지금껏 사건의 처리가 너무 더디다는 비난을 받았던 당국도 이제쯤엔 오명을 빗을 각오인 것 같다.

신문 사이에 한 통의 편지가 끼워져 있었다. 뤼팽은 깜짝 놀랐다. 봉투에 보몽 미셸 씨라고 적혀 있기 때문이었다.

"오…… 질베르에게서 온 편지로군!"

떨리는 손으로 봉투를 뜯었다. 편지에는 고작 이런 글귀가 적혀 있었다.

두목, 살려주세요! 무섭습니다…… 무서워요……

그날 밤, 뤼팽은 불면과 악몽으로 제대로 잠을 이룰 수 없었다. 무서운 환상이 밤새 그를 괴롭힌 것이다.

적의 두목

"불쌍한 녀석! 겁에 질려 있을 텐데……."
다음 날, 침대에서 일어난 뤼팽은 편지를 만지작거렸다.
질베르를 처음 만난 그 순간 뤼팽은 그에게 반했었다. 산만하다는 것만 제외하면 참으로 쾌활하고 순진한 녀석이었다.
질베르는 뤼팽의 명령이라면 물불 가리지 않고 뛰어들었다.
뤼팽은 가끔 질베르에게 이렇게 말했었다.
"질베르, 넌 정직한 녀석이야. 내가 너였다면 미련없이 이런 시궁창 같은 곳을 떠나 새로운 생활을 시작했을 텐데……."
질베르는 밝은 얼굴로 웃으며 이렇게 대꾸했었다.
"그럼 두목부터 모범을 보여줘야 하는 것 아닙니까! 그래야 부하도 순순히 뒤따를 수 있는 거잖아요?"

"녀석, 깐죽거리긴……. 질베르, 정말로 이 험악한 세계에서 떠날 생각이 없다는 것이냐?"

"솔직히 그런 마음이 왜 없겠어요? 정직하고 소박하게 하루하루를 살아가는 게 저한테도 사실 맞아요. 한데 그게 마음 같지 않더라고요. 사람 잘못 만난 덕분에 이 모양 이 꼴이 되어버렸지 뭐예요!"

"그 사람이 누구지?"

뤼팽이 반문하면 질베르는 곧 시무룩해진 얼굴로 꾹 입술을 다물었다. 질베르가 또 입을 다무는 경우는 그의 출생에 대한 질문이 던져졌을 때이다. 뤼팽은 질베르에 대해 사실 많은 것을 알지 못했다. 질베르는 어릴 적부터 고아였고, 하여 여기저기를 떠돌며 생활했다는 것! 그 사이 이름도 여러 번 바뀌었고, 또 경제사정도 몹시 궁핍했다는 것! 겨우 이 정도만을 어렴풋이 알고 있을 뿐이다.

질베르의 살아온 인생이 어떠하였는지는 뤼팽을 포함하여 거의 모든 사람들이 알지 못하고 있다. 검찰에서 질베르에 대해 알아내고자 해도 이런 이유 탓에 쉽게 알아낼 순 없을 터였다.

그러나 질베르의 과거하곤 무관하게 재판은 진행될 것이다. 질베르라는 이름으로, 또는 뤼팽의 부하라는 이름으로 활동한 것이 명백한 이상 그는 운명의 저주를 벗어나기 힘들 것이었다.

"가엾은 녀석!"

뤼팽은 한숨을 내쉬었다. 질베르의 모습이 한층 더 또렷하게 떠올랐다.

'예전과 다르게 당국의 심문이 지독해진 것도 따지고 보면 배후에 내가 있기 때문이겠지. 검찰은 내가 질베르와 보슈레를 탈옥시키지 않을까 두려워하고 있어. 그래서 얼른 예심을 끝내고 본심으로 들어가려는 수작인 게지. 결론은 뻔해…… 그들은 단두대 행이겠지. 이제 겨우 스무 살인데 단두대라니! 젊디젊은 나이에 죽을 수는 없지. 더구나…… 그는 사람을 죽이지 않은 게 분명해!'

뤼팽의 입장에서는 질베르의 무죄를 증명해 주거나 구출해내는 일이 당장의 급선무였다. 하지만 모든 문제의 시발점이라 할 수 있는 수정마개에 대해서도 최선을 다해 조사해야 했다.

'어떡한다……!'

두 가지 모두 중요했다. 허나 뤼팽으로서도 이젠 어느 문제를 우선적으로 처리해야 할지 결정해야 할 순간이었다. 문득 다른 두 사람에게 생각이 가 닿았다. 마리 테레즈 별장의 살인사건 이후 행방을 감추었던 그로냐르와 르발류! 그런데 그들에게 보기 좋게 배신을 당했다!

'감정에 휩쓸려서는 제대로 판단을 내릴 수가 없다. 그러니 냉정을 되찾고 잡념 따위 떨쳐내야 한다. 사건의 본질을 꿰뚫어야 한다! 어리석게 행동해선 안 돼! ……본능에 귀를 열고 본능에 따라 행동하자. ……음, 아무리 생각해도 역시 이 사건의 본질은 수수께끼의 수정마개야. 수정마개를 중심으로 모든 것이 뒤엉켜 있어. 그래, 핵심은 역시 수정마개야! 용기를 가져야 한

다! 그리하여 도브레크와 수정마개의 관계를 소상히 밝혀야 한다. 그 외에는 달리 방법을 찾을 수가 없다!'

뤼팽은 결론이 내려지자마자 곧 행동을 시작했다.

뤼팽은 소매상 복장을 하고 라마르틴 광장에서 좀 떨어진 빅토르 위고 가의 벤치에 앉아 있었다. 보고에 의하면 빅뜨와르는 매일 아침 이곳 벤치 앞을 지나게 되어 있다.

"그렇다! 수정마개는 반드시 그곳에 있다. 내가 그것을 손에 넣는다면……!"

시장바구니를 든 빅뜨와르가 다가왔다. 가까이서 보니 얼굴이 하얗게 질려 있었다.

"왜 그래요, 유모?"

빅뜨와르의 옆으로 따라붙으며 뤼팽이 물었다. 그녀는 일부러 사람이 많은 곳으로 뤼팽을 이끌었다.

"이거 맞아요? 도련님이 찾고 있는 것……?"

흥분했는지 빅뜨와르의 목소리가 잘게 떨려나왔다. 앞뒤를 살핀 빅뜨와르가 시장바구니에서 작은 물건을 꺼내놓았다. 뤼팽은 주의를 집중하여 건네받은 물건을 살펴보았다. 분명 수정마개였다.

"수정마개이긴 한데…… 이게 진짜인가요?"

너무나 쉽게 수중에 넣었다는 생각 때문인지 뤼팽은 허탈감마저 들었다. 빅뜨와르는 잘 모르겠다는 표정을 짓더니 가까운 가게를 향해 걸어갔다.

분명한 건, 뤼팽의 눈앞에 수정마개가 있다는 것! 볼 수도 있고 손으로 만질 수도 있는 수정마개! 모양과 크기, 그리고 가느다란 금줄의 장식…… 이 물건은 분명 뤼팽이 찾으려고 무진 애를 썼던 그 수정마개가 틀림없었다. 수정마개의 아래쪽에는 눈에 잘 안 띌 것 같은 긁힌 자국 같은 흠집이 있었다. 흠집이 난 이유는 몰랐지만 아무튼 수정마개는 가짜처럼 보이지 않았다.

언뜻 보기에는 별다른 특징도 없는, 흔한 수정마개에 지나지 않는 물건! 다른 수정마개들과 비교하여 특별히 눈에 띄는 점도 없었으며 무슨 기호나 그림이 새겨져 있는 것도 아니었다. 그저 수정을 마개 모양으로 깎아놓은 것에 불과했다.

"이것이 대체 무슨 가치가 있단 말인가?"

뤼팽은 스스로에게 반문했다. 이 수정마개의 진가를 모르고서는 물건을 소유한들 아무런 소용이 없는 셈이었다.

가치를 모르는 사람에겐 한낱 쓸모 없는 유리조각에 지나지 않는 것! 이제 이 수정마개가 그토록 소중한 이유를 밝혀내야만 한다. 이 점 역시 풀기 어려운 숙제였다. 그러나 어려운 숙제를 받았을 때 비로소 그의 투지는 활활 불타오른다.

'실수를 해선 안 된다.'

그는 스스로에게 다짐하면서 그것을 주머니 속에 집어넣었다.

'이런 얽히고설킨 사건에서는 단 한 번의 실수가 치명적일 수 있다.'

아무튼 수정마개는 조심스럽게 다루어야만 하는 물건인 것이다.

뤼팽이 생각에 잠겨 있는 사이 빅뜨와르는 가게에서 이것저

것 물건을 골랐고, 계산대 앞에서 돈을 지불했다.

그녀가 뤼팽에게로 왔다.

"빅뜨와르, 장송 중학교 뒤편에서 만납시다. 아무래도 둘이 함께 붙어다니는 건 사람의 이목을 끌 것 같습니다."

이렇게 말해놓고 두 사람은 헤어졌다. 잠시 후 두 사람은 약속한 장송 중학교 뒤편에서 다시 만났다. 그곳은 행인들의 왕래가 뜸한 곳이었다.

"누가 내 뒤를 밟았나요?"

먼저 그곳에 도착한 빅뜨와르가 뒤이어 도착한 뤼팽에게 물었다.

"아닙니다. 혹시나 하여 눈여겨봤지만 미행자는 없는 것 같았어요. 한데 수정마개는 어디서 찾은 거죠?"

"침대 옆 책상 서랍 속에서요."

"거긴 지난번에 뒤졌었는데……?"

"어제 아침 우연찮게 그곳을 뒤졌는데 놀랍게도 그것이 있더라고요. 아마 전날 밤 거기다 넣어두었던가 봐요."

"그렇다면 그 친구가 수정마개가 있는지 없는지 확인해 보겠군요."

"정말 그렇겠네요. 이게 없어진 걸 알면 저는 어떻게 될까요?"

빅뜨와르는 몹시 불안한 기색이었다.

"수정마개가 없어졌다는 걸 알게 되면 혐의는 당연히 유모에게 돌아갈 겁니다."

"역시 그렇겠죠?"

"아무래도 원래 있던 곳에 도로 갖다놓는 게 좋겠어요."

"오, 이런! 그 사람이 아직 눈치채지 못했으면 좋으련만……큰일이군요. 그럼 빨리 주세요!"

유모의 재촉에 뤼팽이 주머니 속에 손을 넣어 수정마개를 꺼내려고 했다. 그런데 갑자기 뤼팽의 얼굴이 딱딱하게 굳어졌다.

"왜 그래요, 도련님?"

불안해진 빅뜨와르가 물었다.

"없어요!"

"뭐라고요?"

"그게 없어졌어요! 도대체 누가……?"

굳어졌던 뤼팽의 얼굴은 그러나 곧 밝아졌다. 뤼팽은 웃음을 터뜨렸다. 빅뜨와르는 울화가 치밀었다.

"지금 웃고 있을 때가 아니잖아요!"

"귀신이 곡할 노릇이로군. 마치 수정마개가 마술을 부리는 것 같아요. 훗날 이 얘기를 글로 쓰고 싶어지는데요. 제목은…… '마술의 수정마개, 아니면 아르센 뤼팽의 대실패'라고 말이에요. 하하하!"

"수정마개는 누가 훔쳐갔을까요?"

"훔치긴 누가 훔쳐가요! 날개가 솟아나 저 혼자 날아간 거겠지요. 괜찮아요, 유모 그냥 돌아가세요."

머뭇거리는 빅뜨와르의 등을 떠밀며 뤼팽이 말했다.

"글쎄, 그냥 돌아가시라니까요. 크게 걱정할 일은 없을 겁니다. 누군가가 내가 유모로부터 수정마개를 받는 걸 보고 방심한 틈을 타 훔쳐갔을 겁니다. 아까 생각에 잠긴 사이 스쳐지나간 사람이 두서넛 있었는데……. 아주 가까운 곳에서 우리를 감시하는 자가 있어요. 더구나 그 감시자는 보통 솜씨가 아니구요. 아무튼, 걱정할 일은 없을 겁니다. 착한 사람이라면 하늘이 보호해 주겠지요. 그런데 유모, 눈에 띄는 다른 일은 없었나요?"

"아 참, 어젯밤 도브레크가 외출한 사이에 누군가가 찾아왔었어요."

"그때 문지기 하녀는 뭘 하고 있었죠? 자고 있었나요?"

"아뇨, 침실에 들기 전이었어요."

"그렇다면 경찰국 친구들이 또 수색을 한 겁니다. 그건 그렇고 유모, 날 다시 한 번 숨겨줘야겠는데요."

"뭐, 뭐라고요? 아니, 지금 제정신으로……."

"별로 어려운 일도 아니잖아요. 유모의 방은 3층에 있으니까 도브레크가 의심할 리도 없고요."

"그래도…… 다른 사람의 이목도 있는데……."

"다른 사람이오? 만약 그 사람들이 날 없애버리는 것이 이익이라고 생각했다면 벌써 해치웠을 겁니다. 그들은 날 귀찮게 생각하는 정도지 두려워하진 않아요. 그럼, 유모. 5시 종소리를 신호로……."

그런데, 다시금 유모를 깜짝 놀라게 하는 일이 집에서 벌어졌다. 그날 밤 유모가 혹시나 해서 침대 옆 책상서랍을 다시 한 번 열어 봤는데 문제의 수정마개가 그곳에 들어 있었다. 이 말을 전해들은 뤼팽은 별로 놀라지 않고 이렇게 대답했다.

"그렇다면 누군가가 갖다놓은 거겠지요. 설명하긴 어려우나 어쨌든 그것을 가지고 이 저택으로 들어왔을 거예요. 그 친구도 우리와 마찬가지로 도브레크가 수정마개가 없어진 걸 알게 되면 큰일이다 싶었을 테죠."

그건 그렇더라도 구석구석 탐색당하고 있다는 걸 뻔히 알면서도 아무렇지 않게 수정마개를 서랍 속에다 넣어둔 도브레크의 배짱과 여유는 다시 생각해볼 필요가 있었다.

무엇인가 중요한 이유가 분명 있다!

생각을 더듬어 가는데 뤼팽의 머릿속에 한줄기 햇살이 뚜렷하게 스며들었다.

'이렇게 일이 진행된다면 나와 그놈들 사이에 한바탕 싸움이 벌어질 것은 자명하다! 그러나 그 후로 내가 모든 상황을 주도하게 될 것이다.'

이렇게 자신만만해하던 뤼팽이었지만 아무 소득도 없이 다시 닷새가 흘러갔다. 그리고 엿새째 되던 날 새벽! 도브레크는 역시 국회의원 신분인 레이바흐라는 사내를 집으로 끌어들였다. 그도 지난번 남자들처럼 애원 끝에 결국 2만 프랑을 건네주었다. 그로부터 이틀이 다시 지난 밤 2시 무렵, 뤼팽이 3층에서 복도로 내려가려고 하는데 수상쩍은 소리가 들려왔다. 어두웠으나 자세히 보니 두 사내가 사다리를 타고 도브레크의 방으로 올라가는 중이었다. 무엇을 하려는 수작이지? 도브레크는 밤마다 철저하게 자신의 방을 단속한다. 그러니 방 안으로 들어가는 건 불가능할 터였다. 그렇다면 저들의 목적이 대체 무엇이란 말이지? 귀를 기울여보니 조심스럽게 문을 뜯어내는 소리가 들려왔다. 언뜻언뜻 사람의 속삭이는 소리도 들렸다.

"어때?"

"좋아. 허나 내일 밤으로 연기하자. 왜냐하면……."

뤼팽은 더 이상 엿듣지 못했다. 괴상한 그림자들은 다시 문을 닫고 어둠 속으로 사라졌다.

'아무래도 수상하군. 마치 이 집은 도깨비 집 같아. 쥐새끼들이 드나들듯 제멋대로 사람들이 출입하고 있군. 빅뜨와르가 나를, 문지기 하녀는 경찰국 친구들을, 게다가 난데없는 저 사람들까지! 한데 도대체 저들의 정체는 뭘까? 집 구조를 훤히 알고 있는 눈치 같던데……?'

다음 날 오후, 도브레크는 외출을 했다. 그가 집을 비운 사이 뤼팽은 1층 문짝을 조사했다. 한눈에도 문짝의 상태를 확인할 수 있었다. 문짝의 판자 하나가 쉽게 빠지도록 준비되어 있었다. 그렇다면 어젯밤 사다리를 타고 도브레크의 방으로 침입하려고 했던 친구들은 지난번 그의 은신처, 그러니까 마티뇽 가와 샤토브리앙 가의 은신처에 침입했던 바로 그 친구들과 한패거리라는 것인가!

뤼팽은 오늘 하루가 몹시 지루했다. 하지만 사건의 핵심에 접근해가고 있다는 것에 기쁨을 느꼈다. 교묘한 수단으로 실내에 침입하는 방법뿐만 아니라 그렇게 과학적으로, 그렇게 기민하게 행동하는 괴한들의 정체가 과연 무엇인지를 드디어 알 수 있게 된 것이다.

그날 밤, 도브레크는 10시쯤 집으로 돌아왔다.

도브레크는 현관 뜰로 향한 문에 단단한 자물쇠를 걸어 잠가 버렸다. 이렇게 된 이상 그 괴한들이 저택으로 침입하는 건 사실상 불가능해진 셈이었다.

도브레크의 서재로 내려간 뤼팽은 창문 하나를 반쯤 열어놓고 3층으로 돌아와서는 줄사다리를 고정시켰다. 만약의 경우, 집안을 통하지 않고 서재로 내려가기 위한 조치였다.

뤼팽은 도브레크가 불을 끈 후에도 한참을 더 기다렸다. 어젯밤 나타났던 괴한은 오늘 밤 좀더 일찍 모습을 드러냈다. 현관문을 열고자 노력하는 것 같았으나 당연히 실패했다. 잠시 깊은 침묵이 흘렀다. 대단한 놈들이지만 어쩔 수 없는 모양이로구나 하고 생각할 즈음, 소리를 죽인 채 무엇인가가 집안으로 침입해 들어왔다! 상상을 초월하는 인간들이었다. 가만히 귀를 기울여 보았다. 계단을 오르는 것 같은데도 발소리는 거의 들리지 않고 있었다. 뤼팽만 해도 소리가 아닌 난간의 진동으로 괴한의 기민한 움직임을 감지하고 있는 처지였다.

녀석들이 계단을 올라옴에 따라 뤼팽은 전에 없이 기분이 불쾌해졌다. 무엇을 어찌해야 좋단 말인가? 얼른 판단이 서지 않아 당황스러웠다.

그때 난간의 진동마저 사라졌다. 한동안 같은 상태가 지속되었다.

침묵을 깨듯 그때 시계가 두 번 울었다. 도브레크 방의 시계

소리였다. 시계는 외부인이 모르는 일종의 경보장치였다. 그렇다면 괴한은 도브레크가 잠자고 있는 방문 앞에 이르렀다는 것인가? 뤼팽은 소리를 죽여가며 황급히 계단을 내려갔다. 예상했던 대로 방문은 닫혀 있었다. 왼쪽 아래를 보니 문제의 판자가 바닥으로 떨어져 있었다.

뤼팽은 귀를 곤두세웠다. 도브레크가 몸을 뒤척이는 소리에 이어 코를 고는 소리가 들려왔다. 한동안 가만히 안쪽의 기척을 듣고 있으려니 괴한이 옷가지를 들추는 듯한 소리가 들려왔다. 괴한들이 도브레크가 벗어놓은 옷을 뒤지는 것 같았다.

'이젠 뭔가 알 수 있을 것 같군.'

그러나 아직 풀리지 않는 수수께끼가 있었다. 어떻게 괴한이 도브레크의 방에 들어갈 수 있었단 말인가? 어떻게 하여 안에서 잠긴 자물쇠를 풀고 또 나올 때는 다시 잠가놓을 수가 있었더란 말인가?

그런 의문에 빠져 있던 뤼팽은 지금은 다른 생각을 할 때가 아니라는 것을 문득 깨닫고는 다시 계단 맨 아래쪽으로 내려갔다. 아무튼 이곳은 도브레크의 방과 현관의 중간쯤이 되므로 괴한의 퇴로를 차단하게 되는 셈이었다.

어둠 속에 웅크리고 있는 뤼팽은 자신의 몸 세포들을 바짝 긴장시켰다. 조금 있으면 도브레크의 적이자 동시에 자신의 적이기도 한 괴한들과 맞부딪치게 되는 순간이 오는 것이다. 뤼팽의 계획은 단순했다. 괴한이 도브레크에게서 뭔가를 훔쳐 나오면 밖에서 목이 빠져라 기다리고 있는 일행에게 그 물건을 전달하기 전에 중간에서 가로채버리는 것!

괴한이 드디어 계단을 내려오는 것 같았다. 역시 난간을 울리는 작은 진동으로 알 수 있었다. 그는 온 신경을 곤두세웠다. 곧이어 불과 몇 미터 앞에 다가온 괴한의 그림자를 볼 수 있었다. 그러나 괴한의 위치에서는 어둠 속에 웅크리고 있는 뤼팽을 발견할 수 없었다.

두근거리는 가슴을 애써 억누르며 뤼팽이 중얼거렸다.

'도대체가 겁이 없는 놈들이군!'

그때 변화가 생겼다. 뤼팽의 부주의한 움직임 하나가 괴한을 주춤 멈추게 만들었던 것이다. 뤼팽은 괴한의 동료들이 금방이라도 몰려나와 그를 둘러쌀 것 같은 기분에 바짝 긴장했다. 그러나 괴한은 뤼팽의 존재를 눈치챈 것 같지는 않았다.

심호흡을 하고 뤼팽은 이때다 싶어 용수철처럼 튕겨져 나가 괴한을 덮쳤다. 그러나 뤼팽은 허공에서 허우적댔을 뿐이다. 그사이 괴한은 쥐새끼처럼 빠져나가 현관에 이르러 있었다. 뤼팽은 아차 싶어 후닥닥 뒤를 쫓았다. 가까스로 뜰로 난 문에 이르러 상대를 낚아챌 수 있었다. 괴한은 뜻밖에도 여러 명이 아닌 한 명이었다.

악! 하는 괴한의 소리에 맞춰 문 밖에서도 앗! 하는 소리가 들려왔다.

"이런…… 이게 어찌된 일이지?"

놀랍게도 도브레크의 침실에 숨어들었던 괴한은 어른이 아닌 어린아이였다. 아이는 겁에 질린 나머지 오들오들 떨고 있었다.

잠깐 사이 모든 것을 알아차린 뤼팽은 얼마간 움직이지 않은 채 이 어린아이를 어찌할 것인가를 고민했다. 그러는 와중에도 문 밖에서는 소란이 끊이지 않고 있었다. 자신들의 동료, 그것도 아이가 누군가에게 잡혔으니 그럴 만도 했다. 이렇게 되면 도브레크가 소란통에 깨어날 수도 있을 것이다. 그는 손수건으로 재갈을 물린 어린아이를 안고 3층으로 올라갔다.

"빅뜨와르……"

놀라 뛰쳐나온 빅뜨와르에게 뤼팽은 어린아이를 보여주었다.

"드디어 적의 두목을 잡았습니다. 한데 그 두목이 이 어린아이지 뭡니까! 나 원 기가 막혀서…… 유모, 이 아이에게 남은 과자라도 있으면 좀 주세요."

그는 아이를 안락의자에 앉혔다. 자세히 보니 여섯 살 내지 일곱 살쯤 되어 보이는 사내아이였는데, 털실 모자를 쓰고 몸에 맞는 조그만 저고리를 입고 있었다. 파랗게 질린 얼굴의 뺨에는 눈물자국이 나 있었다.

"어디서 잡았어요?"

빅뜨와르가 물었다.

"요 맹랑한 게 글쎄 도브레크의 침실에서 나오더라고요. 도망치는 걸 뜰로 난 문 앞에서 잡았어요."

이렇게 말하던 뤼팽은 도브레크의 방에서 뭘 훔쳤는가에 생각이 미치자 아이의 주머니를 뒤졌다. 그러나 주머니에는 아무것도 없었다.

"울고 있어요. 불쌍해요. 어머나! 손도 차잖아! 아가야, 무서워하지 말거라. 아무도 널 해칠 사람은 없어. 응, 이 아저씨는 아주 착한 사람이란다!"

동정심 많은 유모가 아이를 달랬다.

"그래, 이 아저씨는 온순하고 착한 사람이지만 아까 네가 들어간 방의 그 아저씨는 아주 무서운 사람이란다. ……어라! 유모, 유모도 저 소리 들었어요?"

"네, 발소리가 들린 것 같은데…… 누구죠?"

"이 어린 헤라클레스와 한 패거리일 거예요."

"그, 그래요?"

빅뜨와르는 완전히 기운이 빠진 듯 말을 더듬었다.

"서둘러요. 여기서 우물쭈물하고 있다가는 함정에 빠지게 돼요. 자, 애야, 너도 같이 가야지."

그는 어린애를 담요로 둘둘 말아서 얼굴만 내놓게 한 다음 입에 부드러운 재갈을 물렸다. 그러고는 등에 들쳐업었다.

"헤라클레스, 우린 게임을 하는 중이야. 새벽 3시에 낯모르는 아저씨 등에 업히게 될 줄은 꿈에도 몰랐겠지? 하지만 지금은 이 아저씨를 꼭 붙잡아야 해. 알았지?"

그는 창을 뛰어넘어 전에 만들어놓았던 줄사다리를 타고 뜰로 내려갔다. 밖에서는 현관문을 쾅쾅 두들겨대는 소리가 한층 더 소란스러워져 있었다. 이런 소란 중에도 도브레크가 일어나지 않는 것이 뤼팽은 적잖이 이상스럽게 생각됐다.

"내가 가서 진정을 시키지 않는다면 저들이 모든 걸 망쳐놓겠는걸."

뤼팽은 저택의 모퉁이를 돌면서 철문 부근을 살펴보았다. 문지기 여자가 문 앞 돌계단 위에 서서 밖의 사람들을 진정시키고 있었다.

"제발 조용히 좀 해요! 도브레크가 나온다구요."

"저런!"

저 순진해 보이던 여자까지 한 패거리였다는 것인가? 엉뚱하게 돌아가는 사태의 추이에 뤼팽은 새삼 놀라지 않을 수 없었다. 뤼팽은 괘씸한 마음을 억누르지 못하고 한달음에 문지기 하녀에게로 달려갔다.

"이봐, 아이는 내가 데려간다고 해. 아이를 찾고 싶은 생각이 있거들랑 샤토브리앙 가의 내 집으로 오라고 해!"

뤼팽은 그런 다음 서둘러 밖으로 나왔다. 길에서 조금 떨어진 한적한 곳에 그들이 타고 온 것으로 생각되는 택시 한 대가 멈춰 서 있었다. 뤼팽은 그들과 한패인 척하면서 운전사에게 명령해 그의 은신처로 향했다.

"무섭지 않았니? 자, 아저씨가 침대 위에 눕혀줄게."

아씰은 자고 있었으므로 뤼팽은 손수 아이를 내려서 머리를 쓰다듬어 주었다. 어린애는 온몸이 마비된 듯 무감각해져 있었다. 게다가 겁에 질려 억지로 울음을 참고 있었으므로 얼굴 표정이 보기에 무척 안쓰러웠다.

"울고 싶으면 맘껏 울렴. 울면 기분이 좀 괜찮아질 거야."

그러나 아이는 울지 않았다. 뤼팽의 부드러운 태도와 목소리에 안심을 했는지 아이는 본래의 모습으로 되돌아갔다. 그때 문득 뤼팽은 이 어린아이가 자기가 아는 누군가와 무척 닮았다는 것을 느꼈다.

어쩌면…… 그가 제법 오랫동안 마음속에 품고 있었던 생각이 지금 현실로 드러나고 있는지도 모른다는 생각이 문득 들었다. 뤼팽의 계산에 한치의 오류도 없다면, 그렇다면 형세는 손쉽게 바뀌어 곧장 사건을 처리할 수 있게 될는지도 모른다.

이런 생각에 잠겨 있는데 현관벨이 요란하게 울렸다.

"엄마가 널 데리러 왔나 보구나. 자, 조금만 기다려라."

뤼팽이 현관문을 열었을 때 한 여자가 미친 사람처럼 안으로 뛰어들어왔다.

"아이! 내 아이, 어디 있어요?"

"내 방."

흥분한 여자의 말소리와는 반대로 뤼팽의 말소리는 또렷하고 침착했다. 여자는 뤼팽의 집안 구조를 훤히 알고 있는 듯 곧바로 뤼팽의 방을 향해 뛰어갔다.

"그때 그 부인이로군. 도브레크의 친구이자 적인 바로 그 여자. 역시 내 짐작대로였군."

그는 창문 가로 다가가 바깥을 살폈다. 두 사내가 거리를 왔다갔다하고 있었다. 그로냐르와 르발류였다.

"바로 내 집 앞에서 얼굴도 가리지 않은 채 서성거리고 있다니 뻔뻔스러운 놈들이로군. 하지만 좋은 징조야. 놈들도 두목인 나를 따르지 않으면 아무것도 안 된다는 걸 알게 되었을 테니까. 아무튼, 이렇게 되면 저 여자만이 문제인가?"

돌아다보니 모자는 서로 부둥켜안고 있었다. 어머니의 눈에는 눈물이 가득 괴어 있었다.

"아무 일 없었니? 정말로? 쟈크, 무서웠지?"

"아주 착한 아이입니다."

어린아이 대신 뤼팽이 대답했다. 여자는 그 말에 대꾸하려고도 하지 않고 어린아이의 웃옷을 뒤지기 시작했다. 훔친 물건이 있는지 없는지를 확인하는 것 같았다.

"없었어요, 엄마. 그 물건은 정말 없었어요."

이렇게 말하는 어린아이에게 여자는 입을 맞춘 뒤 두 팔로 꼭 껴안았다. 어린아이는 공포와 피로에 지친 듯 그만 쌔근쌔근 잠이 들고 말았다. 어머니도 불안이 가시자 피곤한 듯 어린아이의 몸에 제 얼굴을 부드럽게 묻었다.

뤼팽은 모자의 모습을 한참 동안 물끄러미 바라보았다. 여자의 모습은 아름다우면서도 기품이 있었다. 애수가 담긴 듯한 얼굴은 사람으로 하여금 동정심을 우러나게 했다. 뤼팽은 여자에게로 다가갔다.

"나는 부인의 계획이 무엇인지 모릅니다. 그러나 아무래도 내 도움이 필요할 듯하군요. 아무래도 부인 혼자서는 이번 일을 감당하기 어렵지 않겠습니까?"

"저는 혼자가 아닙니다."

"저기 길에서 서성거리고 있는 두 녀석 말입니까? 나는 그 친구들을 잘 압니다. 형편없는 녀석들이죠. 아무쪼록 날 이용해 주십시오. 어젯밤 극장에서 약속한 걸 기억하고 계시죠? 말씀해

주시기로 한 것 말입니다. 부디, 내게 모든 걸 들려주십시오."

여자는 뤼팽을 한동안 말없이 올려다보았다.

"당신은 나에 대해서 어디까지 알고 계시나요?"

"모르는 게 많습니다. 첫째 난 부인의 이름도 모릅니다. 그러나 내가 아는 바로는……."

여자가 갑자기 그의 말을 가로채며 힘주어 말했다.

"그건 중요하지 않아요. 요컨대 당신이 알고 있는 건 얼마 되지 않으니까요. 당신의 계획과 목적은 뭐죠? 도와주신다고는 하지만…… 무엇 때문이죠? 뭘 도와주시겠다는 거죠? 당신이 이 사건에 열중한다고 하더라도, 저와 당신은 아무런 관계도 없는 사이 아닌가요? 다시 묻겠는데 이 사건에 뛰어든 목적이 뭐죠?"

"목적? ……제가 하고 있는 일은……."

"아니, 아니에요. 구구절절 알고 싶지 않아요. 다만 확실한 목적을 알고 싶을 뿐이에요. 한 가지 예를 든다면 도브레크 씨는 어떤 물건을 가지고 있습니다. 그것은 그 자체로서는 별게 아닐지 몰라도 어떤 측면에서는 아주 귀중한 것입니다. 그 물건은 당신도 알다시피 두 번 당신 손에 들어갔습니다만 두 번 다 제가 훔쳐냈습니다. 왜냐하면 그것이 당신의 손에 들어가서 당신에 의해 이용된다면 아주 곤란하다고 생각됐기 때문입니다."

힘있게 말하는 여인의 눈동자는 빛나고 있었다.

"이용하다니, 무슨 뜻입니까?"

"당신 개인의 일, 평소에 하고 있는 그 일 말입니다."

"강탈이나 협박 같은 것, 말이로군요."

여자는 그 말을 부정하려 들지 않았다. 그는 여자의 두 눈 깊숙하게 감춰져 있는 비밀을 읽어내려고 했다. 무엇을 원하고 있는지, 또 무엇을 두려워하는지를! 이 여자가 자신을 믿지 못한다면 물론 그 역시 두 번이나 자기 손에 들어왔던 그 물건을 빼앗아 도브레크에게 돌려준 이 여자를 신용할 수 없는 일이 아닌가? 한편으로 이 여자는 도브레크를 원수라고 여기고 있지만 다른 한편으론 어느 선까지 도브레크에게 굴종하고 있는 셈이다. 뤼팽은 여자의 굳은 의지를 보여주는 눈매와 진지한 표정을 놓치지 않고 지켜보았다. 이윽고 조금도 거리낌없이 뤼팽은 말했다.

"나의 목적은 아주 간단합니다. 질베르와 보슈레를 구출해내는 데 있습니다."

"정말입니까?"

여인은 몸을 떨었다. 믿을 수 없는 말이라는 듯이 불안한 얼굴로 말했다.

"만약 당신이 저를 알고 계신다면……."

"알고 있습니다. 난 당신이 누구라는 걸 잘 알고 있어요. 또 당신이 모르는 사이 내가 당신의 생활 속에 파고든 것도 수개월째입니다. 그러나 아직은 당신을 믿을 수 없습니다."

"부인은 아직 저를 이해하지 못하고 있습니다. 만약 저를 이해한다면 저를 의심할 이유는 조금도 없을 것입니다. 내 두 명의 부하 중 보슈레는 아주 흉악한 놈이니 별다른 문제로 치더라도, 질베르는 저 무서운 운명으로부터 벗어나도록 해주고 싶습니다."

이때 여인은 마치 발작하듯이 뤼팽에게 달려들 듯한 자세로 소리쳤다.

"뭐라고요? 무서운 운명? ……당신도 그렇게 생각한단 말이죠! 당신도!"

"물론…… 나도 그렇게 생각합니다."

뤼팽이 말했다.

"아무튼 내가 구하지 않으면 질베르는 살아날 수 없습니다."

"그만, 그만 하세요!"

여자는 울상이 되어 있었다. 기품 있던 얼굴에서 핏기가 사라지고 없었다.

"그런 말을 함부로 해선 안 돼요. 그럴 리가 없어요. 당신 멋대로 상상해선 안 돼요."

"이건 상상이 아닙니다. 질베르 역시 제 생각과 같습니다."

"네? 질베르가요? 어떻게 그걸 알 수 있죠?"

"편지가 왔습니다."

"질베르가 보냈나요?"

"그렇습니다. 질베르는 저만을 믿고 있습니다. 자기를 구출해 낼 사람은 저밖에 없다고 생각하기 때문입니다. 그렇기 때문에 며칠 전 감옥에서 제게로 편지를 보낸 겁니다. 바로 이겁니다."

여인은 뤼팽이 꺼낸 편지를 거의 빼앗다시피 하여 읽었다.

두목, 살려주세요! 무섭습니다…… 무서워요……

여자는 편지를 손에서 떨어뜨렸다. 여자의 손이 부들부들 떨리고 있었다. 핏발선 두 눈은 흡사 무서운 환영을 본 사람 같았다.

뤼팽은 깜짝 놀랐다. 외마디 비명을 지르며 벌떡 일어난 여자가 돌연 뒤로 쓰러지며 그만 정신을 잃고 만 것이다.

27인의 명단

아이는 평화로운 얼굴로 잠들어 있었다. 여자는 뤼팽이 데려다 눕힌 소파 위에서 꼼짝도 하지 않고 있었으나 거칠었던 호흡은 차츰 가라앉고, 볼에도 핏기가 돌고 있었다.

언뜻 보니 여자의 목에 결혼식 메달이 걸려 있었다. 뤼팽은 별 생각 없이 그것을 집어 열어보았다. 마흔 살 전후의 훌륭한 신사와 중학생 제복을 입은 미소년의 사진이 들어 있었다.

"그래, 내 짐작대로였어. 아, 가엾은 부인……!"

여자의 손을 잡은 뤼팽의 손끝이 조금 따뜻해지는가 싶었다. 그러더니 여자가 눈을 떴다. 그녀가 힘없이 중얼거렸다.

"쟈크……."

"걱정 마세요. 잘 자고 있습니다. ……기분은 좀 어떠십니까?"

여자는 의식을 되찾았지만, 좀처럼 입을 열려고 하지 않았다. 뤼팽은 그녀 스스로가 말할 수 있도록 분위기를 부드럽게 이끌었다.

"이 아이의 성은 질베르와 같나요?"

"네."

"그렇다면 감옥에 있는 질베르도 부인의 아들이로군요?"

그녀는 가볍게 전율하더니 속삭이듯 이렇게 말했다.

"네. 감옥에 있는 질베르는 저의 큰아들이에요."

역시 이 부인은 질베르의 어머니였다. 살인혐의로 상테 교도소에 갇혀 있는 질베르의 어머니였던 것이다. 뤼팽의 질문은 계속되었다.

"사진 속의 이 신사는 누굽니까?"

"제 남편입니다."

"남편이시라고요?"

"네, 돌아가신 지 3년 되었습니다."

그녀가 몸을 추스르더니 상체를 일으켜 앉았다. 몸서리쳐지는 삶, 무서운 불행, 어디에서도 희망의 빛이라곤 없는 운명, 그런 서러움에 가슴이 미어진다는 표정이었다.

"남편의 성함은……."

여인은 주저했지만 대답을 거부하진 않았다.

"메르지라고 합니다."

"그렇다면…… 국회의원이었던 빅토리앙 메르지……인가요?"

"네, 그렇습니다."

한동안 침묵이 흘렀다. 뤼팽은 오래 전에 일어났던 사건과 그것이 불러일으켰던 파장을 기억해냈다.

지금으로부터 3년 전 국회의 로비에서 메르지 의원은 유서한 장 없이, 납득할 만한 어떤 설명도 남기지 않은 채 돌연 권총으로 자신의 머리를 쏘아 의문의 자살을 해버렸다.

"그때 자살한 이유…… 부인은 알고 계시겠군요."

"물론……."

"질베르는요?"

"모르고 있습니다. 질베르는 그때 아버지에게 호되게 꾸중을 듣고 가출한 뒤 행방불명이 된 상태였습니다. 남편은 크게 상심했지만 그렇다고 그 일로 하여 남편이 자살한 건 아닙니다."

"이유가 뭐였죠?"

메르지 부인은 오랜 세월 가슴속에 묻어왔던 길고 긴 이야기를 거리낌없이 털어놓기 시작했다.

"20년 전…… 그때 저는 클라리스 다르셀이라는 이름으로 부모님과 함께 니스에 살고 있었습니다. 그 무렵, 저희 집을 자주 들락거리던 세 명의 청년이 있었지요. 그들은 알렉시스 도브레크와 빅토리앙 메르지, 그리고 프라스비유입니다. 당신도 알다시피 두 사람은 지금 진행 중인 사건과 밀접한 관련이 있는 인물들이죠. 이 세 사람은 절친한 사이였습니다. 학교도 같았고,

군대도 같은 연대에서 근무했었습니다. 그 시절 프라스비유는 니스의 오페라단 여배우를 사랑하고 있었습니다. 하지만 메르지와 도브레크는 저를 장래의 배우자로 점 찍고 있었습니다. ……여러 가지 복잡한 저간의 사정이 있지만, 지금은 요점만 간단히 말씀드리고 싶군요. 처음부터 저는 빅토리앙 메르지를 사랑했습니다. 제 속마음을 일찌감치 밝혔더라면 일이 그렇게 복잡하게 꼬이지 않았을지도 모르는데…… 사랑에는 주저함과 두려움이 늘 따르는 법인지 저는 끝내 솔직한 마음을 털어놓지 못한 채 시간만 보냈습니다. 불행한 일은 우리 두 사람이 그와 같이 '몰래 사랑'을 하는 사이에도 도브레크의 마음이 변치 않았다는 데 있습니다. 우리 두 사람의 결혼이 정식으로 결정되었을 때, 정말이지 도브레크의 분노는 굉장했었습니다."

클라리스 메르지는 여기서 잠시 호흡을 가다듬었다.

"지금도 결코 잊을 수 없습니다. 세 사람이 함께 한자리에서 만났을 때…… 도브레크는 원망과 저주에 가득 찬 눈초리로 갖은 악담과 욕설을 퍼부어댔습니다. 지금도 귓가에 맴도는 것처럼 생생하군요. 빅토리앙도 난처해했습니다. 그때 도브레크의 난폭한 행동과 말투는 사람이 아닌…… 그래요, 차라리 우리를 빠져나온 야수의 울부짖음 같은 것이었습니다. 이를 갈고 발을 구르면서 매서운 눈초리로 - 당시에 그는 안경을 끼지 않았습니다 - 노려보며 지껄여대던 그때의 모습이란…… 두고 봐라! 이 원한은 기어이 갚고 말 테다! 네놈들은 내 힘을 모르겠지만, 난 기다릴 테다! 10년, 아니 20년이라도 말이다. 네놈들은 나로 인해 신세를 망치고 말 것이다. 그래, 복수하려는 것이다. 난 지금 이 순간부터 복수를 위해 내 인생을 걸겠다. 네놈들이 땅에 코를 박고 살려달라고 애원할 때까지 반드시 기다릴 것이다……' 그는 이렇게 미친 짐승처럼 고래고래 소리를 질러댔습니다. 결국 아버지와 하인이 들어와서 도브레크를 쫓아내고 말았죠. 그로부터 6주일이 지나고 나와 빅토리앙은 결혼했습니다."

"이후로 도브레크의 어떤 방해가 있었나요?"

"글쎄, 그것이…… 우리의 결혼문제 때 남편을 편들었던 프라스비유에게 불행한 일이 있긴 있었습니다. 프라스비유가 집에 돌아가 보니 애인인 여배우가 누군가에게 목이 졸린 채 살해되어 있었다는 겁니다."

"네, 뭐라고요? 그렇다면 도브레크가?"

"도브레크가 그 여배우를 죽였을 수도 있었겠지만 달리 증거가 없었습니다. 도브레크가 여배우에게 왔었다는 증거도, 다른 조그마한 단서도 없었으니까요."

"그렇지만 프라스비유는……."

"프라스비유도 우리들과 마찬가지로 아무것도 몰랐던 모양입니다. ……아마도 도브레크는 여배우를 유혹할 속셈이었던 것 같습니다. 하여 여배우에게 어디론가 함께 떠나자고 졸랐고, 여배우가 거부하자 화가 나 목을 졸라버린 게 아닌가…… 이렇게 짐작할 뿐이죠. 결국 그 사건은 아무런 증거가 없어 흐지부지 종결되고 말았습니다. 도브레크는 조사조차 받지 않았구요."

"그 후 도브레크는 어찌 지냈는지요?"

"그로부터 몇 년 동안은 어디서 뭘 하는지 통 소식을 알 수 없었습니다. 다만, 잠깐 전해들은 풍문에 의하면 미국으로 건너갔다고 하더군요. 도박으로 전 재산을 탕진했고, 프랑스에 있을 사정이 안 되니 그랬다는 것이죠. 일부러 애써 노력한 건 아니지만 자연 협박과 욕설에 대한 기억도 세월에 의해 잊혔죠. 저는 도브레크가 저에 대한 복수를 단념한 것이라고 생각했었습니다. 그러는 동안 남편은 정계에 진출하게 되었습니다. 저는 오로지 남편의 출세와 가정의 행복, 그리고 앙트완의 건강에 대해서만 신경을 썼습니다."

"앙트완이라니요?"

"질베르…… 그 불쌍한 아이의 원래 이름입니다. 앙트완은 제 이름을 끝내 감춰왔지만요."

"한데…… 언제부터 질베르는 좋지 않은…… 곳에 발을 들여 놓기 시작한 것이죠?"

이 질문만큼은 뤼팽도 메르지 부인의 신경을 건드릴세라 주저한 끝에 입을 열었다. 그러나 메르지 부인은 뜻밖에도 담담했다.

"언제라고 꼬집어 말하긴 어렵지만, 질베르 - 역시 원래 이름으로 부르기보단 이 이름이 훨씬 부르기 편하군요 - 는 어렸을 때 무척 애교 있고 귀여운 아이였습니다. 물론 게으르고 버릇이 없는 아이이기도 했지만요. 집에만 있으면 장난이 심해질 것 같아 열다섯 살 때 파리 교외에 있는 중학교 기숙사로 아이를 보냈습니다. 그런데 2년도 채 못 되어 퇴학을 당해 되돌아오더군요."

"이유가 뭐였습니까?"

"품행이 나빴기 때문이라더군요. 학교측에 의하면 밤에 기숙사를 빠져나가 돌아다니는 일이 잦는가 하면 몇 주일이고 학교에 나오지 않아 그 이유를 물었더니 집안 형편 때문에 집에 가 있었다고 하더라는 겁니다."

"그 동안 무얼 했던 걸까요?"

"놀러다닌 겁니다. 경마장, 카페, 댄스홀에도 출입을 했다더군요."

"그에게 그럴 만한 돈이 있었을 리 없잖습니까?"

"네, 그건 그렇습니다."

"누가 돈을 준 거죠?"

"어떤 악한이 그 애를 우리 몰래 학교에서 빼내어 돈의 유혹에 눈을 뜨게 했고, 조금씩 나쁜 길로 안내한 것이죠. 그뿐만 아니라 거짓말하는 법과 좀도둑질까지 가르쳐 주었습니다."

"그게 도브레크였습니까?"

"네, 그래요."

메르지 부인은 부끄러움을 감추기 위해 이마로 두 손을 가져갔다. 그녀는 무척 피곤해 보였다.

"도브레크가 장담했던 대로 복수가 시작된 겁니다. 결국 남편은 질베르의 반복되는 못된 짓에 화가 나 내쫓아버렸죠. 그 이튿날 도브레크는 잔뜩 비꼬는 편지를 보내왔더군요. 편지의 끝에는 이렇게 씌어 있었습니다. '처음엔 소년원 신세, 그 다음에는 재판소의 문을 두드리고…… 결국에는 단두대에 오르게 될 것을 희망하나이다'라고요."

"저런! 참으로 악랄한 작자로군. 그렇다면 이번 사건도 도브레크가 꾸민 짓일 수 있겠군요?"

"그건 아닙니다. 이번 일은 단지 우연일 뿐이에요. 그는 우리를 저주했을 뿐입니다. 아무튼 그 무렵 쟈크가 막 태어났고, 이후로 들린 질베르의 소식은 모두 악행들뿐이었죠. 사문서 위조, 절도, 사기……. 우리 부부는 질베르가 타국으로 갔고, 거기에서 죽었다는 거짓말을 하고 다녔습니다. 부모된 도리로 당연히 괴로웠죠. 그 시절의 삶이란 비참함뿐이었어요. 그런데 설상가상으로 그보다 더 끔찍하고 슬픈 일이 남편에게 폭풍우처럼 들이닥쳤습니다."

"그게 무엇이었죠?"

"한마디만 들어도 아시겠지만, 이른바 '27인 명단'이라는 사건이었습니다."

"아아, 그럼……!"

뤼팽은 눈을 가렸던 장막이 이 말을 듣는 순간 확 사라져버리는 느낌이었다.

클라리스 메르지가 말했다.

"거기에 이름이 오른 건 남편의 우연한 실수이거나 불행이었습니다. 그러나 그것만으로도 남편의 정치적 생명은 끝장날 수 있었습니다. 당시 남편은 운하공사의 조사위원이었는데, 회사의 계획에 찬성하는 자들과 한편이 되어 투표를 했죠. 그리고 뇌물도 받았습니다. 15만 프랑이었죠. 그러나 그 돈은 어느 절친했던 친구의 주머니 속으로 들어가 버렸고, 남편은 그 친구의 정치도구로 이용만 당한 셈이었습니다. 남편은 자신의 행동에 거리낌이 없으며 떳떳하다고 강변했지만 거기에 또한 잘못이 있었습니다. 얼마 못 가서 운하회사 사장의 자살, 회계과장의 행방불명 등이 잇달아 터졌고, 운하 건설에 부정이 개입되었다는 추문이 나돌기 시작했습니다. 그제서야 남편은 정신이 번쩍 들어 사건에 뛰어들었고 자세히 알아보았습니다만 동료들은 이미 회사에 모두 매수된 상태였습니다. 회사 쪽에서는 뇌물을 받은 각 정당의 당수와 유력한 장관, 국회의원의 이름을 명단으로 만들어놓았고요. 우리는 밤잠을 설쳐야 했습니다. 명단이 행여 공개되면 어쩌나, 세상에 이 일이 알려지면 어쩌나 해서 말입니다. 그렇게 가슴 졸이는 나날이 계속되었습니다. 당신도 충분히 짐작할 수 있겠지만 국회에선 아주 큰 소동이 일어났죠. 국회의원들 거의 모두 전전긍긍할밖에요. 그런데 우스운 건 그 명단을 누가 갖고 있느냐 하는 것이었습니다. 이상하게도 이것에 대해 아는 사람이 한 사람도 없었습니다. 명단이 존재한다는 건 분명한데 더 이상의 실체는 드러나지 않는 겁니다. 명단을 갖고 있었으리라 추측되던 두 사람은 이미 죽거나 행방불명이 됐고, 결국 이런 법석을 겪으면서도 명단이 세상에 공개되지 않자 사람들은 명단이 이미 사라졌기 때문이라고 생각하기도 했죠."

"그 명단을 도브레크가 소유하고 있었던 겁니까?"

"아닙니다. 당시만 해도 도브레크는 무명의 정치인이었습니다. 아무튼 어느 날 명단의 소재가 밝혀졌습니다. 자살한 운하 회사 사장의 사촌동생인 제르미노가 폐병으로 죽어가면서 경찰국장에게 편지를 보냈는데, 그 명단이 자기 방의 금고 속에 보관되어 있다고 고백한 것입니다. 일이 이렇게 되자 제르미노의 집 주변에 즉각 경찰이 투입되었고 엄중한 경계가 펼쳐졌습니다. 집 안으로 들어간 경찰은 죽어가는 제르미노의 옆에 놓인 금고를 조심스럽게 열었습니다. 그런데 금고는 텅 빈 상태였습니다."

"도브레크의 짓이었습니까?"

"네, 맞습니다."

이제까지 비교적 평온한 태도를 잃지 않았던 메르지 부인은 갑자기 흥분하기 시작했다.

"알렉시스 도브레크가 그 명단의 소재를 어찌 알아냈는지는 모르지만, 어쨌든 그는 6개월 전 변장을 하고 제르미노의 비서로 들어갔습니다. 그러고는 그가 죽기 전날 밤 금고를 열고 그 명단을 훔쳐갔죠. 물론 경찰의 조사 결과 도브레크의 짓이라는 게 확인되었습니다."

"그런데 왜 그를 체포하지 않았죠?"

"경찰도 손을 쓸 여지가 없었던 거죠. 도브레크는 그 명단을 안전한 곳에 감추었고, 만약 그를 체포하게 되면 그 추악한 문제는 세상에 알려지게 될 것이 분명하니까요."

"그건 그렇군요."

"그래서 도브레크와 타협을 했던 겁니다."

"타협을 했다고요? 그건 좀 우습군요."

뤼팽이 소리내어 웃었다.

"그래요, 우스운 짓이었어요."

메르지 부인 역시 쓴웃음을 지었다.

"……그 명단을 손에 넣은 도브레크는 자신의 목적을 성취하기 위해 철저하게 그것을 이용했죠. 훔쳐낸 지 겨우 일 주일 만에 국회로 남편을 찾아갔고, 24시간 안에 3만 프랑을 내놓으라고 했어요. 그렇지 않으면 명단을 발표해 정치판에서 생매장시켜버리겠다고 협박했죠. 그를 잘 알고 있는 남편이었으므로 돈을 마련하지 않으면 그 결과가 어떻다는 건 누구보다 잘 알고 있었습니다. 그러나 남편은 그 큰 돈을 갑자기 마련할 수 없었습니다. 그래서 고민했고, 결국 이성을 잃고…… 자살해버린 겁니다."

"가당치 않은 얘기로군요! 말도 안 되는 소립니다! 물론 도브레크는 27명의 명단을 가지고 있었으니 명단 공개를 무기로 그들을 협박할 순 있었을 겁니다. 허나 명단을 공개하는 순간 자신도 체포되고 마는 것 아닙니까? 그건 누구보다 도브레크 자신이 잘 알고 있었을 텐데요? 그런 도브레크의 약점에 대해 왜 27명은 하나같이 침묵했던 거죠?"

"도브레크는 영악한 사람입니다. 그는 국회의원 개개인의 성격을 파악한 뒤 누구를 먼저 협박할지 골랐습니다. 심약한 남편이 그 첫번째 희생양이 된 것이구요."

잠시 침묵이 흘렀다. 뤼팽은 도브레크의 생활을 상기해 보았다. 문제의 명단을 미끼로 도브레크는 갖가지 방법을 동원하여 돈을 뜯어냈고, 국회의원이 되기까지 했다. 한데도 그의 사리사욕을 채우기 위한 행동은 그치지 않았다. 고위급 인물들은 도브레크 하나를 당해내지 못하고 그의 명령에 충실하게 따르기만 했다. 아니, 따르지 않을 수 없는 상황이었다.

명단에 포함된 인사들의 유일한 대응은 고작 프라스비유를 고문관으로 발탁, 도브레크를 견제하는 것이었다. 그들은 프라스비유와 도브레크 간의 개인적 원한 관계를 이용한 것이다.

"그런데, 부인께선 도브레크를 종종 만나시지 않았습니까?"

"네, 그래요. 아니, 만났다기보다는 만나지 않으면 안 되었다고 말하는 게 옳습니다. 남편은 이미 운명했지만 그의 명예는 여전히 유효하고, 그것을 전 지켜주고 싶었습니다. 세상은 아직 진실을 모릅니다. 그러니 도브레크가 만나자고 하면 만나지 않을 수 없는 처지였습니다. 도브레크는 극장, 앙장 별장, 파리의 저택 같은 곳에서 만나자고 했습니다. 사람들의 이목을 피하기 위해 시간은 언제나 늦은 밤이었죠. 허나 저도 일방적으로 당하고만 있을 수는 없었습니다. 남편의 복수를 반드시 하고 말겠다는 생각이 서서히 가슴속에 움트더군요. 제가 이날 이때까지 숨을 쉬고 있는 건 오로지 한 가지 목적 때문입니다. 남편과 제 자식의 원수, 도브레크에게 저는 반드시 복수를 할 것입니다. 제 소원입니다. 도브레크를 짓밟아주고 나서 그가 괴로워하는 것을 두 눈 똑똑히 뜨고 지켜볼 것입니다. 도브레크가 눈물을 흘리며 애원하는 모습을 웃으며 지켜볼 것입니다. 악마 같은 사내에게 눈물이 있는지 의문이지만, 도브레크는 반드시 절망하게 될 것입니다."

"도브레크가 죽기를 바라십니까?"

언젠가 목격했던 '칼부림'이 생각나 뤼팽은 이렇게 물었다.

"아닙니다. 그를 죽이고 싶진 않아요. 한때 죽이려고 비수를 처들기도 했습니다만……. 아직 명단은 존재합니다. 더구나 그를 죽인다 한들 무슨 소용이겠습니까? 그것이 복수는 아닙니다. 제 원한이나 증오는 그를 죽인다 해도 다 풀리지 않습니다. 저는 도브레크 그 작자에게 죽음보다 더한 고통이 있다는 것을, 그리고 이제껏 그가 만들어온 명예가 헛된 것이라는 걸 알려줄 것입니다. 그는 늘 불안해하죠. 명단을 빼앗기는 날 그는 처참히 파멸당할 테니까요. 그도 그것을 잘 알고 있습니다. 명단이 사라지면 그는 누군가에 의해 파멸을 당하기보다 오히려 자멸 쪽을 택할 것입니다. 그쪽이 훨씬 자신으로서는 행복한 선택이겠죠."

"도브레크가 부인의 계획을 모를 리 없잖습니까?"

"물론 알고 있겠죠. 우린 서로의 목적을 잘 알고 있습니다. 한마디로 묘한 만남이랄 수 있습니다. 저는 제 나름대로 도브레크를 감시하고 있습니다. 그의 동작 하나하나, 말 하나하나에서 비밀을 알아내고자 노력하고 있습니다. 도브레크는……."

"도브레크는 그걸 미끼삼아 부인에게 접근하고 있다는 말씀이로군요. 갖은 방법을 다 사용하면서 말입니다."

메르지 부인은 고개를 숙이며 대답했다.

"네, 그래요."

말 그대로 묘한 관계였다. 그녀의 복수 대상인 남자는, 자신의 목숨마저 빼앗으려 하는 여자를 어떻게든 손에 넣고자 안달하고 있는 것이다! 사랑을 위해, 그리고 복수를 위해!

"한데…… 뭐 특별한 정보를 알아낸 것이 있나요?"

"오랫동안 노력했지만 소용없었습니다. 당신이나 경찰에서 하는 수단과 방법은 제가 이미 수년 전에 모두 사용해봤습니다. 물론 아무런 소득도 없었죠. 저는 거의 절망 상태에 빠져 있었습니다. 그런데 어느 날 앙장의 별장으로 도브레크를 만나러 갔을 때 테이블 밑 쓰레기통 옆에 구겨진 채 떨어져 있는 종이쪽지를 발견하게 되었습니다. 도브레크가 영어로 쓴 쪽지였는데, 거기에는 '수정 속을 텅 비게 하고, 그 속이 비어 있다는 사실을 아무도 모르게끔 만들어 주시기 바랍니다.'라고 씌어 있었습니다. 제가 그것을 읽고 있을 때 잠깐 정원에 나갔던 도브레크가 급히 안으로 뛰어들어와 이렇게 말하더군요. '여기에…… 편지가 있었을 텐데……' 하고 말입니다. 저는 시치미를 뗐습니다. 도브레크는 무척 당황해하더군요. 그 뒤 한 달쯤 지났을까요? 저는 응접실 벽난로 옆에서 다시 타다 만 편지 조각을 주웠습니다. 그것 역시 영어로 씌어 있었는데 스투어브릿지의 유리세공사인 존 하워드가 도브레크에게 보낸 것이었습니다. 그 편지 조각에는 '수정'이라는 단어가 적혀 있더군요. 저는 정신이 번쩍 들었죠. 저는 스투어브릿지로 갔고 그 유리가게의 점원을 매수하여 얘기를 들었습니다. 도브레크는 수정 속을 파서 속을 비우게 하고, 다른 사람이 그것을 눈치채지 못하도록 정밀하게 제작해 달라고 부탁했었다는 것입니다."

"조사에는 허점이 없었나요? 제 생각엔 수정마개 안에 무엇을 감추기가 결코 쉽지 않을 것 같은데요. 공간이 너무 좁지 않을까요?"

"물론 좁지요. 그래도 그 정도면 사실 충분합니다. ……영국에서 돌아오자마자 저는 프라스비유를 만나기 위해 경찰서로 갔습니다. 우리의 우정은 그때까지 변함이 없었으니까요. 저는 그에게 남편이 자살할 수밖에 없었던 이유와 복수하고 싶다는 제 뜻을 주저없이 말했습니다. 제가 나름대로 수집한 정보도 알려주었죠. 그는 뛸 듯이 기뻐했습니다. 그의 표정과 태도로 봐서 그 또한 저 못지않게 도브레크를 증오하고 있다는 것을 알 수 있었습니다. 저는 그에게서 27명의 명단이 적힌 쪽지는 극히 얇은 외국제 종이로 돌돌 말면 아주 작은 공간에도 숨길 수 있다는 사실을 새로이 알게 되었습니다. 우리는 망설일 이유가 없었습니다. 우린 지금까지도 종종 은밀히 만남을 갖고 있습니다. 물론 행동은 각자 따로 하고 있습니다. 이미 아셨겠지만, 클레망스는 제게 충성을 맹세한 여자입니다. 일부러 그녀를 하녀로 잠입시킨 것 역시 저입니다."

"클레망스와 프라스비유의 관계는 어떻습니까? 제가 알기로는 그를 배신한 것 같던데?"

"지금은 그렇지만, 처음에는 프라스비유와도 비교적 우호적이었죠. 아무튼 프라스비유 쪽에서는 다양한 방법을 동원해 수색을 하고 있습니다. ……아무튼 10개월 전쯤 질베르가 다시 제 앞에 나타났습니다. 그동안 무수히 나쁜 짓을 하고 다녔어도 어머니인 저는 질베르를 미워할 수 없더군요. 더구나 그는 어린 동생 쟈크를 보더니 울면서 그 아이의 이마에 키스를 했습니다. 그 순간 저는 질베르를 완전히 용서하고 말았죠. ……그때 제가 질베르를 용서하지 않고 오히려 크게 꾸짖었다면 그 애가 더 이상 나쁜 짓을 하지 않았을까요? 아아, 다시 그때가 돌아온다면 그 애의 나쁜 행실을 꾸짖을 용기를 내련만! 아아, 가엾은 아이! ……맞아요. 질베르를 악의 구렁텅이에 빠뜨린 건 그 누구도 아닌 저예요. 그 아이의 악행을 알면서도 전 아무 손도 쓰지 못한 죄인이에요. 허나 집을 나간 뒤 질베르는 너무 많이 변해버렸어요. 그래서 감히 훈계를 할 엄두조차 내지 못했어요. 물론 이런 말은 변명에 불과하겠죠. ……당신이 질베르를 도왔다고 들었어요. 비록 행실은 나빴지만 질베르는 여전히 자긍심을 가지고 있더군요. 그 아이는 쾌활하고 행복해 보였어요. 그리고 당신에 대해 자랑스럽게 말하더군요."

뤼팽의 면전이라 그런지 그녀는 말을 조심스럽게 골랐다. 그러나 여전히 질베르의 건달생활에 대해선 불만인 것 같았다.

"그런 후에 또 어떤 일이 있었는지요?"

뤼팽이 말했다.

"질베르를 자주 만났어요. 질베르가 이목을 피해 나를 찾아오거나 제 쪽에서 그 아이를 만나러 갔죠. 교외로 산책을 나가기도 했구요. 그러는 사이 친밀감이 생겼고, 저는 아버지가 자살하게 된 사연과 도브레크에게 복수를 하려는 제 의지를 털어놨죠. 질베르는 격분하더군요. 질베르는 자신이 수정마개를 훔치겠다고 했어요. 아버지와 자신에게 몹쓸 짓을 한 도브레크에게 반드시 복수하겠다고 별렀어요. 이제 와서 이런 말씀을 드리기는 무엇합니다만, 질베르의 아이디어는 당신과 협력해서 일을 벌이겠다는 것이었어요."

"그래요. 질베르는 내게 앙장 별장을 습격하자는 제안을 했습니다."

뤼팽은 질베르가 솔직하지 못했던 것에 대해 약간 기분이 언짢았다.

"네, 알아요······ 그리고 당시엔 저도 같은 생각이었어요. 불행하게도 질베르는 동료를 너무 믿었어요."

"보슈레 말입니까?"

"네, 보슈레는 사악한 인간이에요. 그는 욕심 많고 교활하고, 무절제한 인간입니다. 아무튼 그는 질베르를 마음껏 이용했어요. 질베르는 보슈레를 믿고 조언을 구했는데······ 거기서부터 일은 틀어진 거예요. 보슈레는 우리를 설득했어요. 당신이 모르게 은밀하게 움직이자고요. 그는 우리의 리더가 되었고, 계획대로 앙장 별장을 습격했어요. 미친 짓이었어요. 차라리 당신을 전적으로 따랐다면 그런 불행한 일은 발생하지 않았을 텐데! ······저는 극장에서 도브레크와 만나기로 약속했죠. 자정쯤 집으로 돌아왔는데 레오나르가 살해되고 아들이 체포되었다는 끔찍한 소식을 듣게 된 겁니다. 도브레크의 저주가 실현되는 순간이었죠. 재판이 진행되고… 중형이 선고되고……. 결과적으로 질베르를 이 일에 끌어들인 건 저예요. 엄마라는 사람이 아들에게 도움을 주긴커녕 오히려 곤경에 빠뜨리다니! 그러고도 구해주지도 못 하고 있으니…… 아아, 제가 생각해도 너무 한심해요!"

클라리스는 두 손을 맞잡은 채 부르르 몸을 떨었다. 어쩌면 질베르가 단두대에서 머리가 잘려나가는 상상을 했을지도 모른다.

뤼팽은 동정심에 사로잡혔다.

"질베르는 제가 꼭 구해내겠습니다. 믿어주십시오! 한데 그러기 위해선 좀더 자세한 얘기가 필요합니다. 특히 이 얘기만큼은 반드시 해주셔야 합니다. 그날 밤, 앙장에서 있었던 일을 알고 계신 것 같은데, 누구한테 전해들었죠?"

"당신의 부하인지 보슈레의 부하인지는 잘 모르겠는데…… 보트를 젓던 두 사람을 통해 알게 되었습니다."

"밖에 있는 그로냐르와 르발류 말입니까?"

"네. 경찰이 들이닥치자 혼비백산하여 그들은 제가 있는 곳으로 달려왔어요. 예전에 그들의 은신처이기도 했던 곳이지요. 그때 그들이 그러더군요. '질베르가 잡혀가다니! 끔찍한 밤이야!' 그들은 두려움에 떨면서 그렇게 중얼거렸어요. 전 어찌할 바를 몰랐습니다. 당신의 도움이 절실했지만 그런 와중에 저 혼자 당신을 어디서 찾을 수 있었겠어요? 나중에 그로냐르와 르발류가 제게 말하더군요. 까딱 잘못했다가는 자신들도 철창 신세를 면치 못할 것이라고 느꼈기 때문이죠. 그들이 말한 건 보슈레가 오래 전부터 은밀히 추진해 왔던 계획에 관한 것이었어요."

"짐작할 것 같군요. ……저를 제거하자는 것이겠죠?"

뤼팽이 담담한 어조로 말했다.

"그래요. 질베르는 당신을 완전히 신뢰하고 있었어요. 그렇기에 보슈레는 질베르에겐 자신의 계획을 얘기하지 않았어요. 그러면서도 한편으론 당신의 거처를 면밀하게 조사했던 거죠. 수정마개와 27명의 명단이 적힌 쪽지를 손에 쥔 후 당신을 경찰에 넘기고 당신의 부하들을 휘하에 둔다는 계략이었죠."

"멍청한 녀석! 앞뒤 분간도 못하는 녀석이 감히…… 문짝은요?"

"당신 집 문짝 판자를 교묘히 뜯어낸 건 보슈레의 짓이 틀림없습니다. 그는 체구가 아주 왜소한 사람을 시켜 문짝을 뜯어내고 그 틈으로 들어가게 하여 편지를 훔쳐내고자 했어요. 물론 그로냐르와 르발류가 제게 귀띔해준 겁니다. 저는 보슈레의 방법을 이용했습니다. 작지만 영리하고 용기가 있는 쟈크를 이용한 거예요. 엄마로서 몹쓸 짓이지만 어떡하든 질베르를 구출해내고 싶었어요! 그날 밤 일에 착수했습니다. 제 동료들의 정보에 따라 저는 질베르의 방으로 가서 마티뇽 가에 있는 당신의 집 열쇠를 훔쳤어요. 집으로 가보니 당신은 피곤했는지 잠에 빠져 있더군요. 불행하게도 저는 마음을 바꾸어 당신의 도움을 요청하기보다는 수정마개를 찾는 데 초점을 맞추었습니다. 수정마개가 앙장 별장에서 발견되었다면 당신의 집에 있으리라고 추정하는 건 그리 무리가 아니었으니까요. 예상대로였습니다.

당신의 침실로 숨어든 어린 쟈크가 몇 분 뒤 보란 듯이 수정마개를 들고 나왔습니다. 저는 이젠 질베르를 구할 수 있다는 희망에 참으로 기뻤습니다. 프라스비유에게 말하지 않고 그것을 혼자 독차지하게 된다면 저는 도브레크를 지배할 부적 같은 막강한 힘을 갖게 되는 것이었으니까요. 그에게 제가 원하는 모든 것을 시킬 수 있게 되는 것입니다. 그는 제 의지의 노예가 되어 제가 시키는 대로 질베르를 위해 법조계에 영향력을 행사할 것이고, 그렇게 되면 질베르를 감옥에서 탈출시킬 수단을 찾거나 적어도 사형을 모면하게는 할 수 있을 테니까요. 그런데……그런데…….”

의자에서 일어난 클라리스가 힘없는 목소리로 말했다.

"수정마개 안에는 아무것도 없었습니다. 정말, 아무것도 없었어요! 쪽지도, 쪽지를 감출 만한 공간도 없었지요. 앙장 별장을 습격한 건 결국 헛일이 되고 말았죠. 제 모든 노력은 물거품이 된 겁니다!"

"저는 이해할 수 없군요. 왜 수정마개 안에 아무것도 없었던 거죠?"

"당신이 도브레크로부터 훔쳐낸 물건은 진짜 수정마개가 아니었어요. 도브레크는 스투어브릿지의 유리세공사에게 수정마개의 모형을 보냈는데 바로 그것이었던 겁니다."

"아, 그랬었군! 바보같이 그걸 몰랐다니!"

뤼팽이 혼잣말처럼 중얼거렸다.

"저는 그날 앙장으로 갔고 도브레크를 만났습니다. 그는 단순히 도둑이 든 것이라고만 여기고 있더군요. 당신이 관여한 것은 전혀 눈치채지 못하고 있었어요."

"아무리 그렇더라도 수정마개가 사라졌는데……?"

"훔친 수정마개는 도브레크에게 그다지 중요하지 않았어요. 조금 전에 말했듯이 그건 모형에 지나지 않으니까요."

"그걸 어떻게 알아냈죠?"

"수정마개의 밑부분에 긁힌 자국 같은 흠집이 있었어요. 모형으로 사용됐다는 증거예요."

"아, 그렇군요! 생각납니다, 제가 가진 수정마개에는 분명 흠집이 있었어요. 한 가지 의문스러운 점은 나중에 파리의 도브레크의 집 책상서랍에서 또다시 수정마개가 발견되었는데, 이는 어찌된 까닭이죠?"

"도브레크는 세심한 사람입니다. 그래서 전 그가 도둑맞았다는 사실을 눈치채기 전에 얼른 제자리에 갖다놓기로 했죠. 쟈크를 시킨 겁니다. 당신의 오버코트 주머니에서 수정마개를 훔치게 한 것도요. 그런 다음 문지기 하녀에게 건네주어 책상서랍에 도로 갖다놓게 한 것이구요."

"도브레크는 아무런 의심도 하지 않았단 말인가요?"

"네, 전혀. 도브레크도 27인의 명단이 적힌 쪽지를 찾으려는 사람들이 있다는 건 알고 있어요. 하지만 프라스비유와 제가 그 명단을 감춰놓은 수정마개에 대해 알고 있는 건 모릅니다."

뤼팽은 생각에 사로잡혀 방 안을 왔다갔다했다.

그러다가 클라리스 앞으로 천천히 걸어갔다.

"앙장 사건 이후에 벌어진 일련의 일들에 대해 대충 할 말을 다 하신 것 같은데…… 다른 소득은 없었나요?"

"없어요. 저는 하루하루 그로냐르와 르발류에게 이끌려 다녔을 뿐이에요. 그러나 지금 돌이켜보면 아까운 시간만 허비한 꼴이에요."

"27인의 명단을 찾는 것 외에 다른 계획 같은 건 없습니까?"

"네. 그러나 지금 저는 난관에 부닥쳐 있어요. 순전히 당신 때문이죠. 당신이 추천한 가정부 빅뜨와르가 도브레크의 집에 취직했다는 것을 아는 데는 오랜 시간이 걸리지 않았어요. 문지기 하녀가 말하기를 그녀는 당신을 그녀의 방에 숨겨주기까지 했다더군요. 전 당신의 그런 무모한 행동이 어떤 결과를 가져올지 두려웠어요."

"그러고 보니 이번 사건에서 손을 떼라고 내게 쪽지를 쓴 사람은 다름 아닌 부인이었군요!"

"네, 그래요."

"밤에 보드빌에 있는 극장에 가지 말라고 쪽지를 보냈던 것도요?"

"네. 저와 도브레크가 전화로 대화하는 걸 빅뜨와르가 엿들었다고 문지기 하녀가 제게 알려주더군요. 그리고 당신 집을 감시하던 르발류가 당신이 나가는 것을 보았구요. 그래서 저는 당신이 그날 밤 도브레크를 미행할 거라고 생각했죠."

"참, 일전에 제 집에 찾아온 여자가 있었는데…… 역시 부인이었습니까?"

"다른 의도는 없었어요. 낙담한 마음에 당신을 만나고 싶었어요."

"부인이 질베르의 편지를 가로챘습니까?"

"네, 편지봉투를 보고 그 애가 보낸 편지란 걸 알았어요. 그래서 손이 갔던 거예요."

"질베르의 편지 내용이 뭐였죠?"

"질베르는 자신의 악운을 저주했어요. 그리고 당신이 당신의 이익을 위해 자신을 버렸다고 화를 냈어요. 그 편지는 당신을 불신하게 만들었고 그래서 도망쳤던 거예요."

뤼팽은 화가 치밀었지만 그저 어깨만 으쓱거릴 뿐이었다.

"참으로 어처구니없군요! 좀더 일찍 알았더라면 좋았을 텐데 말입니다. 우린 서로에게 덫을 놓고 상대가 함정에 빠져들기를 목놓아 기다렸어요. 서로 숨바꼭질을 했던 겁니다. 그 결과 소중한 시간만 허비했어요."

"당신도 두려웠던 거예요! 당신 역시 앞으로 닥쳐올 일들이 두려웠던 겁니다. 그렇죠?"

"아니오. 저는 조금도 두렵지 않았습니다!" 뤼팽이 큰 소리로 대꾸했다. "다만 저는 방법을 찾고 싶었습니다. 물론 우리가 협력한다는 전제 하에 말입니다. 우리는 함께 일해야 합니다. 이제까지의 실수와 무분별한 행위를 두 번 다시 반복해선 안 됩니다. ……오늘 밤, 도브레크의 옷을 뒤진 건 그리 잘한 일이 못 됩니다. 결국 우리가 싸우는 바람에 소란이 생겼고, 그 때문에 도브레크는 더욱 경계를 강화할 것입니다."

클라리스 메르지는 머리를 가로저었다.

"아뇨. 그건 그렇지 않아요. 소란이 있었지만 도브레크는 깨어나지 않았을 겁니다. 왜냐하면 잠들기 전에 수면제를 탄 와인을 마셨으니까요."

잠시 숨을 고른 뒤 그녀가 덧붙였다.

"그의 인생은 만일의 위험에 대비하느라 늘 초조한 긴장상태예요. 교활하기 짝이 없는 도브레크는 아직 우리에게 어떤 허점도 노출시키지 않았어요. 게다가 아직까지 칼자루는 그가 쥐고 있다는 게 중요하겠죠."

뤼팽이 그녀에게 물었다.

"그게 무슨 뜻이죠? 이제 포기한다는 의미인가요?"

"그건 아니에요. 한 가지…… 오직 한 가지 방법이 남아 있어요."

그녀가 손으로 얼굴을 감쌌다. 그녀의 얼굴빛은 몹시 창백했다.

뤼팽은 그녀의 낙담을 이해할 수 있었다. 뤼팽은 허리를 구부려 그녀를 위로했다. 뤼팽이 나지막한 목소리로 이렇게 말했다.

"숨김없이, 모든 걸 제게 말씀해 주십시오. 어차피 이 모든 일은 질베르를 위한 것입니다. 아직은 경찰이 질베르의 과거를 캐내지 못하고 있지만 적어도 한 사람, 도브레크는 그의 본명을 알고 있습니다. 도브레크는 질베르라는 가명에도 불구하고 앙트완이 당신의 맏아들인 것을 알고 있습니다. 제 말이 틀렸습니까?"

"아니오. 당신 말이 맞아요."

"짐작하건대 도브레크는 당신에게 약속했을 겁니다. 질베르

수정마개 133

를 구해주겠노라고 말입니다. 그렇지 않은가요? 당신이 비수로 그를 해치려고 한 날, 그는 질베르의 생명을 구해줄 뿐만 아니라 그를 탈출시켜 자유롭게 살게 해주겠다고 말했을 겁니다. 그렇죠?"

"네…… 맞아요. 사실이에요."

"그 작자가 공짜로 해주겠다고 했을 리는 없고 조건을 내걸었을 테죠? 그 조건은 부인으로선 무척 역겨웠을 테고요. 그렇죠?"

클라리스는 대답하지 않았다. 그녀는 도브레크와의 끈질긴 싸움에 이미 몹시 지쳐 있는 모습이었다. 뤼팽이 그녀에게서 본 건 승리자나 도전자가 아닌 패배자의 모습이었다.

도브레크가 죽인 것이나 진배없는 메르지의 사랑스런 아내로서, 도브레크가 타락시킨 질베르의 가련한 어머니로서, 클라리스 메르지는 고민하고 있었다. 그러나 단두대의 운명으로부터 아들의 목숨을 구해내기 위해선 도브레크의 뜻에 결국 순종해야만 하는 것이 또한 그녀의 운명이었다.

결국, 클라리스는 도브레크의 노예가 될 것인가? 뤼팽은 도브레크를 떠올리자 기분이 나빠졌다. 혐오스럽고 역겨웠다.

뤼팽이 클라리스의 눈을 가만히 들여다보았다.

"부인, 제 말을 들어야 합니다. 저는 당신의 아들을 반드시 구해낼 것입니다. 아르센 뤼팽의 이름을 걸고 맹세합니다! 부인의 사랑스러운 아들, 질베르가 단두대에 목을 들이대는 일은 결코 없을 것입니다. 제가 살아 있는 한 그 누구도 질베르를 죽이지 못합니다!"

"당신을 믿어요…… 당신의 말을 믿어요."

"믿으십시오. 패배를 모르는 아르센 뤼팽의 장담입니다. 저는 반드시 질베르를 구출해낼 것입니다. 다만…… 부인은 제게 한 가지 약속해 주셔야만 합니다."

"그게 뭐죠?"

"다시는 도브레크를 만나지 마십시오."

"……맹세할게요."

"두려움이나 그 어떤 다른 생각은 잊으십시오. 그와는 더 이상 어떤 흥정도 해서는 안 됩니다."

"네, 그렇게 하겠습니다."

그녀는 믿음의 눈길로 뤼팽을 마주 바라보았다. 뤼팽은 그녀의 시선을 받으며 기쁨을 느꼈다. 자신이 그녀의 행복을 되찾아 준 것만 같은 기분이었다. 적어도 상처 입은 영혼에 평화를 가져다준 건 분명하지 싶었다.

뤼팽이 의기양양한 목소리로 말했다.

"우리에겐 2~3개월의 여유 시간이 있습니다. 내 활동에 방해만 받지 않는다면 질베르를 구해내기에 충분한 시간이라고 말할 수 있습니다. 그러니, 부인은 이번 일에서 완전히 물러서 있어야 합니다."

"구체적으로 말씀해 주세요?"

"당분간 모습을 드러내지 말았으면 합니다. 어린 쟈크를 위해서 시골로 내려가는 것도 좋겠군요. 모르긴 몰라도 이번 일 때문에 쟈크의 신경은 매우 쇠약해졌을 겁니다. 공기 좋은 시골은 자크가 요양하는 데 큰 도움이 될 겁니다."

다음 날, 클라리스 메르지는 길을 떠났다. 마침 친구가 숲에 둘러싸인 생 제르맹에 살고 있었다. 모자는 그 집에 머물기로 하고 친구의 양해를 구했다. 친구는 흔쾌히 허락해 주었다. 거듭된 피로와 악몽에 시달린 메르지 부인에겐 신경쇠약증세가 있었다. 하여 아주 조그만 일에도 깜짝깜짝 놀라곤 했다. 클라리스는 생 제르맹으로 들어가며 모든 것을 잊기로 했다. 아무것도, 신문조차 읽지 않기로 했다.

뤼팽은 계획을 완전히 수정했다. 그는 도브레크를 납치하여 포로로 만들 생각이었다. 그러는 동안 그로냐르와 르발류가 잘못을 빌고자 자진하여 찾아왔다. 뤼팽은 그들을 용서해 주었다. 그런 후에 그들로 하여금 도브레크를 미행시키도록 했다. 그 즈음, 살인범인 아르센 뤼팽의 부하 두 사람이 드디어 재판에 회부된다는 기사가 신문에 실렸다. 어느 날 오후 4시쯤, 샤토브리앙 가 뤼팽의 집 전화벨이 요란하게 울었다.

뤼팽은 수화기를 집어들었다.

"여보세요!"

"여, 여보세요. 미셸 보몽 씨입니까?"

상대는 여자였는데 숨이 가쁜 듯 말도 제대로 잇지 못했다.

"그렇습니다만, 누구시죠?"

"빨리요! 선생님, 빨리 와주세요. 메르지 부인이 독약을 먹었어요."

뤼팽은 밖으로 나가 차를 타고 생 제르맹으로 갔다.

클라리스의 친구가 문 앞에 나와 그를 기다리고 있었다.

"지금 상태가 어떻습니까?"

뤼팽이 말했다.

"다행히 목숨은 건졌습니다. 지금 막 의사 선생님이 왕진을 다녀가셨는데 생명에는 지장이 없다고 하는군요."

"왜 죽을 결심을 한 것이죠?"

"쟈크가 없어졌습니다."

"쟈크가요? ……어떻게 하다가 그리 된 거죠?"

"그게…… 쟈크가 저기 숲속에서 놀고 있는데 어떤 차가 와서 멈추었습니다. 곧이어 비명소리가 났고…… 클라리스가 놀라 달려갔지만 허사였습니다. 문제의 차를 본 클라리스는 '그놈이야! 이젠 틀렸어!' 외치더니 그만 털썩 주저앉아버렸습니다. 한동안 넋이 나간 사람처럼 앉아 있더니 갑자기 주머니를 뒤져 뭘 꺼내더군요. 그리고 말릴 새도 없이 그걸 꿀꺽 삼켜버렸습니다."

"그런 후엔……?"

"제 남편의 도움으로 방으로 업고 갔는데 아주 고통이 심했습니다."

"어떻게 제 연락처와 이름을 아셨죠?"

"클라리스가 말해줬어요. 의사가 와 있는 동안 달려나가 전화한 겁니다."

"저 말고 다른 사람에게도 연락했나요?"

"아니오. 저는 클라리스가 고통스런 비밀을 지니고 있고, 그것을 다른 사람에게 알리고 싶어하지 않는다는 걸 알고 있으니까요."

"그녀를 만나볼 수 있을까요?"

"지금은 자고 있어요. 의사 선생님이 절대 안정이 필요하다고 했으니 충분히 잠을 자는 게 좋을 것 같아요."

"의사가 달리 또 지시한 말은 없나요?"

"열이 오르는 것과 신경이 날카로워지는 것을 경계하라고 했어요. 자칫 잘못하면 또다시 무분별한 짓을 저지를 수 있다고요."

"그걸 막을 수 있는 방법이 없을까요?"

"1주일 동안 절대 안정을 취해야 한다고 말씀하셨는데, 쟈크를 못 찾게 되면……."

"그럼 쟈크만 찾으면 되는 일이로군요."

"그야 그렇죠!"

"알겠습니다. 찾을게요. 찾을 겁니다. 꼭 그렇게 될 겁니다. 좋습니다! 메르지 부인께서 정신이 들거든 말씀을 전해주십시오. 오늘 밤 12시까지 반드시 쟈크를 찾아오겠다고 말입니다. 저는 결코 빈말 따위 하지 않습니다."

뤼팽은 곧바로 차에 올라탔다.

"파리로 가자! 라마르틴 광장의 도브레크 의원 집으로!"

사형선고

뤼팽의 자동차는 훌륭한 서재이자 변장실이었다. 책은 물론이거니와 잉크와 펜, 종이, 변장에 필요한 여러 가지 옷과 가발, 우산과 수염, 지팡이와 안경 등이 완벽하게 갖춰져 있었다. 이런 이유로 뤼팽은 차가 주행중인데도 머리에서부터 발끝까지 어떤 모습으로든 변장이 가능했다.

그날 저녁 6시 무렵, 다부진 체격에 검은 프록시 코트, 희끗한 수염에 안경을 낀 훌륭한 신사가 도브레크 의원의 저택을 방문했다.

문지기 하녀가 신사를 현관으로 안내하였고, 현관벨을 누르니 빅뜨와르가 뛰어나와 그를 맞이했다.

뤼팽이 말했다.

"나는 베르느라는 의사입니다. 도브레크 의원을 만나뵙고 싶습니다."

"도브레크 씨는 지금 잠자리에 드셨습니다. 시간이 늦어서요."

"아마, 제 명함을 보여드리면 생각이 달라질 것입니다."

이렇게 말한 뒤 뤼팽은 꺼낸 명함 한쪽에다가 '메르지 부인이 전합니다'라고 썼다.

"자, 이걸 전해주시겠습니까?"

"하지만……."

빅뜨와르가 머뭇거렸다.

"유모! 왜 이러세요? 이젠 제 말을 안 들어주시기로 작정한 겁니까?"

빅뜨와르는 깜짝 놀랐다. 눈앞의 훌륭한 신사가 뤼팽인 것을 그제야 눈치챘다.

"이런, 도련님이셨군요!"

"아뇨, 루이 14세예요."

뤼팽은 빅뜨와르를 현관 구석으로 끌고 갔다.

"잘 들으세요, 유모. 내가 저 친구하고 이야기하는 동안 유모는 서둘러 짐을 챙기도록 해요. 이 집을 빠져나가야 합니다. 알았죠?"

"난데없이 그게 무슨 말이에요?"

"글쎄, 제가 말한 대로만 하세요. 큰길에 자동차를 세워두었어요. 그리로 가시면 돼요. ……저는 서재에서 기다릴 테니 안에 가서 말 좀 전해 주세요."

"어두워서……."

"그럼 불을 켜세요."

전등 스위치를 올린 다음 빅뜨와르는 도브레크에게로 갔다.

"바로 이곳이다! 수정마개가 있을 만한 곳은 바로 이곳뿐이야! 제 몸뚱이에 수정마개를 갖고 다닌다면 몰라도 그렇지 않다면, 이곳은 수정마개를 감추기에 딱 좋은 장소야. 누구라도 이곳을 이용하지만, 그 누구도 짐작하지 못할 곳! 지금까지 말이지……."

뤼팽은 주의 깊게 방 안을 훑어보았다. 언젠가 도브레크가 프라스비유에게 보낸 편지 구절을 떠올리면서!

프라스비유, 네가 노리는 건 손에 잡힐 듯한 곳, 아주 가까운 곳에 있었다. 너는 거기에 손을 댔으나 가져가지는 못 했다. 좀 더 노력했으면 너의 소원은 이루어졌을 텐데…….

물건의 위치는 그때와 조금도 변하지 않았다. 테이블 위에 늘 어놓은 것들과 책, 장부, 잉크병, 인주통, 담배와 파이프…… 몇 번씩 프라스비유의 일당들이 뒤졌지만 그 물건은 변함없이 고스란히 놓여 있다!

"교활하고 영리한 놈!"

뤼팽은 생각했다.

"치밀해. 잘 짜여진 연극처럼 꼭 들어맞고 있어!"

이 정도의 치밀함을 가진 도브레크인데 과연 자신의 의도대로 얘기가 진행될 수 있을는지…… 뤼팽은 조금 염려가 되었다.

잠시 후 발소리가 들렸다. 도브레크가 안으로 들어왔다. 그는 일어서 있는 뤼팽에게 자리에 앉도록 권한 후 자신도 책상 앞 의자에 자리를 잡고 앉았다. 그러고는 손에 쥐고 있는 명함을 다시 한 번 들여다보았다.

"베르느 선생?"

"네, 생 제르맹에 있는 베르느라는 의사입니다."

"메르지 부인의 일로 오셨다고요? 부인이 선생의 환자이고요?"

"네, 그렇습니다. 환자로서 제 병원을 드나든 지는 얼마 되지 않았습니다만…… 갑자기 급한 병이 났다고 하여 왕진을 갔었습니다."

"무슨 병이지요?"

"메르지 부인은 독약을 마셨습니다."

"뭐라고요?"

도브레크는 깜짝 놀랐다.

"독약이라니! 그녀가 죽었습니까?"

"아니오. 다행하게도 마신 양이 적었습니다. 합병증이 생기지 않는 한 생명에는 지장이 없을 겁니다."

도브레크는 뤼팽이 말을 하는 동안 꼼짝 않고 침묵을 지켰다.

'나를 보고 있는 걸까? 아니면 눈을 감고 있는 걸까? 뜨고 있

는 것 같기도 하고……?'

 메르지 부인이 말한 대로 도브레크는 눈 위에 이중 안경을 쓰고 있었다. 그 때문인지 도브레크의 인상은 그리 좋은 편이 못되었다. 더구나 안경 하나는 검은색이었다. 그러니 인상이 음산해 보일밖에! 상대방의 눈을 보지 않고서야 어찌 그 사람의 마음속을 꿰뚫어볼 수 있단 말인가? 뤼팽은 눈에 보이지 않는 마술 칼을 휘두르는 적과 마주앉아 있는 느낌이었다. 한동안의 침묵 끝에 도브레크가 입을 열었다.

 "메르지 부인은 다행히 살아 있고 그 부인이 선생을 나한테 보냈다는 말씀인데…… 도무지 이유를 모르겠군요. 나는 그 부인을 알지 못하는데 말입니다."

 '이 능구렁이 같은 녀석! 널 결코 용서하지 않겠어!'

 그러나 속마음과는 달리 뤼팽은 약간 주저하면서 조심스럽게 말을 꺼냈다.

 "네? 그게 무슨 말씀이시죠? ……사실 저희 의사들은 환자의 복잡한 개인사정 때문에 아주 난처한 상황에 빠지는 경우가 종종 있습니다. 아무튼 저간의 사정을 말씀드리겠습니다. 메르지 부인을 진찰하고 나서 간호를 하고 있었는데, 부인이 느닷없이 머리맡의 옷자락을 뒤지더군요. 옷에서 부인은 독약을 끄집어내고 그것을 입으로 가져간 순간 전 깜짝 놀라 부인의 손목을 붙잡았습니다. 부인은 한사코 제게 저항하더군요. 겨우 독약을 빼앗긴 했습니다만 그 때문에 옥신각신하는 바람에 열이 많이 올라 지금은 거의 인사불성의 상태가 되어버렸습니다. 한데 부인이 헛소리를 하듯 이렇게 울부짖더군요. '저 사람이에요, 저 사람! ······도브레크 국회의원··· 아이를 돌려줘요! ······그 사람에게 말해줘요. 아니면 오늘 밤에 당장 죽어버리겠어요!' 그래서 선생님에게 이런 사실을 알리고자 이렇게 부랴부랴 찾아온 겁니다. 부인은 지금 매우 신경이 날카로운 상태입니다. 저로서는 부인이 한 이야기가 무슨 뜻인지 잘 모르겠고, 또 누구에게 물어볼 수도 없는 형편입니다. 사실 이곳으로 달려오긴 왔습니다만······."

도브레크는 제법 길게 무엇인가를 생각하는 눈치였다.

"의사선생, 당신은 내가 어린아이의 행방, 그러니까 납치되었다고 생각되는 어린아이의 행방을 알고 있지 않나 해서 물으러 온 것이로군요. 그렇소?"

"······네. 말하자면, 그렇습니다."

"그래서 내가 알고 있으면 그 아이를 엄마 품에 데려다 주시겠다 이 말씀이로군요."

두 사람 사이에 침묵이 흘렀다.

'내 얘기가 과연 먹혀들까? 메르지 부인이 죽을지도 모른다는 협박이 이런 인간에게 통할까? 통하겠지. 반드시 통해야 해. 한데 이 녀석은 망설이는 기색이로군.'

"잠깐······ 실례합니다. 급한 일이 생각나서······."

도브레크가 책상 위의 전화를 집어들었다.

"네, 제게는 신경 쓰지 마십시오."

도브레크가 교환에게 말했다.

"여보세요! 822-19번 부탁합니다. 822-19번!"

이 전화번호를 반복하는 동안 뤼팽은 꼼짝하지 않고 앉아 있었다.

"그건 경찰국 번호 아닙니까? 고문관 사무실의……."

"네, 그래요. 의사 선생, 한데 이 전화번호를 어떻게 아시죠?"

"제가 지역 의사라서 가끔 전화를 걸곤 하죠."

이렇게 말하면서도 뤼팽은 속으로 조금 불안했다.

'갑자기 이 악당이 무슨 수작을 꾸미는 것일까? 고문관이라면 프라스비유가 아닌가?'

도브레크는 수화기를 귀에 바짝 댔다.

" 822-19번입니까? 프라스비유 고문관을 부탁합니다. 네? 안 계신다고요? 네, 네…… 그분이죠. 그는 이 시간에 늘 사무실에 있다는 거 알고 있으니까, 도브레크라고 전해주시오…… 도브레크 의원 말이오! ……아주 중요한 얘기요!"

"제가 방해되는 것은 아닙니까?"

뤼팽이 물었다.

"천만에요, 의사 선생. 게다가 제가 말하려는 것은 당신의 용무와도 관계가 있습니다."

도브레크가 말했다. 그런 다음 전화에 대고 말했다.

"프라스비유? 오랜만이로군. ……그리 놀랄 것 없네. ……오랫동안 못 만나고 있었는데…… 허나 마음속으론 자네를 한시도 잊어본 적이 없네. 아아, 그럴 필요 없네. 내가 없을 때 자네 부하들이 자주 내 집에 들러주니까 말이야. 그런데…… 이봐!

뭐? 바쁘다고? 이거 미안한데…… 물론 그 문제로 나도 바쁘지. 그런데 자네가 도와줘야 할 작은 사건이 생겼어. 아, 글쎄 좀 기다리라니까! 자네 명예에 관계되는 일이야…… 이봐, 듣고 있지? 그러니 대여섯 명쯤 데리고 와. 가능하다면 사복형사로 말이야. 되도록 빨리 와야 하네. 근래 보기 드문 큰 선물을 안겨줄 생각이니까. 멋진 양반이지…… 나폴레옹 이상의 거물…… 다름 아닌 아르센 뤼팽이야!"

뤼팽은 자리에서 벌떡 일어났다. 그는 평소 어떤 상황에서도 천재적인 임기응변을 발휘해왔었다. 그러나 이렇게 정면으로 부딪쳐 오는 일에 대해서는 잠시 당황하지 않을 수 없었다. 허나 이런 정도의 일에 낭패해할 뤼팽은 물론 아니었다. 그는 큰 소리로 웃었다.

"하하하, 멋지군, 멋져!"

"아직 전화 통화가 끝나지 않았습니다. 신경 쓰이지 않는다면 조금만 더 기다려 주시겠소?"

도브레크는 갑자기 점잖아졌다. 그리고 아주 낮은 목소리로 양해를 구하듯이 말했다.

"이봐, 프라스비유…… 뭐라구? 아냐, 아냐! 이 친구야, 허풍이 아니라니까! 지금 뤼팽이 내 서재에 와 있어. 뤼팽도 자네 패거리들과 마찬가지로 나에겐 꽤나 귀찮은 친구라구. 뭐? ……물론 내 상대로는 어림도 없지. 그런데 이 친구는 좀 뻔뻔스러워. 자넨 좋은 사람이니까 친구를 생각해서 자네 손으로 처치해 주었으면 싶네. ……대여섯 사람이면 충분하지 않겠나? 두 사람은 내 집 앞에 있을 테고…… 자네가 오면 내 집 3층에 올라가 가정부를 체포하면 될 걸세. 가정부가 그 유명한 빅뜨와르일세. 물론 자네도 알고 있겠지, 뤼팽의 유모라는 그 늙은이 말이야…… 이것이 모두 내 우정의 표시란 걸 기억해두게. 그리고 발자크 가의 모퉁이에 있는 샤토브리앙 가에도 한패를 보내도록 하게. 거기는 미셸 보몽이라는 자의 집인데, 바로 뤼팽의 본거지일세. 여보게, 알았나? 즉시 출동하는 게 좋을 걸세. 빨리 말이야! 부탁하네…… 그럼 이만!"

도브레크가 전화를 끊었을 때 뤼팽은 주먹을 움켜쥔 채 서 있었다. 굉장한 모욕감을 느꼈는지 한눈에도 분노한 기색이 역력했다.

도브레크는 뤼팽이 자신을 공격할지도 모른다고 생각했는지 서둘러 방어 자세를 취했다.

"이봐, 이래야 서로 마음이 홀가분하지 않겠나? 적어도 서로의 입장이 명백해졌잖아. 생각해 보게나. 내 덕분에 자네는 시간을 절약한 셈이라구. 베르느 의사로 변장해서 장황한 이야기를 내게 늘어놓느라 얼마나 시간을 낭비했느냔 말이야! ……흥, 이제 뤼팽 선생도 좀더 빨리 일을 해결해야겠는걸! 그렇지 못하면 단두대로 끌려가야 할 테니 말이야. 물론 당신의 부하들도 체포될 테고. 하하, 충격을 받은 것 같군! 물론 마른하늘에 날벼락일 테지. 그래, 딱 30분 여유를 주겠네. 거기서 1분도 더는 안 돼. 두 손을 들고 물러가시는 게 어떻겠나? 하하, 우스꽝스럽기 짝이 없군! 폴로니어스 선생, 이 도브레크를 만나면 일이 만만치 않다는 것도 아셨어야지! 언젠가 그 커튼 그늘에 숨었던 것도 바로 뤼팽 선생이었어! 운이 나쁘군 폴로니어스 선생!"

뤼팽은 꼼짝도 하지 않았다. 자신의 감정을 억누르는 유일한 방법은 도브레크의 목을 잡아 비트는 것뿐이었지만 상황이 불리한 지금으로서는 어떤 조롱이라도 참아내는 수밖에 달리 도리가 없었다. 도브레크에게 치욕을 당하는 건 이로써 두 번째였다. 당장 도브레크에게 욕설을 퍼부어 자존심을 지키고도 싶지만 그보다는 차후에 일을 도모하는 게 현명한 판단이었다. 뤼팽은 차분하게 상대의 말에 귀를 기울였다.

"뤼팽 선생, 대체 어떻게 된 노릇이지? 갑자기 벙어리가 된 건가? 응? 그런 거야? 뤼팽 선생, 내가 보기에 무척 피곤하신 것 같은데, 어때, 내 집에서 좀 쉬는 건 어때? 당신은 내가 이중 안경을 쓰고 있으니 소경이라고 생각했을 테지만…… 하하, 나를 너무 우습게 봤어. 이 눈으로 난 커튼 뒤에 숨어 있는 폴로니어스를 보았고, 보드빌 극장 특석에 나타난 괴한의 정체도 알아냈어. 나를 속일 수 있다고 생각했나? 뤼팽 선생, 경찰과 메르지 부인 말고 또 다른 놈이 내 파이에 손을 대려는 걸 난 알고 있었어. 방법은 간단해. 문지기 하녀를 달래어 가정부의 뒤를 밟게 했지. 음, 비유하자면 자넨 내 손바닥 위에서 재주를 부린 거야. 그리고 그날 밤 소동 때 난 모든 것을 알 수 있었지. 집안에서 뭔가가 부스럭거리더란 말이지. 모른 척했지만, 사실 난 알고 있었어. 메르지의 뒤를 밟았지. 그래서 샤토브리앙 가까지 갔고……. 물론 생 제르맹까지도 뒤따라갔네. 그리하여 나는 조각

그림 맞추기처럼 단편적인 사실들을 모아 종합해 봤지. 앙장의 강도, 질베르의 체포…… 눈물에 젖은 어머니와 도둑떼의 두목께서 동업자가 되었다는 걸 알게 되었지. 어디 그뿐인가? 나는 귀찮아졌어. 뤼팽 선생의 집인데 아무나 함부로 들락거린다고 생각해 보게. 어찌 귀찮지 않겠는가? 가정부로 둔갑한 뤼팽의 유모, 경찰청의 나부랭이들, 별의별 녀석들이 맘대로 내 집에 들락날락거렸으니까. 나는 더 이상 참을 수가 없었어. 그래서 결심을 했지! 뤼팽 선생도 27인 명단의 냄새를 맡았으니 언젠가 내 앞에 나타날 테고, 하여 오늘 밤 같은 날이 오기를 손꼽아 기다리고 있었지. 정말 잘 오셨네, 아르센… 뤼팽… 선생!"

도브레크는 잠시 말을 멈추고 넌지시 뤼팽을 바라보았다. 그는 마치 우레와 같은 박수라도 기대하는 사람 같았다. 뤼팽이 태연히 침묵을 지키고 있자 회중시계를 꺼내더니 시간을 확인했다.

"걱정이 돼서 말하는데, 이제 23분밖에 안 남았어. 시간은 화살처럼 빠르지."

도브레크는 이렇게 말하면서 뤼팽에게로 다가섰다.

"이봐, 뤼팽! 참으로 실망스럽군. 뤼팽이란 사내는 뭔가 좀 색다를 줄 알았는데, 콜로수스(Colossus) 석상이 눈앞에서 박살이라도 난 것처럼 얼어붙고 말았군 그래. 불쌍한 친구 같으니라구. 물이라도 한 잔 갖다드릴까? 그럼 제정신이 들 것 같은가?"

조롱을 당하면서도 뤼팽은 전혀 화를 내지 않았다. 대신 그는 그 짧은 동안 나름대로의 전략을 세웠다.

뤼팽은 손으로 도브레크를 가볍게 밀친 다음 테이블 쪽으로 손을 뻗어 수화기를 들었다.

"565-34번 부탁합니다."

상대방이 나오자 그는 느린 목소리로 음절 하나하나에 힘을 주면서 말했다.

"샤토브리앙입니까? 아, 아씰 자넨가? 그래, 나야…… 내가 말하는 걸 잘 듣게. ……아씰, 되도록 빨리 집을 비워야 하네. ……그래 당장. 조금 뒤에 경찰이 들이닥칠 거야. 아니, 그렇다고 너무 서두를 필요는 없네. 아직 여유는 있어. 내가 시키는 대로만 하게. 손가방 있지? ……좋아! 그중 하나는 비어 있을 거야? ……좋아! 그걸 가지고 내 방으로 가서 벽난로 앞에 서게. 대리석 앞 경대 장식에 조금 움푹 파인 데가 있는데 거길 왼손으로 누르면서 오른손으로 벽난로 위 단추를 누르게. 서랍이 튀어나올 거야. 그 서랍은 이중으로 되어 있네. 거길 주의해서 보게. 한 칸에는 중요한 서류가, 다른 칸에는 돈과 보석이 있네. 그걸 모두 가방 속에 담게. 그리고 빅토르 위고 가와 몽테스팡 가 모퉁이로 가게. 거기에 빅뜨와르가 기다리고 있을 거야. 물론 차에 타고 있어. 나도 곧 갈 테니 걱정 말게. 뭐? 내 옷? 지갑? 아, 그런 건 필요 없네. 내가 명령한 대로만 하게. 자, 그럼 이만 끊겠네."

전화기를 내려놓은 뒤 뤼팽은 도브레크의 팔을 끌어당겨 그를 자신의 의자 옆에 앉혔다.

"자, 이번엔 내 말을 들을 차례야, 도브레크."

"오, 이제 우리가 이름을 부를 만한 사이가 된 건가?"

도브레크가 피식 웃었다.

"그래. 그렇다고 치자구."

뤼팽이 대답했다.

도브레크가 수상쩍다는 듯 팔을 움츠렸다.

"아, 그리 놀랄 것 없네. 자네와 싸우려는 건 아니니까. 자네를 없앤다고 하여 내겐 이득이 없어. 비수? 그런 건 필요 없네. 말로 하면 되니까. 나는 말로 족하단 말일세. 자네도 우물쭈물하지 말고 대답만 하면 돼. 그래, 그 가엾은 아이는 어디에 있나?"

"물론, 내가 데리고 있지."

"돌려보내."

"싫다!"

"메르지 부인이 자살해도 상관없단 말인가?"

"그녀는 죽지 않아."

"부인은 자살할 걸세."

"죽지 않는다고 했잖아."

"하지만 이미 한 번 시도했어."

"그러니 두 번은 시도하지 않을 걸세."

"끝내 싫단 말이지?"

"그래, 거절하겠네."

뤼팽은 잠시 호흡을 가다듬었다.

"좋아. 나도 이곳으로 오면서 베르느 의사로 변장한 것으론 자네에게 통하지 않을 거라고 짐작했었으니까. 그럼 다른 방법을 써보도록 하지."

"뤼팽 식의 방법인가?"

"그렇다고 해두지. 자, 나도 이제 가면을 벗겠다. 자네가 벗겼지만 그래도 이 편이 낫지. 그러나 내 계획을 포기하진 않아."

"말해보게."

뤼팽은 두 겹으로 접은 종이를 꺼내어 펼쳤다. 그것을 도브레크에게 내보였다.

"이건 보다시피 물품 목록이지. 마리 테레즈 별장에서 나와 내 부하들이 가져온 물품 목록! 보시다시피 113개의 품목 중 여기 붉은 줄이 그어진 68개는 이미 미국으로 팔아넘겼어. 나머지 45개는 내가 보관하고 있네. 자네도 알다시피 이건 모두 보기 드문 진품이야. 아이를 넘겨주면 나도 이걸 자네에게 주겠네."

도브레크 역시 자못 놀라는 눈치였다.

"성의치곤 괜찮군 그래."

"아이가 돌아오지 않으면 메르지 부인은 자살할 걸세."

"하여 그리 허둥대는가, 로사리오(N. 로우의 희곡 「정중한 회개자」에 나오는 난봉꾼)?"

"뭐? 지금 뭐라고 지껄였나!"

뤼팽이 발끈하여 되물었다.

"아, 아무것도 아닐세. ……갑자기 생각나서…… 클라리스 메르지는 젊고 아름다운 여인 아닌가?"

뤼팽이 단호한 어조로 소리쳤다.

"짐승 같은 녀석! 네 녀석은 사람이라면 다 네놈처럼 야비하고 추잡한 걸로 알고 있지. 하지만, 나 같은 도둑이 시간이 남아돌아 소일거리로 돈키호테 흉내를 내고 다니는 것으로 보이나? 네놈은 내가 그런 추악한 욕심으로 이번 사건에 뛰어들었다고 생각하나? 하긴 너 따위가 내 마음을 헤아릴 순 없겠지. 좋다! 아무튼 내 제안에 어서 대답이나 해! 받아들일 건가?"

"진담인가?"

뤼팽의 경멸조에 동요된 듯 도브레크가 되물었다.

"물론. 나머지 45점은 내 창고 안에 있지. 기꺼이 주소를 알려주지. 오늘 밤 9시에 그 아이를 데리고 오면 내 부하들이, 아니 내가 직접 물건들을 내어줄 걸세."

도브레크는 제안에 응할 것이 자명했다. 그가 쟈크를 데려간 것은 클라리스 메르지에 대한 일종의 협박이었다. 이것을 미끼로 클라리스의 계획을 포기시키려는 의도였다. 그런데 메르지 부인이 자살소동을 벌였다면 도브레크는 헛다리를 짚은 셈이다. 그런데 뜻밖에도 뤼팽이 거부하기 힘든 조건을 제시하고 있는 것이다.

"제안을 받아들이지."

"이게 내 창고의 주소다. 널리의 샤를 라피트 가 99번지. 와서 벨을 눌러라."

"내가 프라스비유를 대신 보낸다면?"

"그건 자네 마음이겠지. 단 그 친구에겐 불행한 날로 기억될 걸세. 불붙은 건초와 밀짚 더미에 갇히고 말 테니까. 물론 자네의 제구대(祭具臺)와 시계, 고딕 처녀상도 영원히 사라질 테지!"

"자네 창고도 타버릴 텐데?"

"상관없네. 이미 경찰이 눈치채고 있는 장소라 언젠가 포기할 생각이었으니까."

"허나 그곳이 뤼팽 자네의 함정일 수도 있지 않겠나?"

"그렇게 생각한다면 물건을 다 받은 후에 아이를 돌려보내. 네 녀석을 믿어주지."

"좋아. 아이는 돌려주지. 그렇게 되면 아름다운 클라리스도 살 수 있을 테고…… 서로 좋은 일이군. 이제 협상은 끝난 건가?"

"아니, 아직!"

"응? 자네한텐 시간이 별로 없어. 프라스비유가 오고 있다는 걸 명심해!"

"그 친구 따윈 잊어버리게. 난 아직 용건이 남았으니까."

"원하는 게 또 있는 건가? 클라리스의 아이를 돌려주는 것으로 부족하다는 건 아니겠지?"

"아이는 두 명이야."

"질베르?"

"그래."

"그래서?"

"자네가 질베르를 구해줘야겠어."

"뭐? 날더러 질베르를 구해내라고?"

"너라면 된다. 조금만 힘쓰면 돼."

지금까지 비교적 차분하던 도브레크도 뤼팽의 이 말에는 주먹으로 테이블을 내리치며 격분했다.

"그렇겐 절대로 못해! 나를 어떻게 보고 하는 수작이야! 그건 말도 안 되는 소리야!"

흥분한 도브레크가 거대한 몸뚱이로 왔다갔다했다.

"클라리스! 그 여자에게 날 찾아오라고 해! 그 여자가 와서 질베르의 목숨을 구걸하라고 해! 예전처럼 흥기를 가지고 오지 말고, 순하고 고분고분한 여자가 되어 날 찾아오라고 해! 그렇게 한다면 나도 생각해 볼 수 있어! ……질베르? 질베르의 판결? 왜 아니겠어! 내 힘으로 그 정도는 가능하지. 생각해 보면…… 벌써 20년이 넘었어. 난 이렇게 되리라고 이미 예상하고 있었지. 지금의 이런 기회가 반드시 올 것이라고 말이야. 난 복수의 즐거움을 맛보아야 해! 그런데 그런 기쁨을 포기하라구? 20년 동안의 나의 인내를 물거품으로 만들라구? 뭐? 날더러 질베르를 구해내라고? ……내가? 아무런 대가도 없이? 우습게도 인간에 대한 연민으로 말인가? 이 도브레크를 제대로 파악하지 못했군. 뤼팽 선생, 한참 더 나를 연구해야 할 것 같은데?"

도브레크가 웃음을 터뜨렸다.

"내 말을 듣게, 도브레크!"

뤼팽이 두 팔로 도브레크의 멱살을 움켜잡았다. 그 순간 도브레크는 얼마 전 보드빌 극장 특석에서의 실랑이를 기억해냈다. 그리고 그때의 압박감도!

"마지막으로 말하겠다!"

"시간 낭비일 뿐이야."

도브레크가 시큰둥하게 대답했다.

"최후 통첩이라고 생각하게. ……잘 들어, 도브레크! 메르지 부인은 잊어. 정념의 포로에서 벗어나 네 이익이나 제대로 지키란 말일세!"

"내 이익이야 늘 내 정념과 부합돼 왔었지."

"지금까진 그랬겠지. 그러나 지금부턴 나 뤼팽이 이 사건에 본격적으로 뛰어들 걸세. 그렇기에 네놈이 생각 못한 새로운 변수가 생기는 거야. 네가 잘못 짚은 거라구. 다시 말해줄까? …… 질베르는 내 부하였어. 또한 친구였지. 질베르는 나 뤼팽이 무슨 수를 써서라도 단두대에 오르지 않도록 해. 그렇기에 난 네 영향력이 필요해. 내 말에 따르면 한 가지는 약속해주지. 네가 하는 일에 훼방놓지 않겠다고 말이야. 조용히 살도록 내버려두겠다고 말이야! 내가 원하는 건 오로지 질베르의 안전이야. 그렇게 되면 메르지 부인이 너에게 싸움을 걸 까닭도 없어지겠지. 네놈은 네놈대로 편해질 수 있을 게다. 도브레크! 내 말에 따르지 않는다면……."

"않는다면?"

"너와 나는 전쟁을 벌여야 할 거야. 나는 이제껏 패배한 적이 없어. 확실히 네 녀석을 파멸시켜버릴 수 있다구!"

"과연 그렇게 될까?"

"다른 사람은 몰라도, 나 아르센 뤼팽이라면 네 녀석이 가진 27명의 명단을 훔쳐가는 것이 결코 불가능하다고 생각지 않아. 그렇지 않은가, 도브레크?"

"빌어먹을! 흥, 자네라도 결코 그것을 가져갈 순 없어!"

"아니 가능해. 맹세하라면 그렇게 할 수도 있어!"

"프라스비유와 그 부하들도, 클라리스 메르지도 그 누구도 해내지 못한 일이야. 그런데 네가 할 수 있다고?"

"물론!"

"왜지? 모든 사람이 실패했는데 왜 너만은 그것이 가능하다고 믿고 있는 거지? 특별한 이유라도 있는 건가?"

"물론."

"그게 뭐지?"

"나는…… 아르센… 뤼팽이니까!"

뤼팽의 날카로운 시선이 도브레크를 꿰뚫듯이 바라보았다. 그러나 결코 도브레크는 만만한 상대가 아니었다. 도브레크가 뤼팽의 시선을 마주 쏘아보면서 그의 어깨를 가볍게 툭툭 쳤다. 그러고는 나직하지만 힘있는 목소리로 이렇게 말했다.

"나는…… 도브레크다! 나의 인생은 악전 고투의 연속이었어. 그만큼 나는 많은 에너지를 소모했지. 허나 지금 난 마지막 승리를 눈앞에 두고 있어. 나는 정부나 경찰, 심지어는 프랑스와 세계 전체를 상대해 왔어. 그런데…… 겨우 너 같은 녀석에게 항복하란 말이냐? 아르센 뤼팽, 나는 적이 많으면 많을수록, 강하면 강할수록 힘이 솟구치는 사람이야. 사실…… 네놈 정도는 가볍게 처리할 수 있어. 전화로 경찰에 연락한 건 그나마 네놈이 도망칠 시간 여유를 주기 위해서였지. 허나, 나의 배려는 여기까지야!"

"그렇다면 나의 제안을 거절하는 것이로군!"

"두말하면 잔소리가 되겠지."

"질베르를 위해 아무것도 하지 않겠다는 의미로군!"

"물론이지. 난 지금까지 해온 대로 다시 또 법무장관을 움직일 걸세. 하여 내가 바라는 결과대로 처리되게끔 서둘러 일을 진행할 걸세."

"뭐야!"

뤼팽이 분개하여 소리쳤다.

"그렇다면 지금껏 네놈이 뒤에서 이번 일을 조종했다는 건가?"

"그래, 내가 조종했지. 바로 이 도브레크가 말일세! 난 질베르라는 놈의 목숨을 놓고 게임을 즐기고 있어. 질베르는 사형선고를 받을 걸세. 그리고 집행유예에 대한 탄원서도 기각될 거야. 그렇게 되면 형량을 줄이기 위해서라도 나 도브레크의 힘이 필요하겠지. 클라리스는…… 이 알렉시스 도브레크의 아내가 될 수밖에 없어! 이봐 뤼팽, 자네가 아무리 그녀를 도와주려고 발버둥을 쳐도 다른 건 몰라도 이번 일만은 마음대로 안 돼. 승리자는 당연히 나야. 이번 전쟁의 승패는 단지 시간의 문제일 뿐이야! 시간이 흐르면 클라리스는 내 여자가 되는 거야. ……좋아! 내 선심 쓰지. 자네에게 청을 하나 하겠네. 우리의 인연을 생각하여 자네를 우리의 결혼식에 초청하도록 하겠네. 부디 참석하여 자리를 빛내주게나. 시간은 괜찮겠지? 설마 거절하는 건 아니겠지? 어리석은 미련 따위에 집착하지 말게나. 무모한 계획이야. 자네의 의지는 결코 관철되지 않아! 그래도 고집을 피운다면 자네의 의지대로 노력해 보게. 열심히 노력해 보라는 말일세. 함정도 만들고, 그물도 던지고, 칼도 던지라고! 자네 마음대로, 욕심껏! 흥, 일이 이렇게 틀어진 바에야 네 녀석을 잠시도 내 집에 머물게 하고 싶지 않군. 자, 그만 나가줄까!"

뤼팽은 침묵을 지켰다. 하지만 눈으로는 상대방을 눈여겨보고 있었다. 공격할 기회를 노리는 것이었다. 도브레크도 주먹을 쥐락펴락하며 뤼팽의 공격에 만반의 대비를 갖춰놓고 있었다.

그렇게 30초가 지났다. 뤼팽이 손을 뒷주머니에 찔러넣었다. 도브레크도 똑같이 손을 넣어 권총을 바투 쥐었다.

몇 초가 더 흘렀다. 뤼팽이 꺼낸 것은 뜻밖에도 여자용 금색 상자였다. 뤼팽은 그것의 뚜껑을 열더니 도브레크에게 상자를 내밀었다.

"사탕이나 들게."

"이게…… 뭐지?"

도브레크는 조금 당황했다.

"보시다시피 마름모꼴의 기침 사탕일세."

"누가 그걸 몰라서 물어? 어쩌라는 수작이지?"

"이걸 먹으면 기분이 좋아져. 난 지금 아주 불쾌하거든!"

뤼팽의 장난에 도브레크가 조금 방심하는 틈을 보였다. 재빨리 모자를 집어든 뤼팽이 바람같이 방을 나서며 소리쳤다.

"시간이 없어서 오늘은 이만 가겠네!"

뤼팽은 조금 전의 일을 생각하며 피식 웃었다.

'이런 속임수는 외판원들이 많이 사용하지. 도브레크는 독약이라고 생각했을 테지만…… 늙은 고릴라는 어리둥절해할 거야.'

그가 철문을 벗어난 뒤 자동차 한 대가 도브레크의 집 앞에 멈춰 섰다. 차 안에서 사내 한 명이 힘차게 뛰어내렸고, 뒤를 이어 다른 사람들도 서둘러 내렸다. 프라스비유 일당이었다.

'고문관이로군. …… 공무원 나리, 언젠가 우리는 마주쳐야 할 걸세. 그게 우리의 운명이랄까? 한데 이거 미안해서 어쩌나? 오늘은 내가 바쁜 일이 있어서 말이야!'

두 시간 후, 뉠리의 창고에 도브레크가 모습을 나타냈다. 길모퉁이를 돌아 나오는 도브레크는 다소 불안한 얼굴이었다.

뤼팽이 약속대로 창고의 문을 열어주며 말했다.

"국회의원 나리, 물건은 여기에 있소. 마음대로 살펴보시구려! 근처에 마차를 빌려주는 곳이 있으니 가져가는 데는 그리 큰 문제가 없을 것이다. 자, 아이는 어디에 있나?"

도브레크는 먼저 물건을 확인한 다음 뤼팽을 뉠리 가로 데리고 갔다. 거기에는 얼굴을 베일로 가린 늙은 여자 둘이 어린 쟈크를 감시하고 있었다.

쟈크를 인계받은 뤼팽은 빅뜨와르가 기다리는 곳으로 갔다. 그곳에는 차가 대기하고 있었다. 모든 일은 일사천리로 순조롭게 진행되었다.

밤 10시, 뤼팽은 약속한 대로 쟈크를 클라리스 부인에게로 데려갔다. 극심한 공포와 불안으로 쟈크는 매우 쇠약해져 있었다. 응급처치를 하기 위해 곧 의사가 불려왔다.

뤼팽은 쟈크를 어느 한적한 시골에서 요양시킬 필요가 있다고 판단했다. 메르지 부인 역시 극도로 민감해진 신경을 가라앉힐 필요가 있었다. 뤼팽은 세심하게 준비하여 모자를 한적한 시골마을로 이주시켜 주었다. 물론 뤼팽의 에스코트를 받아 이 일은 행해졌다. 그곳은 브리타니 해변이었다. 빅뜨와르를 딸려 보내어 잔일을 도와주도록 부탁했다.

일이 마무리되고 난 뒤 뤼팽은 새로운 계획에 착수했다.

'두 사람은 이제 안심해도 된다. 나와 도브레크의 전쟁에 그들은 이제 아무런 문제가 안 된다! 도브레크…… 두고 봐라! 솔직히 이제까지의 나의 행동은 무척 어리석었다. 그래, 실수도 많았다. 나는 좀더 일찍 도브레크를 상대했어야 했다. 앙장 별장의 습격만 해도 내가 직접 작전 계획을 세웠어야 했다. 내 장담하지만…… 도브레크, 네가 가져간 물건은 언제고 다시 되찾아올 것이다! 하지만 문제는…… 오늘부터 일 주일 사이에 질베르와 보슈레의 형이 선고된다는 것이다!'

이번 일로 뤼팽은 샤토브리앙의 근거지를 잃었다. 또한 뤼팽이 미셸 보몽이라는 가명을 사용한다는 것이 세상에 폭로되었다. 따라서 경찰의 추적을 따돌리려면 모든 걸 처음부터 다시 시작해야 한다. 급한 것은 새로운 은신처를 마련하는 것이다.

도브레크에 대한 분노는 이런 일련의 일들로 하여 더욱 커졌다. 뤼팽은 반드시 놈을 붙잡아 비밀을 불게 만들겠다고 결심했다. 물론 놈은 좀처럼 입을 열지 않을 것이다. 그렇기에 어쩌면 고문을 해야 할지도 모른다. 허나, 다른 사람이 아닌 도브레크

같은 인간이라면 그보다 더한 수단과 방법을 사용하더라도 상관없다고 뤼팽은 생각했다.

뤼팽이 중얼거렸다.

"고결한 판사와 대담한 집행관들이여! ……기다려라, 나 아르센 뤼팽이 곧 갈 테니까!"

뤼팽은 매일 밤 그로냐르와 르발류로 하여금 도브레크의 동정을 살피도록 했다. 라마르틴 광장과 국회의사당, 그가 자주 드나드는 클럽 등에 대해서도 놓치지 않고 일일이 체크했다.

뤼팽 자신은 파리에서 그리 떨어지지 않은 곳 - 정원이 넓은 낡은 집을 빌려 은신처로 정했다. 그리하여 갖가지 필요한 것을 옮겨다놓고 그곳을 '원숭이 우리'라고 명명했다.

도브레크는 굉장히 조심성 많은 인간이었다. 평소 다니던 길과 전혀 다른 길을 이용하는가 하면 때론 차를 바꿔 타거나 기차를 이용해 미행자를 따돌렸다.

뤼팽은 보다 효율적인 방법을 생각해내야 했다. 그리하여 마르세이유에 사는 부하 하나를 끌어들였다. 부하는 은퇴한 잡화점 주인인 브랑뒤보아라는 노인이었다. 그는 정치에 무척 관심이 많았다. 브랑뒤보아 노인은 마르세이유에서 편지를 썼다. 물론 수신인은 도브레크였다. 편지는 일간 방문하겠다는 의사를 전달하는 내용이었다. 선거구민에게 커다란 관심을 갖고 있는 도브레크는 그를 정중히 맞이했으며 다음주에는 만찬회까지 열어주기로 하였다.

노인은 세느 강 왼편에 있는 작은 레스토랑의 음식 솜씨가 매우 훌륭하다고 추천했다. 도브레크도 기꺼이 노인의 제안을 받아들였다.

정말이지, 이는 뤼팽이 진심으로 바라던 바였다. 그 레스토랑의 주인은 그의 친구 중 한 사람이었다. 뤼팽은 다음주 목요일에 도브레크를 납치한다는 계획을 세웠다.

월요일, 질베르와 보슈레의 공판이 열렸다. 피고 두 사람의 태도는 너무나 상반됐다.

우울한 표정이었으나 보슈레는 그래도 침착했다. 그는 자신이 과거에 저질렀던 범죄를 순순히 털어놓고 인정했다. 하지만 레오나르의 살해에 대해선 질베르에게 책임을 덮어씌웠다. 그는 이렇게 함으로써 뤼팽이 자기도 구출할 수밖에 없다고 생각하는 것 같았다.

잘생긴 청년 질베르는 우울한 눈매로 사람들의 동정심을 샀다. 하지만 그는 검사가 만들어놓은 함정을 굳이 피하려 하지 않았고, 심지어는 보슈레의 뻔한 거짓말에도 정면으로 반박하지 않았다. 오히려 울음을 터뜨리거나 고함을 내지르고, 횡설수설하여 주위 사람을 곤혹스럽게 만들었다.

질베르의 불행은 그뿐만이 아니었다.

공판이 열리기 전까지 유명한 변호사가 그를 맡기로 되어 있었는데, 갑자기 병을 이유로 - 물론 도브레크의 힘이 작용됐을 것이다 - 그가 변호를 포기했다. 대신 엉터리 변호사가 그의 변호를 맡게 되었다. 그리하여 질베르의 입장은 더욱 불리하게 되어갔다.

뤼팽은 체포될 위험을 감수하고서 공판을 방청했다. 사실 이번 사건은 처음부터 명백했고, 두 사람의 사형선고는 이미 결정된 것이나 마찬가지였다.

두 사람은 뤼팽의 부하였다. 재판관의 심사는 이런 이유 하나만으로도 충분히 뒤틀릴 수 있는 것이다. 더욱이 그들의 죄명은 살인죄였다. 선처를 기대하기엔 죄가 너무 끔찍했다.

당국은 이번 사건을 본보기로 삼고자 하는 것 같았다.

뤼팽은 무슨 일이 있어도 끔찍한 살인을 저지르지 않는다! 사람들은 그렇게 믿었다. 그렇기에 당국은 두 사람을 살인죄로 기소, 사형선고를 내리고, 지금까지의 사람들의 인식을 바꾸고자 하려는 것이다. 그러니까, 뤼팽은 결코 의적이 아니라는 것을 보여줌으로써 세상사람들의 동정 내지 찬사를 받아왔던 뤼팽의 명성에 먹칠을 하려는 계산인 것이다. 아무튼 질베르와 보슈레가 처형을 당하게 되면 뤼팽의 권위는 땅에 떨어질 것이고, 또한 그의 전설 같은 영웅담도 종말을 고하게 될 수밖에 없었다.

뤼팽… 뤼팽… 아르센 뤼팽! 이렇게 나흘 동안 법정에선 수없이 반복하여 그의 이름이 불려졌다. 재판장과 재판관을 비롯하여, 검사와 변호인, 증인 등등…… 이 이름을 입에 올리지 않는 사람이 없었다. 무슨 일이건 나쁜 일은 모두 뤼팽이 한 짓이고, 또 뤼팽에게 책임이 돌려졌다. 뤼팽은 강도, 강도단 두목, 사기, 방화, 문서 위조, 전과자였다! 뿐만 아니라 살인을 방조하거나 사주한 자의 이름이 되었다! 더욱이 뻔뻔스럽게도 제 부하를 체포당하게 해놓고는 겁쟁이처럼 혼자만 줄행랑을 친 몰인정한 인간의 이름이 되어버렸다!

중범죄자인 만큼 재판은 제법 시간이 길게 걸렸다. 그러나 결정의 순간은 늘 오게 마련이다!

밤 7시, 오랜 숙의를 끝낸 재판관이 법정으로 들어섰다. 낭독된 판결문을 통해 형이 확정되었다. 검사의 기소 내용에서 조금의 경감 없이 선고는 내려졌다.

법정의 두 피고는 가엾게도 부들부들 몸을 떨었다.

방청석은 찬물을 끼얹은 듯 고요했다. 방청석에 앉은 사람들 중 죄인들에게 연민의 정을 나타내는 사람들도 있었다.

재판장이 무겁게 입을 열었다.

"보슈레, 마지막으로 할 말은 없는가?"

"없습니다. 친구와 함께 사형선고를 받았으므로 뭐 손해볼 것도 없습니다. 어차피 우린 한배를 탔으니까요. 그러나 두목이 우릴 구해낼 것으로 저는 믿고 있습니다. 사형선고가 내려졌다고 하여 걱정하지 않습니다!"

"두목이라고?"

"네, 그의 이름은 아르센 뤼팽입니다!"

방청석에서는 웃음이 비어져 나왔다.

재판장은 다시 질베르에게 물었다.

"질베르, 자네는?"

눈물이 그의 뺨을 타고 스르륵 흘러내렸다. 그의 목소리는 알아들을 수 없을 정도로 나지막했다. 재판장이 크게 말하라고 명령했다.

"……지금까지 저는 많은 죄를 저질렀습니다. 그걸 부인하진 않겠습니다. 하지만 이번 살인은 제가 아닙니다! 저는 결코 사람을 죽이지 않았습니다…… 저는 살인을 저지르지 않았습니다! 저는 죽는 게 두렵습니다…… 너무…… 무서워요!"

질베르는 이 말을 마치고 쓰러질 듯 휘청거렸다. 간수가 다가와 재빨리 그를 부축했다. 그 순간 어린아이가 아버지를 소리쳐 부르듯 질베르가 목청껏 외쳤다. 그의 목소리는 컸으나 무척 애처로웠다.

"두목! 살려줘요! 살려줘요! 전… 죽는 게 싫어요!"

방청석의 모든 사람들이 숨을 죽인 채 고요한데, 그때 갑자기 고요를 깨뜨리는 커다란 목소리가 들려왔다!

"걱정하지 마라, 질베르! 네 두목은 늘 네 곁에 있다!"

순식간에 재판정은 소란스러워졌다. 여기저기서 사람들의 웅성거리는 소리가 들려왔다. 법정의 경비원과 경찰이 달려와 소리 지른 사내의 목덜미를 붙잡았다. 얼굴이 붉고 뚱뚱한 사내였다.

주변 사람들이 자신을 '범인'으로 지목하는데도 사내는 별로 잘못한 것이 없다는 듯 오히려 당당했다. 사내의 말에 따르면, 자기는 필립 보넬이라는 사람으로 장의사의 일꾼이라는 것이다. 한데, 조금 전 옆에 앉았던 한 신사가 백 프랑을 건네주며 한 가지 부탁을 하더라는 것이다. 적당한 때에 종이쪽지에 적은 것을 크게 외쳐 주시오! 큰 소리로! 몇 마디 외치고 백 프랑을 버는데 어떻게 거절할 수 있겠느냐고 사내는 반문했다. 사내는 그 증거로 백 프랑짜리 지폐와 글이 적힌 종이쪽지를 내보였다.

필립 보넬에게는 곧 퇴정 명령이 내려졌다. 물론 이 순간에도 변장한 뤼팽은 방청석에 앉아 있었다. 그러나 소란을 틈타 슬그머니 빠져나왔고 대기시켜 놓은 차에 올라타고 사라졌다.

뤼팽은 솟구치는 눈물을 참느라 무진 애를 써야 했다. 질베르의 절규, 그 비통하고 애절한 절규! 초췌해진 몰골……아! 그 모든 장면이 고스란히 그의 머릿속으로 각인되었다. 지우려 아무리 애를 써도 도무지 지워지지가 않았다. 아무리 생각하지 않으려고 해도 자꾸만 생각은 되풀이되었다.

뤼팽은 클리시 가의 모퉁이에 있는 그의 은신처로 갔다. 그곳의 은신처는 뤼팽이 몇 군데 저택 중 신중하게 살펴 고른 것이었다. 은신처에는 도브레크의 납치에 나설 그로냐르와 르발류가 대기 중이었다.

뤼팽은 지친 몸을 이끌고 그의 방문을 열었다. 그 순간 뤼팽은 깜짝 놀랐다. 눈앞에 다름 아닌 클라리스가 우뚝 서 있었다. 질베르가 선고를 받는다는 소식을 접한 모양이었다.

딱딱하고 창백한 얼굴빛으로 보아 클라리스는 이미 판결의 결과를 짐작하고 있는 듯했다. 마음을 추스른 뤼팽은 그녀가 입을 열기 전에 먼저 이렇게 말했다.

"네, 그래요. 부인께서 짐작하시는 결과 그대로입니다. 불가항력이었습니다. 그러나 그런 선고 따위 아무것도 아닙니다. 처음부터 예상했던 일이지 않습니까? 이제 우리가 해야 할 일은 잘못된 것을 바로잡는 것뿐입니다. 아무튼, 오늘 밤에 그 일이 진행될 것입니다."

진한 슬픔이 배어 있는 목소리로 그녀가 물었다.

"오늘 밤……이라니요?"

"준비는 이미 모두 갖췄습니다. 우리는 두 시간 안에 도브레크를 납치할 것입니다. 오늘 밤 안으로, 어떤 수단과 방법을 사용해서라도 나는 도브레크가 스스로 입을 열도록 만들 것입니다."

"과연 그가 입을 열까요?"

다소 의심스럽다는 듯 클라리스가 반문하였으나 그녀 역시 뤼팽의 이야기를 듣곤 조금 희망을 되찾는 것 같았다.

"그는 자신의 비밀을 반드시 고백하게 될 것입니다. 27명의 명단, 그것이 질베르를 구해낼 것입니다."

"……너무 늦은 게 아닐까요?"

그녀가 혼잣말처럼 중얼거렸다.

"너무 늦다니요? 그 명단으로도 질베르를 구해낼 수 없다고 생각하시는 겁니까? 저는 그렇게 생각하지 않습니다. 사흘 안으로 질베르는 자유의 몸이 될 것입니다. 제가 장담합니다!"

그때 벨소리가 울렸다.

"제 부하가 온 것 같습니다. 저는 약속한 것은 반드시 지킵니다. 약속한 대로 쟈크를 데려다드리지 않았습니까? 이번에는 질베르 차례입니다."

뤼팽은 그로냐르와 르발류를 쓰윽 쳐다보았다.

"준비는 다 끝났겠지? 브랑뒤보아 노인은 레스토랑에 도착했겠지? 자, 서두르자구!"

"두목, 이제 그 일은 소용없게 됐습니다."

뜬금없이 르발류가 말했다.

"그게 무슨 말이야?"

"좋지 않은 소식이 있습니다."

"좋지 않은 소식? 어서 말해보게."

"도브레크의 행방이 묘연합니다."

"뭐야! 도브레크의 행방이 묘연하다니?"

"벌건 대낮에, 그것도 자기 집에서 납치되었답니다."

"그럴 리가! 대체 누구에게 납치를 당했단 말인가?"

"그건 아직 잘 모릅니다만…… 네 사람이었다고 합니다. 지금 프라스비유가 현장에서 수사를 지휘하고 있습니다."

뤼팽은 꼼짝하지 않았다. 의자에 털썩 주저앉은 클라리스 메르지를 뤼팽은 난감한 얼굴로 내려다보았다. 그러나 뤼팽 역시 서 있기조차 힘들 만큼 낙담에 빠져든 게 사실이었다. 도브레크가 납치를 당하다니! 도브레크의 납치는 당연히 뤼팽의 몫이었다. 뤼팽의 마지막 희망이었다! 그런데 그 희망이 한순간에 무너진 것이다.

나폴레옹의 반면상(半面像)

　　　　경찰국장까지 사건에 뛰어들었으나 도브레크 납치 사건에 대한 단서는 아무것도 발견되지 않았다. 수사본부는 곧 해체됐고, 프라스비유만이 개인적 수사에 매달렸다.
　서재는 격투의 흔적들로 어질러져 있었다. 프라스비유가 서재를 조사하고 있는데, 문지기 하녀가 명함 한 장을 가지고 왔다. 명함 뒤쪽에는 연필로 글씨가 적혀 있었다.
　"부인더러 들어오시라고 하게!"
　"부인 혼자 오신 게 아닌데 어떻게 할까요?"
　"그래? 그럼 동행하신 분도 함께 들어오시라고 하게."
　클라리스 메르지가 안내를 받아 서재로 들어왔다. 프라스비유가 처음 보는 한 사내와 함께였다. 사내는 자신에겐 좀 작은 듯한 프록시 코트를 입고 있었는데 손질을 하지 않아 조금 누추해 보였다. 게다가 사내는 몹시 수줍어하는 태도였다. 그의 낡은 모자와 줄무늬 우산을 어디에 놓아야 할지 몰라 몹시 난처해하는 기색이었다.

메르지 부인이 사내를 소개했다.

"이분은 니꼴 씨입니다. 쟈크의 가정교사지요. 1년 전부터 저는 이분에게 여러 가지 일을 상의해오고 있습니다. 이전의 수정마개에 대한 일도 모두 이야기를 해드렸습니다. 이분을 저처럼 여기시고 이번 납치사건에 대해서도 상의를 해주셨으면 합니다. 도브레크 납치사건은 불시에 발생한 일이라 저로서도 아주 난감합니다. 제 계획을 불가피하게 수정해야 됐기 때문입니다. 물론 프라스비유 씨도 그렇겠지만요?"

프라스비유는 클라리스를 믿었다. 그녀가 도브레크에게 깊은 원한을 가졌다는 걸 알고 있는 데다 이번 사건에 있어서 둘도 없는 자기편이라고 생각하고 있었다. 그러므로 프라스비유는 스스럼없이 지금까지의 조사 결과를 그녀에게 알려주었다.

사건 자체는 아주 단순했다.

질베르와 보슈레의 재판에 증인으로 출두했던 도브레크는 6시쯤 집으로 돌아왔다. 문지기 하녀의 말에 의하면, 그때 그는 혼자 집으로 돌아왔고, 집 안에는 두 사람 외엔 아무도 없었다. 그런데 이상하게도 조금 후에 격투 소리가 났고, 연이어 두 발의 총소리가 들렸다. 그 후 복면한 사내 넷이 계단을 뛰어내려왔는데, 저항을 포기했는지 도브레크는 그들이 시키는 대로 따랐다. 사내들은 문 쪽으로 갔다. 자동차는 이미 문 앞에 대기 중이었다. 네 명의 괴한은 도브레크를 차 속에 던지듯 밀어넣었고, 급하게 출발한 차는 어디론가로 사라져버렸다. 어쩌고저쩌고 할 새도 없이 순식간에 벌어진 일이었다.

"그를 감시하는 형사가 있었을 것 아닙니까?"

클라리스가 물었다.

"있긴 있었는데…… 150야드쯤 떨어져 있었습니다. 또한 범행이 번개처럼 이루어졌기에 어찌 손을 써볼 틈이 없었다고 하더군요."

"단서는 발견하지 못하셨나요?"

"없었습니다. 전혀! 다만 이런 것은 있더군요……."

"그게 뭐죠?"

"땅바닥에서 주웠는데 깨진 상아 조각입니다. 문지기 하녀가 창을 통해 본 것에 의하면, 자동차 안에서 나온 녀석이 그의 일당을 도와 도브레크를 차 안으로 집어넣었는데 다시 차에 타고자 할 때 땅으로 떨어졌다고 합니다. 그 남자는 그걸 얼른 주웠지만 떨어질 때 보도의 돌에 부딪혀 깨진 조각이 남아 있었던 것 같습니다."

"네 사람이나 되는 사람들이 어떻게 잠입할 수 있었을까요?"

클라리스가 물었다.

"물론 만능키를 썼겠지요. 도브레크의 집에는 문지기 하녀 이외에 다른 사람은 없으니까, 하녀가 오후에 물건을 사러 간 사이 몰래 숨어들었을 겁니다. 제 생각으로는 이 서재 옆방에 있다가 서재로 들어가서는 도브레크에게 달려든 것 같습니다. 가구가 넘어지고 그 밖의 집기가 흩어져 있는 것으로 보아 격투는 상당히 격렬했던 것 같습니다. 카펫 바닥 위에는 도브레크의 커다란 권총이 떨어져 있었고, 총알 하나가 벽난로 위의 거울을 꿰뚫고 있었습니다."

클라리스는 쟈크의 가정교사인 노신사를 바라보았다. 노신사 니꼴 씨는 생각에 잠긴 듯 의자에서 꼼짝하지 않고 있었다. 그리고 손으로는 연신 모자의 테두리를 만지작거렸다.

프라스비유는 은근히 미소를 지었다. 노인은 클라리스의 참모라 하기엔 좀 부족한 듯 보였기 때문이다.

프라스비유가 말했다.

"어떻습니까, 제가 보기엔 사건은 꽤나 단순한데, 선생께서는 달리 짐작되는 것이라도 있는지요?"

"고문관님, 도브레크 씨에게는 적이 많습니다……."

"야, 대단하군요! 그걸 알아차리시다니요!"

프라스비유가 니꼴을 비아냥거렸다.

"그 적 가운데 몇 사람은 도브레크를 납치하는 것이 좋겠다고 판단했을 겁니다."

"허허, 그럴듯하군요." 프라스비유는 맞장구를 쳤다. 허나 조소하는 빛이 역력했다. "니꼴 씨의 말을 듣고 있자니 의외로 사건은 모든 게 명명백백하군요. 우리가 방향을 제대로 잡고 수사하고 있는지 참고가 될 만한 말씀을 조금이라도 해주셨으면 고맙겠는데요."

"고문관님, 이 상아 조각을 가지고 실마리가 될 만한 것을 추리해 보실 생각은 없으신지요?"

"아뇨, 전혀요! 이것이 어떤 물건의 조각인지 저희로선 알 수 없고, 그것을 알아낸들 그 물건을 가지고 있는 친구가 잠적해버린 이상 결국 소용없는 일일 테니까요. 하지만 당신 말대로 이 물건의 주인을 알아내기 위해선 먼저 이 물건이 무엇인지 알아내야 할 것 같군요."

이 말을 듣고 니꼴 씨는 잠시 생각에 잠겼다가 이렇게 말했다.

"고문관님, 나폴레옹 1세가 권력을 잃었을 때……."

"아니 니꼴 선생, 지금 프랑스 역사를 강의하시려는 겁니까?"

"몇 마디 안 됩니다. 계속하겠습니다. 나폴레옹 1세가 그 권력을 잃게 되었을 때 새로이 들어선 정부는 각료들의 봉급을 반으로 줄였습니다. 이에 대하여 물론 엄중한 감시도 이뤄졌죠. 각료들은 황제의 자혜로움을 새삼 생각하게 되었고, 그를 숭배하는 의미로 나폴레옹의 초상을 자기들의 일용품, 즉 담배상자라든가 반지 또는 넥타이핀, 포켓 나이프 등에 조각하여 넣었습니다."

"그래서요?"

"바로 그겁니다. 여기 있는 상아 조각은 지팡이가 아니면 권총자루의 손잡이입니다. 각도를 달리 하여 보면 손잡이에 나폴레옹 1세의 별명인 꼬마 상병의 반면상이 나타나고 있습니다. 이것으로 판단해 보자면 급료가 반으로 줄어든 각료의 소장품이 아닌가 싶습니다."

프라스비유가 조각을 세밀히 살폈다.

"네, 반면상으로 보이긴 하는군요. 하지만 그것만 가지고……."

"제가 추리를 해보죠. 도브레크에게 협박당하고 있는 사람, 즉 그 유명한 27인의 명단에 올라가 있는 사람 가운데 코르시카 출신이 분명 있을 겁니다. 그는 나폴레옹에게 충성하였고 그 때문에 물론 출세도 하였습니다. 허나 왕이 몰락하자 함께 몰락해버렸습니다. 좀더 단언하자면, 몇 년 전 보나파르트 당의 당수를 지냈던 자가 자동차에서 내렸던 그 사람임에 틀림없습니다. 어떻습니까? 제가 그 사람의 이름을 굳이 말해줄 필요까진 없겠죠?"

"그렇다면 알뷔펙스 후작이라는 말이오?"

"그렇습니다. 알뷔펙스 후작입니다."

그러면서 니꼴 씨는 이제까지의 어딘지 모르게 난처한 듯한 표정을 싹 지우더니 자리에서 벌떡 일어났다.

"고문관님, 저는 제가 추리한 바를 그 누구에게도 말하지 않을 작정이었습니다. 다시 말해, 27인의 명단을 빼앗을 때까진 반드시 침묵을 지키려 했다는 뜻입니다. 허나 사정이 급박해졌습니다. 도브레크의 행방불명은 납치범의 의도와는 정반대로 당신이 피하고 싶은 파국을 향해 치달을 것입니다. 그러니 당장 서둘러야 합니다. 그래서 말씀인데, 아무래도 저를 도와주셔야 할 것 같습니다."

수정마개

"도와달라니, 무엇을 말입니까?"

프라스비유는 자신도 모르는 사이에 이 기묘한 사내에게 끌려가고 있었다.

"내일까지 알뷔펙스 후작에 대한 자료를 부탁드립니다. 저 혼자 조사할 수도 있지만 시간이 걸릴 것 같아서 그럽니다."

프라스비유는 무척 당황스러웠다. 그래서 메르지 부인 쪽을 쳐다보며 어떻게 하면 좋겠냐고 눈으로 물었다. 물론 메르지 부인도 이 기회를 놓칠세라 얼른 대답했다.

"제 부탁이라고 여기십시오. 제발, 니꼴 씨를 도와주세요. 여러 가지로 저분은 제 일을 돌봐주고 있습니다. 제가 모든 책임을 지겠습니다."

"좋습니다! 니꼴 씨, 당신이 특별히 요구하는 자료가 있습니까?"

"알뷔펙스 후작의 일상생활과 가족 관계, 파리나 지방에 가지고 있는 부동산 따위입니다."

프라스비유는 니꼴의 요구에 반대했다.

"도브레크를 납치한 자가 후작이건 다른 사람이건 간에 결국 우릴 위해서 일해준 것과 마찬가지 아닙니까? 말하자면 그 명단을 빼앗음으로써 도브레크를 무력화시킬 수 있다는 것입니다. 한데……."

"어떻게 장담할 수 있겠습니까? 후작이 자기 욕심만을 위해 일하지 않는다고 말입니다."

"그건 불가능합니다. 알뷔펙스의 이름 또한 명단에 올라 있기 때문입니다."

"명단에서 자기 이름만 지워버리면 되는 것이 아니겠습니까? 그렇게 되면 지금보다도 더욱 악랄한 협박이 발생할 수도 있습니다. 더구나 정치가로서는 도브레크보다 훨씬 윗자리에 있는 사람이 아닙니까?"

고문관 프라스비유는 말문이 막혔다. 한동안 생각에 잠기더니 이렇게 말했다.

"내일 오후 4시쯤 경찰국으로 저를 찾아오도록 하십시오. 필요한 자료는 뭐든지 보여드리겠습니다. 당신의 주소는 어디입니까? 만일 급한 일이 생기면 연락이 필요할 테니까요."

"클리시 가 25번지 니꼴이라고 해주시면 됩니다. 친구의 집입니다만, 그가 집을 비우고 있는 동안 제가 빌려 쓰고 있습니다."

니꼴 씨는 고문관의 호의에 허리를 굽혀 감사의 뜻을 표했다. 그러고는 메르지 부인과 함께 방을 나갔다.

"제대로 됐군요. 저는 이제 당당히 경찰국에 드나들면서 저들을 마음껏 부려먹을 수 있게 되었어요!"

니꼴이 문을 나서자마자 손바닥을 비비면서 말했다. 그러나 메르지 부인은 그다지 밝은 표정이 아니었다.

"아! 이미 늦은 게 아닐까요? 그 명단을 찢어버렸으면 어쩌죠?"

"누가요? 도브레크가 찢었다는 것입니까?"

"아니오, 후작 말이에요."

"아닙니다. 후작은 그 명단을 아직 입수하지 못했을 겁니다. 도브레크는 우리가 자신을 구해줄 것이라고 믿고 있을 겁니다. 그러니 필사적으로 반항할밖에요. 걱정 마십시오, 프라스비유가 우리의 손발이 되어줄 테니까요."

"만일 프라스비유가 당신의 정체를 알아챈다면요? 조금만 조사해도 니꼴이라는 사람이 존재하지 않는다는 것을 알 수 있을 텐데요."

"그게 들통난다 해도 니꼴이 아르센 뤼팽이라고는 전혀 생각하지 못할 겁니다. 사실 프라스비유는 경찰로서는 많이 부족합니다. 그의 목적은 오로지 도브레크를 파멸시키는 것입니다. 도브레크와 싸워줄 사람이 니꼴뿐이라면 그가 어떤 사람이든 꽤 넘치 않을 겁니다. 게다가 나를 소개한 사람은 부인입니다. 부인을 그가 의심할 수 있을까요? 아무 문제도 생기지 않을 겁니다. 아무튼 우리로선 경찰을 마음껏 부려먹을 기회입니다. 이 기회를 이용하여 최대한 필요한 것을 얻어내야 합니다."

클라리스는 니꼴을, 아니 뤼팽을 믿었다. 미래는 지금보다 덜 불행할 것이라고 그녀는 믿었다. 비록 질베르에게 사형선고가 내려졌으나 그를 구출할 기회가 완전히 무산된 것이 아님을 또한 믿었다. 그러나 그녀는 뤼팽의 간곡한 설득에도 불구하고 브리타니로 돌아가지 않겠다고 고집했다. 그녀는 뤼팽과 함께 행동하겠다고 자신의 다부진 결심을 밝혔다.

다음 날, 경찰청의 조사 보고는 프라스비유와 뤼팽이 알고 있는 바를 확인시켜 주었다. 알뷔펙스 후작은 운하사업에 깊이 관여되어 있었다. 황제는 그것이 염려스러워 자신의 정치사단에서 그를 추방시켰다. 그런 기록이 분명히 존재했다. 또한 후작은 매우 사치스러운 사람으로 은행대출을 받거나 임시변통으로 생계를 꾸려가는 형편이었다. 그 밖의 보고도 있었다. 도브레크가 납치되던 날, 후작의 행적에 관한 것이었다. 그날 저녁 후작은 저녁 식사를 집에서 하지 않았다. 저녁 6시부터 7시까지 사교계에도 얼굴을 내비치지 않았다. 그런데도 밤 12시가 넘어서야 걸어서 집으로 돌아왔다.

결국, 뤼팽의 짐작은 정확하게 들어맞았다. 그러나 더 이상의 소득은 아무것도 없었다.

도브레크의 집 앞에 대기하고 있던 자동차와 운전사 그리고 집 안으로 침입했던 네 명의 복면 사내들에 대한 것! 그들이 과연 후작과 연관이 있는 인물들인지, 아니면 후작과 관계가 전혀 없는 사람들인지 말이다.

결과적으로 수사의 범위는 넓어졌다. 후작의 신변과 저택은 물론 파리에서 조금 떨어져 있는 그의 영지, 그리고 차로 얼마 걸리지 않는 - 파리에서 60~90마일 안에 있는 곳을 집중적으로 수사해야만 하는 것이다.

그러나 알뷔펙스 후작의 명의로 되어 있는 집과 영지는 없었다. 이미 그의 재산은 다른 사람의 명의로 모두 넘어간 상태였다. 별수 없이 후작의 친척이나 친구 쪽으로 수사를 확대했다. 그들 중 도브레크를 숨길 만한 장소나 저택을 지닌 사람을 찾았다.

결과는 그리 신통치 못했다.

시간은 빠르게 지나갔다. 클라리스는 하루하루가 고통의 연속이었다. 시간이 지날수록 질베르의 죽음도 빨라지는 법! 클라리스는 뤼팽에게 이런 자신의 심정을 솔직하게 토로했다. 물론 뤼팽도 그녀 못지않게 고민하고 아파했다.

" 55일 남았습니다. 이제 겨우 50여 일…… 이 짧은 시간 동안 도대체 우리가 무얼 할 수 있겠어요? 정말 가슴이 미어터질 것만 같습니다."

정말이지 두 달도 채 못 되는 시간 동안 무엇을 할 수 있단 말인가? 뤼팽은 후작의 동정을 살피는 일에 다른 사람도 아닌 본인이 직접 나선 상태였다. 하지만 후작에게서 별다른 상황은 발생되지 않았다. 평소처럼 생활은 규칙적이었고, 수상쩍은 짓도 드러나지 않았다.

단 한 번, 후작은 뒤를레느 부근의 숲으로 멧돼지 사냥을 나가기 위해 몽모르 공작의 저택에 들른 적이 있었다. 엄밀히 조사해 보았지만 공작과는 그저 사냥친구일 뿐이었다.

"몽모르 공작은 귀족 중에서도 부호에 속합니다. 자기 재산의 관리와 사냥에만 취미를 갖고 있고, 정치에는 일절 관계치 않는 사람입니다. 그는 도브레크를 자기 저택 안에 불법 구금하는 짓 따윈 하지 않을 사람입니다."

프라스비유가 자신 있게 말했다. 뤼팽의 생각도 그와 별반 다르지 않았다. 하지만 확실한 믿음을 갖기 위해선 철저한 조사가 먼저 이루어져야 하는 것이다. 다음주, 뤼팽은 알뷔펙스 후작이 사냥복 차림으로 나가자 뒤를 밟았다. 후작은 가르 드 노르의 정거장까지 걸어가서 기차에 올라탔다.

후작은 오말 역에서 내렸다. 다시 또 마차를 타고는 몽모르성으로 향했다.

정거장 근처에서 점심 식사를 때운 뒤 뤼팽은 자전거를 빌려 타고 공작의 저택으로 향했다. 마침 사냥에 초대받은 사람들이 자동차 혹은 말을 타고 막 출발하려는 참이었다. 알뷔펙스 후작 역시 말을 탄 사람들 속에 끼어 있었다.

뤼팽은 그날 하루 동안 후작을 미행했다. 후작은 일행과 떨어져 세 번쯤 홀로 행동했다. 그날 저녁, 후작은 사냥꾼 한 사람을 데리고 말을 탄 채 정거장에 모습을 드러냈다.

그렇다고 이것만으로 후작을 의심할 수 있는 건 아니었다. 다음 날, 뤼팽은 르발류에게 지시하여 몽모르 부근을 조사하게 했다.

이틀 뒤 르발류로부터 보고가 들어왔다. 보고에는 그리 대단한 내용이 포함되어 있지 않았다. 다만, 전날 초대된 사람들의 이름과 몽모르 저택의 하녀와 문지기 등의 명단이 덧붙어 있었다.

사냥꾼들의 이름을 훑어보던 뤼팽은 한 사람의 이름이 마음에 걸려 께름칙했다. 그는 즉각 전보를 쳤다.

사냥꾼 세바스티아니에 대해 조사하라!

다음 날 르발류로부터 답신이 왔다.

세바스티아니는 코르시카 사람으로 알뷔펙스 후작의 소개로 몽모르 공작의 저택에 거주하게 된 자임. 저택에서 2~3마일 떨어진 곳, 몽모르가의 옛 성터였던 곳에서 살고 있는데, 이곳엔 사냥용 움막이 있음.

"바로 이거야!"

뤼팽은 르발류의 편지를 클라리스에게 보여주었다.

"세바스티아니라는 이름을 보고 있으려니 알뷔펙스가 코르시카 사람이라는 것이 새삼 떠오르더군요. 그 움막을 조사해볼 필요가 있습니다."

"과연 그가 거기에 있을까요?"

"도브레크가 그 폐허에 감금되어 있다면, 그와의 연락이 가능할 것입니다."

"그는 당신을 믿지 않잖아요!"

"이미 그에 대한 준비를 해놓았습니다. 며칠 전 경찰의 보고를 받았는데…… 루슬로 자매라고 도브레크의 사촌누이들이 있습니다. 그녀들은 납치당했던 쟈크를 감시했던 사람입니다. 그들은 꽤 나이가 들었는데, 전에 만났을 때 밤인데도 얼굴에 베일을 쓰고 있더군요. 알고 봤더니 그녀들은 도브레크로부터 다달이 생활비를 받아 살아가고 있더군요. 저는 바라크 가 134번지를 찾아갔었습니다. 루슬로 자매를 만나기 위해서였죠. 친절을 베풀면서 반드시 사촌형제이자 후원자인 도브레크를 구해주겠노라고 약속했습니다. 언니인 위프라지 루슬로로부터는 도브레크에게 보여주기 위한 추천서도 받아놓았구요. 니꼴 씨를 믿어도 좋다는 내용의 편지입니다. 그러니, 만반의 준비는 모두 갖춰진 셈이지요. 저는 오늘 밤에 출발할 생각입니다."

"그렇다면…… 저도 쫓아가겠어요."

클라리스가 말했다.

"당신은 아무래도……!"

"이렇게 걱정만 하고 앉아 있을 수는 없어요! 날짜를 헤아릴 때마다 미칠 것 같아요. 38일인지 40일인지 어쨌든 시간은 조금밖에 남아 있지 않아요."

뤼팽은 만류를 포기했다. 클라리스의 마음은 변하지 않을 것 같았다. 새벽 5시, 그들은 자동차를 타고 출발했다. 그로냐르도 함께 동행했다.

상대방이 눈치챌 것이 걱정되었으므로 뤼팽은 제법 큰 읍인 아미엥에 숙소를 마련하고 클라리스를 거기에 머물도록 했다. 몽모르까지는 18마일에 불과한 거리였다.

8시쯤, 뤼팽은 모르트피에르라는 이름으로 알려진 몽모르 옛 성 부근에서 르발류를 만났다. 그의 안내로 뤼팽은 부근 지형을 살폈다.

숲을 경계로 리제르 강이 흘렀고, 주변 기슭은 깊은 계곡을 이루고 있었다. 깎아지른 절벽 위에 모르트피에르가 우뚝 솟아 있다.

"이쪽에서는 전혀 손을 쓸 수 없겠군. 가파른 낭떠러지가 2백 피트는 되는 데다가 강을 끼고 있으니 섣불리 접근할 수도 없겠어."

뤼팽이 중얼거렸다.

거기서 그리 멀지 않은 곳에 계곡을 가로질러 다리가 있었다. 그들은 다리를 건너갔다. 오크나무와 소나무 따위의 고목들이 우거진 사이로 길게 산책로가 이어져 있었다. 산책로를 따라 걸어가자 빈터가 나왔는데, 철창을 친 성문의 양옆으로 하늘을 찌를 듯한 탑이 기둥인양 우뚝 버티고 서 있었다.

"저 옛 성터 안에 사냥꾼 세바스티아니의 움막이 있다는 건가?"

뤼팽이 물었다.

"폐허 한가운데 부부가 함께 사는 오두막집이 있습니다. 부부에겐 기골이 장대한 아들이 셋 있는데, 그들은 도브레크가 유괴된 바로 그날 모두 여행을 떠났던 것으로 알려져 있습니다."

"그래? 그거 참 묘한 우연의 일치로군. 모르긴 몰라도 네 명의 부자가 함께 무슨 짓을 저지른 것이겠지."

그날 오후, 뤼팽은 오른쪽 탑에 기어올라가 성 안을 살폈다. 굴뚝의 벽과 물탱크, 예배당의 아치와 무너진 돌더미 따위가 보였다. 산책로는 낭떠러지 앞에서 끝이 났고, 그 부근에 완전히 파괴된 내성(內城)의 폐허가 남아 있었다. 그렇다면 사냥꾼의 오두막은 그쪽 어딘가에 있을 것이었다.

밤에 숙소로 돌아온 뤼팽은 클라리스를 만났다. 뤼팽은 그로냐르와 르발류로 하여금 아미엥과 모르트피에르 사이를 오가며 그들을 감시하도록 명령했다.

훌쩍 6일이 지났다. 그 동안 뤼팽은 세바스티아니의 행동을 면밀하게 살폈다. 또한 몽모르에서 옛 성으로 들어가, 사냥길을 자세히 연구했다. 밤에 성 주변을 꼼꼼히 살펴보는 것도 잊지 않았다.

1주일째 되는 날, 사냥이 시작된다는 것과 아침 일찍 오말 역으로 마차가 한 대 보내졌다는 사실을 알아낸 뤼팽은 재빨리 철문 옆 나무그늘에 숨어 동정을 살폈다.

2시경쯤 그는 무리들이 외치는 소리를 들었다. 사냥꾼들은 소리를 지르면서 사냥감을 쫓아 이쪽저쪽으로 몰려다녔다. 그러나 차츰 그 소리는 잦아들었고, 이윽고 주위는 고요해졌다. 그러나 그것도 잠깐, 다시 말발굽소리가 들려왔다. 두 사내가 말을 타고 강 옆길을 따라 올라오고 있었다.

그들은 후작과 세바스티아니였다. 길이 끝나고 그들은 말에서 내렸다. 세바스티아니의 아내로 보이는 여자가 나와 철문을 열어주었다. 세바스티아니는 말고삐를 뤼팽이 숨어 있는 곳 근처에 맨 다음 후작과 함께 안으로 들어갔다.

비록 밝은 대낮이었지만, 폐허더미에 몸을 숨긴 채 뤼팽은 무진 성벽 틈으로 조심스럽게 안쪽을 살폈다. 두 사내는 세바스티아니의 아내를 밖에서 망을 보게 하고는 오두막 안으로 들어갔다.

뤼팽은 얼른 원래의 장소로 되돌아왔다. 조금 후에 다시 철문이 열렸다.

알뷔펙스 후작은 잔뜩 화가 났는지 손에 든 회초리로 사냥용 장화를 내리쳤다. 그들이 점점 가까이 다가옴에 따라 중얼거리는 말소리가 뤼팽의 귀에도 들렸다.

"짐승 같은 놈! 그렇게 버티지만 언젠가 내 기필코 실토하게 만들 테다! 오늘 밤 다시 오겠어. 오늘 밤 10시, 알아듣겠나 세바스티아니? 함께 할 일이 있다. ……지독한 놈!"

세바스티아니가 말고삐를 풀었다. 후작은 여자를 향해 돌아서 있었다.

"아들이 잘 지키고 있겠지? 누가 그놈을 구하려 들면 단단히 본때를 보여주라구. 함정 문도 설치해 놓았겠다, 안심하고 맡겨도 되겠지?"

세바스티아니가 대답했다.

"네, 후작 나으리. 절 믿으십시오. 나리께서 이 늙은 것한테 베풀어주신 은혜를 그놈들도 잘 알고 있습니다요. 여간해선 겁을 집어먹을 놈들이 아니니 염려하지 않으셔도 됩니다."

"자, 말을 타고 얼른 사냥개들을 쫓아가자."

알뷔펙스가 말했다.

결국 뤼팽의 예상은 들어맞았다. 이 모든 일은 후작의 짓이었다! 사냥이 한창일 때 알뷔펙스는 아무도 모르게 빠져나와 모르피에르로 왔던 것이다. 거기에는 두말할 것도 없이 후작에게 목숨이라도 바칠 세바스티아니 가족이 도브레크를 감시하고 있었다.

"드디어 알아냈습니다!"

뤼팽은 숙소로 돌아와 클라리스에게 말했다. 그리고 몰래 엿들었던 얘기를 클라리스에게 전해주었다.

"오늘 밤 10시에 후작은 도브레크를 심문할 겁니다. 아마 좀 거칠게 나올 것 같습니다."

"도브레크가 비밀을 털어놓을까요?"

클라리스는 상당히 흥분한 표정이었다.

"저도 그 점이 좀 걱정됩니다."

"그럼 어떡하죠?"

"그럴 경우에 대비하여 저는 두 가지 계획을 세워놓았습니다. 다만, 어느 쪽을 택할 것이냐가 문제입니다. 한 가지는 오늘 밤에 방해를 놓거나……."

"그게 어떤 방법이죠?"

"알뷔펙스보다 먼저 그곳에 가는 겁니다. 9시쯤, 그로냐르와 르발류, 그리고 제가 누벽(壘壁)을 넘어 숲으로 들어갑니다. 하여 그가 감금되어 있는 곳을 습격하여 감시자를 때려눕히고 도브레크를 데려오는 거죠."

"만약 후작이 말한 것처럼 세바스티아니의 아들들이 만들어놓은 함정에라도 빠진다면요?"

"바로 그런 이유로 폭력적인 방법을 쓰려는 것입니다. 두 번째 계획은 사실 조금 힘듭니다……."

"그건 어떤 계획이죠?"

"후작이 도브레크를 심문할 때 몰래 훔쳐보는 겁니다. 도브레크가 말하지 않는다면 우린 그를 빼돌리는 데 필요한 시간을 얻는 것이요, 그가 실토한다면, 즉 명단이 있는 곳을 고백한다면 저와 후작이 동시에 비밀을 알게 되는 것입니다. 하지만 후작보다는 제가 먼저 그것을 차지하게 될 것이라 자신합니다."

"네……. 한데 어떻게 그곳에 숨어들 수 있죠?"

"아직 거기까진 생각하지 못했습니다." 뤼팽이 솔직하게 대답했다. "르발류가 가져오는 자료와 제가 모은 자료를 종합해 최종적으로 결정될 것입니다."

뤼팽은 숙소를 나갔다가 1시간쯤 후에 다시 돌아왔다. 주위가 어두워졌다. 르발류도 합류했다.

"그래, 작은 책은 구해왔나?"

뤼팽이 부하에게 물었다.

"네, 두목! 오말의 신문 파는 가게에서 구입할 수 있었습니다."

"이리 주게."

르발류는 오래되어 이미 너덜너덜해진 책을 뤼팽 앞에 꺼내놓았다. 표지에는 '모르트피에르 방문 - 1824년, 도면과 설명서 첨부'라고 씌어 있었다.

뤼팽은 내성에 관해 적혀 있는 페이지를 찾았다.

"여기 있군! ……지상 3층, 지하로 바위를 뚫어 2층, 한 층은 쓰레기 더미로 막혀 있고, 한 층은…… 여기다! 바로 이곳이 도브레크가 감금되어 있는 방이야. 이름이 의미심장한걸. 고문실이라…… 도브레크, 가엾은 신세가 되었군. 계단과 고문실 사이에 문이 두 개 있고, 문과 문 사이에 움푹한 곳이 있고…… 이곳쯤에 총을 든 세 형제가 있겠군."

"들키지 않고 이곳에 잠입하는 건 불가능할 것 같군요."

르발류가 말했다.

"불가능이라…… 위쪽, 그러니까 2층 쪽에서 천장을 타고 내려갈 수는 있겠는데, 너무 위험하군 그래."

그는 다시 책을 뒤적였다. 클라리스가 걱정스러운 얼굴로 말했다.

"그 방엔 창문이 없나요?"

"아래쪽에 있긴 하지만 강 쪽으로 나 있습니다. ……도면 위에 작은 표시가 되어 있군요. 하지만 그 낭떠러지는 높이가 50야드나 되어서…… 더구나 강가의 절벽이니 이쪽 방향에서는 어떻게 손을 써볼 수가 없겠군요."

그는 책장을 몇 장 더 넘겼다. 문득 '연인들의 탑'이라는 제목이 눈에 들어왔다.

"중세의 어느 날, 끔찍한 비극이 벌어졌다. 이 때문에 사람들은 이곳을 일컬어 '연인들의 탑'이라고 한다. 성주인 모르트피에르 백작은 아내의 배반에 분개한 나머지 그녀를 성 안 고문실에 가둬버린다. 부인은 비좁고 외로운 이곳에서 수십년 간 혹독한 세월을 살아가야 할 형편이었다. 그런데 어느 날 밤 부인의 연인 트랑카비유가 그녀의 탈출을 시도한다. 그는 대담하게도 강에 사다리를 놓고 수십 길이 넘는 절벽을 기어오른다. 고문실 창에 이르러 그는 철창을 쇠톱으로 잘라낸다. 그러고는 가늘고 단단한 밧줄로 부인의 몸을 묶는다. 팔로 연인의 허리를 끌어안은 트랑카비유는 고문실을 빠져나가고자 한다. 그러나 발을 사다리에 얹으려는 순간 성 꼭대기에서 한 방의 총알이 날아온다.

총알은 남자의 어깨를 꿰뚫고, 연인은 부둥켜안은 채 어두운 강물 속으로 추락한다. 연인들의 최후였다!"

그가 읽기를 끝내자 약속한 듯 일동은 침묵 속으로 빠져들었다. 모두들 탈출 장면을 머릿속에 그려보는 것 같았다. 3~4세기 전 생명의 위험을 무릅쓰고 놀랄 만한 기지를 발휘하여 연인을 구출해내는 데 거의 성공할 뻔했지만 파수꾼에 들켜 실패하고 만 비극적 러브스토리! 그러나 용기를 가지고 모험을 감행한 남자가 있었다!

뤼팽은 클라리스를 바라보았다. 그녀도 그를 바라보고 있었다. 절망을 가득 품은 눈동자! 불가능한 일이 가능하기를 바라는 어머니의 눈동자! 사랑하는 아들을 위해서 어떤 희생도 감수하겠다는 어머니의 저 애타는 눈동자!

"이봐 르발류, 내 몸을 묶을 가늘고 튼튼한 밧줄을 구해오도록 해. 아주 길어야 해. 적어도 50~60야드는 되어야 할 거야. 그로냐르, 너는 사다리를 서너 개 구해와서 그것들을 길게 이어라."

"두목, 대체 무슨 생각을 하시는 겁니까?"

두 부하가 겁먹은 얼굴로 물었다.

"지금 생각하시는 일은…… 한마디로…… 미친 짓입니다!"

"미친 짓? 이미 누군가가 실행했던 일이야. 그런데 내가 왜 못 하겠냐?"

"성공할 확률은 백 분의 일도 안 됩니다. 결국 두목이 위험하게 됩니다."

"두고 봐. 난 기필코 성공할 테니까!"

"하지만 두목……."

"됐다! 이미 결정됐으니까, 한 시간 후 강기슭에서 만나자!"

상당한 시간과 정성을 들여 준비물들을 만들었다. 절벽 꼭대기에 닿을 만한 50야드짜리 사다리를 만들 재료는 사실 구하기가 쉽지 않았다. 게다가 조심스럽게 끝과 끝을 이어가는 데도 많은 노력이 필요했다.

9시가 조금 지난 시간, 보트 한 척이 강에 모습을 드러냈다. 선두는 사닥다리 가로대 사이에 쐐기를 박아 고정시켰고, 선미는 제방을 등진 채 안전하게 자리를 잡아주었다. 사다리는 창에까지 닿지 않았다.

강의 계곡으로 통하는 길은 인적이 거의 없음으로 걱정할 필요가 없었다. 하늘은 움직이지도 않는 먹구름으로 온통 뒤덮여 있었다. 뤼팽은 부하들에게 마지막 명령을 내린 뒤 여유롭게 웃음을 흘렸다.

"후작 일당이 도브레크의 머리가죽을 벗기거나 살점을 도려내려고 할 때 그가 어떤 표정을 지을지 지켜보는 것만으로도 오늘의 모험은 충분한 가치가 있는 것이야!"

클라리스는 배에 머물렀다.

"곧 내려올 겁니다. 다만, 무슨 일이 있어도 움직이지 말고 소리도 질러선 안 됩니다!"

"아무 일도 없겠죠?"

그녀가 물었다.

"트랑카비유는 자신의 연인을 옆구리에 끼고 고문실을 탈출하려고 했지만 '우연'이란 것이 그를 배신해 버렸습니다. 하지만 걱정 마십시오. 저는 그가 아니니까요!"

클라리스는 대답이 없었다. 그저 그의 손을 따뜻하게 잡아주었을 뿐이다.

뤼팽이 사다리에 한 발을 올렸다. 다행히 흔들림은 거의 없었다. 그는 빠른 속도로 위로 올라가기 시작했다.

그는 금방 사다리 꼭대기에 닿았다. 밑은 깎아지른 듯한 낭떠러지였다.

그는 다시 바위나 튀어나온 돌덩이, 움푹 파인 곳을 밟으며 한발 한발 위를 향해 기어올라갔다. 두 번쯤 돌이 빠져 미끄러졌고, 또 두 번쯤은 거의 추락할 뻔하기도 했다. 하지만 그는 가까스로 위기를 모면했다. 깊은 돌구멍을 찾았을 때 그는 거기에서 잠시 휴식을 취했다. 휴식을 취하면서 그는 과연 이 일이 이토록 위험한 모험을 감행할 만한 가치가 있는가를 자문해 보았다. 가치는 충분하다! 질베르를 생각하라!

도브레크가 비밀을 실토하고 후작이 그 명단을 소유하게 된다면? 질베르의 운명은 또 어찌 변할 것인가!

뤼팽의 허리에 감은 긴 로프는 몹시 불편했다. 그는 그것을 풀어 바지 혁대 한쪽 끝에 고정시키고 다른 쪽은 늘어뜨려 돌아갈 때 타고 내려갈 수 있도록 미리 준비했다.

올라갈수록 그의 몸은 점점 엉망이 되어갔다. 손가락에 멍은 물론이고 온몸에 타박상을 입었다. 그를 더욱 난감하게 만드는 것은 밑으로부터 들려오는 소리 없는 응원이었다.

그는 문득 트랑카비유를 머릿속에 떠올렸다. 절벽을 기어오르며 그 또한 얼마나 공포에 떨었을까!

뤼팽은 잡념을 떨쳐내며 오르고 또 올랐다. 그것은 어쩌면 죽음의 행진이었다. 온몸의 피가 말라붙는 것 같은 착각이 일기도 했다. 이젠 어느 정도 올라갔을까? 일순 나무뿌리로 여겨지는 것이 손에 잡혔다. 거기에 의지하여 그는 거친 숨을 다독였다. 그때 갑자기 사람 소리가 들려왔다.

뤼팽은 귀를 바투 세웠다. 소리는 오른쪽에서 들려오고 있었다. 그쪽으로 고개를 돌렸다. 어둠 속에서 한줄기 빛이 새어나오고 있었다. 지금이 낮이었다면 아마 여기까지 오르기가 더욱 힘들었을 것이다. 마지막 힘을 다하여 뤼팽은 빛이 흘러나오는 곳에 이르렀다. 다행하게도 거기에 조금 넓은 듯한 굴이 있었다. 깊이는 3야드쯤! 낭떠러지를 파내어 복도처럼 만든 곳이었다. 그렇기에 다른 한쪽은 아주 좁았다. 그리고 바로 거기에 쇠창살 세 개가 가로로 꽂혀 있었다!

뤼팽의 머리가 문득 쇠창살에 닿았다. 그리고 그는 보았다!

연인들의 탑

　　　　　뤼팽의 눈앞에 고문실의 풍경이 드러났다. 고문실은 비교적 컸다. 각기 크기가 다른 네 개의 구역으로 나누어져 있었는데, 둥근 지붕을 커다란 기둥이 떠받치고 있는 형상이었다. 물기가 스며든 탓인지 벽과 돌로 된 바닥 틈새에서 곰팡이 냄새가 코를 찔러왔다. 고문실은 한눈에 보아도 음산한 분위기였다.

　세바스티아니와 기골이 장대한 세 아들의 검은 그림자가 어른거렸다. 기둥 사이로 새어나오는 어슴푸레한 불빛, 그리고 쇠고랑을 찬 채 묶여 있는 포로의 모습도 보였다. 이는 참으로 야만스러운 장면이었다!

도브레크는 뤼팽이 잠복한 천장에서 4~5야드 아래쪽에 있었다. 그는 바퀴 달린 침대에 묶여 있었는데, 침대는 다시 벽의 쇠사슬에 고정되어 있어 도브레크의 사지는 옴짝달싹할 수 없었다. 더욱이 아주 작은 진동에도 기둥에 연결되어 있는 종이 울리도록 장치되어 있었다. 걸상 위 램프에서는 어슴푸레한 불빛이 뿌려지고 있고, 그것으로 초췌해진 한 사내의 얼굴이 비춰지고 있었다.

그 옆, 알뷔펙스 후작이 서 있었다. 뤼팽은 그를 살펴보았다. 후작은 창백한 얼굴과 반백의 수염, 깡마른 체구와 큰 키였다. 후작은 도브레크를 증오의 눈길로 내려다보고 있었다.

무거운 침묵이 몇 분 동안 흘렀다. 이윽고 후작이 명령을 내렸다.

"세바스티아니, 세 개의 촛대에 모조리 불을 켜! 저놈의 낯짝을 똑똑히 봐야겠어!"

세 개의 촛대에 불이 켜지자 도브레크의 추레한 몰골이 확연하게 드러났다. 허리를 구부린 자세로 후작이 말했다.

"우리 두 사람이… 앞으로 어떤 관계가 될지 모르겠지만, 아무튼 난 이 방에서 몇 분 동안이나마 굉장히 큰 기쁨을 누릴 수 있게 됐어! 네놈은 당해도 별로 할 말이 없을 거야. 넌 나를 너무 심하게 괴롭혔어. 네놈 때문에 그동안 나는 눈물로 세월을 보내야 했어! 그건 절망의 흐느낌이었지! ……네놈은 내 돈을 강탈해갔어! 나의 전 재산을 말이야! 그런데도 나는 네놈의 행동에 언제나 벌벌 떨어야 했어! 네놈이 입을 벌려 떠벌리는 것이 나는 가장 두려웠어! 그 즉시 나의 명예는 땅으로 곤두박질치고 결국 나는 파멸의 늪에 빠질 수밖에 없을 테니까. ……이 악당! 넌 짐승보다 못한 놈이야!"

그러나 도브레크는 꼼짝도 하지 않았다. 도브레크는 덧쓰고 있던 검은 안경을 빼앗겼는지 투명한 안경만을 쓰고 있었다. 램프빛에 반사되어 안경알이 번쩍 빛났다. 고통으로 볼이 패이고 광대뼈가 튀어나온 게 보기에도 비참한 몰골이었다.

알뷔펙스가 다시 입을 열었다.

"이봐, 넌 이제 끝장이야! 악당들이 네놈을 찾아 헤매는 모양이지만 신은 네 편을 들지 않았어. 이제 네겐 죽을 일만이 남아 있어. ……세바스티아니, 함정문은 어떤가? 작동되고 있지?"

세바스티아니가 다가와 무릎을 꿇으며 침대 바닥에 있던 고리를 힘껏 잡아당겼다. 순간 바닥의 포석이 회전하면서 검은 아가리를 쩌억 벌렸다.

"모든 게 다 준비되어 있어. 지하감옥까지 완벽하게 말이야. 이 성의 전설대로 바닥이 없는 지하감옥이 바로 여기란 말이지. 이곳에 갇히면 구조의 손길은 희망의 빛조차 보이지 않아. 자, 도브레크. 이젠 입을 열 시간이다!"

그래도 도브레크는 침묵했다. 후작은 그러리라고 예상했다는 듯 이렇게 말했다.

"네 번째다! 네놈이 지닌 명단을 얻어내기 위하여, 또 네놈의 계략에서 벗어나기 위하여 나는 무려 네 번이나 네게 물었다! 허나 이번이 마지막이야. 너한테 더는 기회가 없다! 어때? 그래도 실토하지 않을 작정인가?"

도브레크는 여전히 대꾸가 없었다. 알뷔펙스 후작은 세바스티아니에게 신호를 보냈다. 세바스티아니가 두 아들을 데리고 앞으로 나왔다. 아들 중 하나의 손에 몽둥이가 들려 있었다.

알뷔펙스 후작은 잠시 주저했으나, 곧 힘있는 목소리로 소리쳤다.

"시작해!"

지시가 떨어지자마자 세바스티아니는 도브레크의 손목을 죄었던 가죽을 느슨하게 하더니 가죽과 가죽 사이에 몽둥이를 끼워넣었다.

"돌릴까요?"

잠시 침묵이 흘렀다. 후작은 일부러 뜸을 들이는 것 같았다. 도브레크는 전혀 겁을 내지 않는 얼굴이었다. 후작이 은근한 목소리로 이렇게 말했다.

"대답을 하지 않은 건 고통을 감수하겠다는 뜻이겠지?"

도브레크는 그래도 대답이 없다!

"돌려라, 세바스티아니!"

세바스티아니는 몽둥이를 완전히 한 바퀴 돌렸다. 가죽끈이 죄어들자 도브레크가 끔찍한 비명을 토해냈다.

"이래도 실토를 안 할 테냐! 내가 널 용서할 것 같은가! 마음만 먹는다면 널 고통스럽게 죽일 수도 있어! 그래도 실토하지 않을 테냐? 세바스티아니! 한 번 더 맛을 보여줘라!"

세바스티아니는 명령에 따랐다. 고통에 몸부림치는 도브레크의 목구멍에서 신음소리가 새어나왔다.

"독종! 멍청한 놈! 고통에서 해방되는 길을 모르는 녀석이로군! 그놈의 명단이 목숨보다 중요하다는 것인가? 빨리 실토하라! 명단은 어디에 있느냐! 한마디만 하면 돼! 단 한마디면 너는 살 수 있다. 내 손에 명단이 들어오는 그때 넌 자유다. 자유! 알아들겠나! ……독종! ……세바스티아니! 한 번 더 돌려!"

후작은 분노로 부르르 몸을 떨었다. 세바스티아니는 또다시 몽둥이를 한 바퀴 돌렸다. 뼈가 부러지는지 우두둑거리는 소리가 났다.

"살려줘! ……살려줘!"

지독한 고통에 도브레크도 숨이 넘어가는 소리로 비명을 내질렀다.

"제발…… 살려줘!"

두 눈을 뜨고 볼 수 없을 정도로 참혹한 광경이었다. 세 아들도 공포로 얼굴이 딱딱하게 굳어 있었다. 뤼팽 역시 온몸에 소름이 돋았다. 설령 뤼팽이 도브레크를 납치했다고 해도 이렇게까지 잔인한 고문은 생각지도 못 했을 것이었다.

도브레크는 곧 비밀을 말할 것 같았다. 이 순간 뤼팽도 퇴각할 만반의 준비를 갖추었다. 기다리는 자동차를 타고 파리를 향해 전속력으로 달리는 것이다! 승리가 손에 잡힐 듯이 가깝게 느껴졌다.

"말해, 말하란 말이다! 말만 하면 네 고통은 멈춰주겠다!"

알뷔펙스가 소리쳤다.

"그래… 말하겠다…… 말하겠어…….".

"그래, 어서 말해라!"

"나중에…… 내일…….".

"이런, 미친 놈! 뭐, 내일이라고? 세바스티아니, 돌려라!"

"안 돼! 안 돼!"

도브레크가 비명을 내질렀다.

"말해라!"

"……그 명단…… 명단을 감춘 곳은…….".

극심한 고통 때문에 의식이 몽롱해졌는지 머리를 축 늘어뜨린 도브레크는 무슨 말인지 알아들을 수 없는 소리를 중얼거렸다.

"마리…마리……!"

도브레크는 그 순간 앞으로 고꾸라지듯 고개를 떨구었다.

"좀 늦춰줘라, 세바스티아니! 우리가 조금 지나쳤나보다."

알뷔펙스는 이렇게 말하면서 도브레크에게로 가까이 다가갔다. 자세히 보니 도브레크는 기절한 것 같았다. 후작 자신도 지쳤는지 침대 쪽으로 걸어가 그 위에 걸터앉았다. 그러고는 이마의 땀을 손등으로 훔쳤다.

"아주 지독한 놈이야!"

"나으리, 오늘은 이 정도로 충분하지 않을까요? 내일이고 모레고 언제든 다시 자백을 받아낼 수 있을 것 같은데요."

험상궂은 얼굴의 세바스티아니는 인상에 어울리지 않게 후작에게 자비를 요구했다.

후작은 대답 없이 침묵했다. 아들 중 하나가 그에게 브랜디 병을 내밀었다. 컵에 술병을 기울여 반쯤 따르더니 후작은 단숨에 들이켰다.

"그럴 수는 없어. 시작했으면 끝장을 내야 해! 조금 더…… 곧 실토할 수밖에 없어……!"

갑자기 후작이 벌떡 일어나더니 세바스티아니를 구석으로 데리고 갔다.

"세바스티아니, 너도 들었지? 그…… 마리라는 말이 무슨 뜻이지? 두 번이나 되풀이하던데……?"

"네, 두 번 지껄였습니다. 아마 마리라는 여자에게 나리께서 요구하시는 명단을 맡겨두었다는 말 같은데요."

"그럴 리 없어! 저놈이 어떤 놈인데…… 절대 남에게 맡길 놈이 아냐! 뭔가 다른 뜻일 거야."

"그럼 그게 무슨 뜻일까요?"

"글쎄다…… 곧 알게 되겠지."

그때 침대 위에 축 늘어져 있던 도브레크가 긴 숨을 몰아쉬더니 조금 몸을 움직였다. 도브레크를 향해 알뷔펙스가 눈을 부라리며 다가갔다.

"도브레크, 내게 맞설 생각은 말아라. 싸움에 지면 승자에게 복종하기 마련이야. 쓸데없는 고통을 당하느니 차라리 실토하는 게 좋을 거야. 어리석은 고집은 버리는 게 좋아! ……좀더 현명해지라구, 도브레크!"

후작은 다시 세바스티아니에게 명령했다.

"끈을 다시 죄어라! 좀더 뜨거운 맛을 보여줘! 그럼, 정신이 번쩍 들 것이다! 이 녀석은 보통 엄살이 심한 놈이 아냐."

세바스티아니는 다시 우두둑 소리가 나도록 가죽끈을 죄었다. 고통을 느낀 도브레크가 다시 몸부림치기 시작했다.

"세바스티아니, 그만! ······자, 친구! 이제 타협의 필요성을 느꼈을 것 같은데······그렇지 않나, 도브레크? 어때······ 그렇게 하겠나? ······그래, 그게 자네로선 상책이야."

두 사내는 고통으로 일그러진 도브레크의 얼굴을 내려다보았다. 세바스티아니는 여차하면 다시 돌릴 태세로 몽둥이를 바투 움켜쥐고 있었고 알뷔펙스는 램프를 들어 도브레크의 얼굴을 가까이 비췄다.

"입술이 움직인다! 말을 할 것 같다! 세바스티아니, 조금 늦춰 줘! 아아, 친구······ 자네가 고통받는 걸 난 도무지 지켜볼 수가 없군 그래. 세바스티아니! 너무 죄지 마! ······어라? 이 친구 아직도 망설이고 있네? 가만······ 아무래도 한 바퀴를 더 돌려줘야겠어. 세바스티아니! 한 바퀴 더! 아, 아니 잠깐! 도브레크······ 뭐라구? 뭐라구 말했나? 응? 도브레크, 내가 알아들을 수 있도록 똑똑히 말하라! 그렇지 않으면 소용없어! 소용없다구! 자, 다시 말해 봐!"

일이 진행되어 가는 것을 지켜보고 있던 뤼팽은 목구멍에서 솟아오르는 힘겨운 소리를 들었다. 그러나 입 속에서 잘근잘근 끊어지는 소리여서 발음이 정확하지 않았다. 도브레크는 뭔가 말하는 것 같았지만 뤼팽에게는 들리지 않았다. 귀를 곤두세우고 심장의 고동까지 가라앉히면서 온 신경을 곤두세웠지만 허사였다.

'빌어먹을! 이리 허망하게 될 줄이야…… 이제 어떻게 한다?'

뤼팽은 총으로 도브레크를 쏘아 아무런 설명도 하지 못하게 해버릴까,를 생각했다. 그러나 그럴 경우 명단의 행방은 영원히 묘연해진다. 아직은 좀더 사태의 추이를 지켜보며 사건의 고비마다 현명한 판단을 내리는 게 좋을 것 같았다.

그러는 동안에도 도브레크의 설명은 끊겼다가 이어지고, 이어지다가 끊기곤 했다. 때때로 고통에 힘겨운지 신음소리가 흘러나왔다.

그러나 알뷔펙스는 숨 돌릴 여유도 주지 않고 계속하여 몰아붙였다.

"계속해! 남김없이 실토하란 말이다!"

도브레크의 말을 들으며 알뷔펙스 후작은 감탄하는 듯 고개를 끄덕였다.

"음, 그래… 그럴듯해. 하지만 조금 우습군. 아무도 그걸 눈치채지 못했다는 말인가? 프라스비유, 그 녀석도 꽤나 멍청한 놈이로군! 세바스티아니, 좀 늦춰줘라! 우리의 소중한 친구가 무척 힘들어하는 것 같다! ……이젠 좀 더 괜찮아졌지? 그래 정신 차리고 어서 말해봐라! 좀 더 확실히 말해보라고!"

끝이었다. 뤼팽에게는 들리지 않는 도브레크의 목소리가 한동안 계속하여 이어졌다. 알뷔펙스는 열심히 경청했다.

아주 즐거운 표정으로 알뷔펙스가 말했다.

"됐어…… 고맙다, 도브레크! 우린 친구야, 날 믿으라고. 방금 네가 얘기한 건 내 죽을 때까지 잊지 않겠다! 참, 가끔 돈이 궁할 때 날 찾아오도록 해. 빵 한 조각쯤 물 한 모금쯤 못 주겠나. 하하하! 그래, 언제든 줄 수 있어. ……세바스티아니, 이 욕심꾸러기 국회의원 나리를 잘 보살펴 드리게나. 우선 묶은 걸 풀어주도록 해. 하긴 이 착한 친구를 옴짝달싹 못하게 묶어놓은 건 조금 가혹한 처사였어. ……쯧쯧!"

"마실 것 좀 줄까요?"

"그래, 그렇게 하게나."

세바스티아니와 세 아들이 가죽끈을 풀었다. 그래도 도브레크의 손은 마비라도 되었는지 움직이지 않았다.

세바스티아니가 도브레크의 손목을 주물러 주었다. 그러더니 거기에 약을 바른 후 붕대를 감아주었다. 그러고 나서 브랜디 두어 모금을 입에 넣어줬다.

"어때, 이제 살 만한가?"

후작이 물었다.

"그래, 괜찮을 거야. 너무 염려하지 말게나. 한 두어 시간쯤 지나면 괜찮을 테니까. 사실 고문을 받았다고 떠벌리는 건 사내로서 그리 우쭐댈 만한 것이 못 돼. 그래도 자넨 운이 좋은 거야! 알겠나?"

알뷔펙스는 회중시계를 꺼냈다.

"이것으로 오늘의 심문은 끝내겠다. 이봐, 세바스티아니, 아들들에게 교대로 파수를 보게 하고 자넨 마지막 열차 시간에 늦지 않도록 날 정거장으로 데려다주게."

그런 다음 후작은 고개를 돌려 도브레크를 바라보았다.

"도브레크, 나의 소중한 친구…… 잘 자게나! 내일 오후, 자네가 친절하게 알려준 그 장소에 가볼 생각이네. 만약 명단이 그곳에 있다면, 그럼 나는 즉시 전보를 칠 걸세. 자네를 풀어주도록 말할 거야. 허나 그 반대면…… 도브레크, 설마 거짓말을 한 건 아니겠지?"

후작은 미심쩍다는 듯 다시 도브레크에게로 다가갔다.

"거짓말은 안 했겠지? 그렇지…… 친구? 날 속인다면 어찌된다는 것쯤 잘 알고 있을 줄로 믿는다. 난 그저 단 하루만 손해보는 것에 불과해. 물론 자네는 남은 여생을 모두 잃게 되는 비참한 결과가 되겠지만! 하긴, 아무래도 자네가 말한 곳은 너무 허술한 느낌이야. 아무튼, 친구를 믿고 몸소 확인을 해보도록 하지! 자, 그럼…… 세바스티아니, 내일 전보를 쳐줄 테니, 그리 알게. 자, 나를 데려다 주게나!"

"한데 어떻게 집안으로 들어가실 거죠? 그 집엔 프라스비유의 부하들이 쫙 깔려 있잖습니까?"

"걱정 말게나. 어떻게든 들어갈 수 있을 테니까. 문을 열어주지 않는다면 창문으로 들어가면 되겠지. 창문도 안 열린다면 프라스비유의 부하 한 녀석을 매수해도 될 테구. 돈만 있으면 녀석들을 매수하는 건 문제가 되지 않아. 그럼 도브레크, 그만 쉬시게나!"

후작은 세바스티아니와 함께 고문실을 나갔다. 육중한 문이 닫히고 뤼팽도 이젠 물러갈 준비를 했다.

 계획은 간단했다. 밧줄을 타고 낭떠러지 아래까지 내려간 뒤 부하들과 함께 오말 역 쪽으로 간다. 도중에 한적한 길이 나오면 알뷔펙스와 세바스티아니를 기다렸다가 습격한다. 싸움의 결과야 너무 뻔하다. 그들 두 사람을 포로로 잡는 건 식은죽 먹기나 다름 없다. 그런 뒤에 입을 열게 하면 된다. 어떻게 그들의 입을 열게 할 수 있을까? 방법은 알뷔펙스가 이미 알려주었다.

 뤼팽은 바지 혁대에 묶고 있던 밧줄을 풀어 불쑥 튀어나온 바위에다 맸다. 그 다음 그 밧줄을 타고 아래로 내려가려고 했다. 그러나 그 순간 자신의 계획이 어쩐지 마음에 썩 내키지 않았다. 다시 한 번 생각을 정리했다.

 '바보 같으니라구! 지금 내가 하려는 짓은 황당무계하다. 논리적으로 맞지 않다. 알뷔펙스와 세바스티아니가 호락호락 내 손에 잡힐 리도 없거니와 반드시 잡을 수 있다는 보장도 없다. 그래, 이대로 여기에 있는 게 차라리 낫다. 그들보다는 도브레크를 상대하는 게 좀더 유리하다. 녀석은 이미 저항할 기력도 잃었다. 더욱이 후작에게 비밀을 밝혔는데, 나와 클라리스에게 입을 다물고 있을 이유가 없다. 그래, 먼저 도브레크를 포로로 삼아야 한다.'

 뤼팽은 계속하여 생각을 이어갔다.

 '만약 내 계획이 실패한다면? 클라리스와 함께 파리로 가서 프라스비유와 협력해야 한다. 라마르틴 가 도브레크의 집에 엄중한 경계를 펴도록 하여 알뷔펙스가 명단을 소유하지 못하도

록 하면 된다. 그래 프라스비유에게 위험하다는 것을 알려줘야 할 것이다. 하지만…….'

그때 이웃 마을의 교회시계가 12시를 알렸다. 이제 예닐곱 시간의 여유밖에 없었다. 뤼팽은 즉각 자신의 계획을 실행에 옮겼다.

뤼팽은 낭떠러지의 움푹 파인 곳에서 관목 하나를 발견했다. 그는 그 나뭇가지들을 칼을 이용해 일정한 길이로 잘랐다. 그리고 그것을 12개쯤으로 엮어 사다리를 만들었다. 그런 다음 다시 아까 그 장소로 돌아와 도브레크를 살폈다. 그는 이미 잠들어 있었다. 도브레크의 침대 옆에는 세 아들 중 단 한 녀석만이 남아 담배를 피우고 있었다.

'좋아. 이 녀석 혼자 보초를 설 모양이군. 그렇다면 일이 훨씬 수월하겠어.'

한편으로, 알뷔펙스가 비밀을 알고 있다는 사실이 뤼팽의 마음을 께름칙하게 했다. 후작은 그 명단을 소유하게 됨으로써 도브레크의 손아귀에서 빠져나옴과 동시에 도브레크의 역할을 대신하려고 들 것이다. 그렇게 되면 뤼팽으로서도 결코 달갑지 못하다. 새로운 적과 싸워야 하는 것은 그만큼의 에너지를 다시 소비해야 한다는 결론이다. 어떻게 해야 하는가? 우선 이런 사실을 프라스비유에게 알려야 하는 것이 급선무일까? 알뷔펙스의 행동을 중지시키는 것이 상책이 아닐까?

여러 가지 가능성을 일일이 따져봐야겠지만 절대적으로 부족한 것이 시간이었다. 그래도 뤼팽은 최선의 선택을 하고 싶었다. 이는 질베르의 목숨과 연관되어 있는 셈이니까. 섣불리 행동할 순 없는 것이다!

그 사이, 교회종이 12시 30분을 알렸다. 골짜기에서 몰려온 차가운 안개가 뤼팽의 몸을 휘감았다. 뤼팽은 오싹함을 느꼈다.

그때 멀리서 말발굽소리가 들렸다.

'세바스티아니가 돌아온 모양이군.'

하고 뤼팽은 생각했다.

담배가 떨어졌는지 고문실의 파수꾼이 문을 열고 형제들에게 담배가 있느냐고 묻는 소리가 들렸다. 그쪽에서 뭐라고 대답했는지 몰라도 파수꾼이 고문실을 나갔다.

그런데 다음 순간, 뤼팽은 깜짝 놀랐다. 고문실의 문이 닫히자마자 아주 깊은 잠에 곯아떨어졌을 것이라 여겼던 도브레크가 상체를 세우며 벌떡 일어나 앉는 것이 아닌가. 귀를 곤두세우고 도브레크가 주위를 두리번거리며 살폈다. 그런 다음 한쪽 발을 바닥에 내리더니 다른 발도 마저 내렸다. 지쳤는지 조금 비틀거리기는 했어도 도브레크는 곧 두 다리를 쭉 펴고 똑바로 섰다.

뤼팽은 내심 혀를 찼다.

'저 녀석, 순 엄살꾼이었어. 아직 힘이 남아 있는 모양이군. 내가 도와주면 얼마든지 쉽게 도망칠 수 있겠어. 하지만 저 녀석이 내가 하자는 대로 고분고분 따라줄까. 별수 없겠군. 하늘에서 내려온 구조의 손길인데 설마 거부할까. 하지만…… 후작의 다른 함정이라고 생각한다면……?'

이 순간 뤼팽은 도브레크의 사촌 누이동생이 써준 편지를 머릿속에 떠올렸다. 그 편지는 루슬로 자매의 언니가 세 명인 유프라지라고 서명했던 바로 그 소개장이었다.

편지는 뤼팽의 주머니 속에 있었다. 뤼팽은 소개장을 꺼내들었다. 안에서는 도브레크가 돌로 된 방바닥을 밟는 소리 말고 아무런 소리도 들려오지 않고 있었다. 기회를 놓칠세라 뤼팽은 창살 사이로 편지를 쑥 밀어 던졌다.

편지는 종이비행기처럼 훨훨 날아가 도브레크의 서너 발자국 앞에 떨어졌다. 도브레크가 움찔하며 놀랐다. 그는 이것이 어디서 날아온 것일까 생각하며 안쪽 창과 방의 위쪽을 살폈다. 그런 다음 그는 물끄러미 편지를 내려다보다가 문 쪽을 힐끗 살피더니 얼른 그것을 집어들었다.

"아!"

편지의 서명을 본 도브레크는 기쁜 듯 탄성을 터뜨렸다. 그러곤 나지막한 소리로 편지를 읽어내려가기 시작했다.

> 이 편지를 가지신 분을 믿으세요. 편지의 소유자는 저희가 준 돈으로 후작의 비밀을 알아내고 탈출계획을 세운 사람입니다. 모든 게 다 오빠의 탈출을 위한 일입니다.
>
> _유프라지 루슬로

도브레크는 편지를 두세 번 반복하여 읽었다. "유프라지… 유프라지……."라고 중얼거리더니 도브레크는 다시 고개를 들어

위쪽을 쳐다보았다. 뤼팽은 이때다 싶어 목소리를 죽여 말했다.

"쇠창살을 끊어내는 데 두세 시간은 걸릴 거요. 그 사이에 세바스티아니와 그의 아들들이 돌아올 것 같소?"

"……오긴… 올 거요. 그러나 이 방에는 들르지 않을 거요."

도브레크는 언제나처럼 낮은 목소리로 대답했다.

"그들은 옆방에 있소?"

"그렇소…… 옆방에서 자고 있을 거요."

"소리가 들리지 않을까요?"

"아니오. 문짝이 워낙 두꺼워서 그런 일은 없을 겁니다."

"좋아요. 쇠창살을 끊어낸 다음 줄사다리를 내릴 테니 내 도움 없이 혼자 올라오시오. 그럴 수 있소?"

"할 수 있을 거요. ……해보겠소. 하지만…… 그놈들이 내 손목을 부러뜨려서…… 짐승 같은 놈들! 손을 제대로 놀릴 수가 없소. 힘도 다 빠졌고…… 그래도 해보겠소."

그때 도브레크가 말을 멈추고 문 쪽으로 귀를 기울였다. 곧이어 손가락을 입으로 가져갔다.

"쉿!"

세바스티아니와 그의 세 아들이 안으로 들어왔다. 편지를 감춘 뒤 도브레크는 침대로 되돌아가 마치 지금 막 놀라 깨어난 사람처럼 행동했다. 그들은 포도주 한 병과 술잔, 먹을 것을 그에게 건넸다.

"국회의원 나리, 우리가 좀 지나친 것 같소. 사람을 그 정도로 고문한다는 건 지독한 일이긴 하지. 대혁명이나 보나파르트 시절에나 어울리는 일일 거야. 아님, 불고문을 하던 방디의 산적들이 활동하던 시대에나 어울린다고 해야 할까? 아무튼…… 훌륭한 발상이 아니오. 안으로 골병이 들진 몰라도 겉으로는 피 한 방울 안 나니까. 또한 별로 힘도 안 들고…… 상대방은 20분도 못 돼서 비밀을 실토했으니 말이오. ……하하하."

세바스티아니가 웃음을 터뜨렸다.

"국회의원 나리, 아무튼 축하하오. 아주 멋진 곳에다 숨겨놓았더군. 서재의 책상 위라니…… 아무도 눈치채지 못했던 게 당연해! 우리 나리나 나도 전혀 눈치채지 못했으니 말이야. 당신이 처음 정신을 잃었을 때 자꾸 마리라고 하더니 그게 빈 말이 아니었어. ……우리 나리께선 아주 좋아하시더군. 내일 밤, 당신을 풀어주러 오실 거야. 나리도 여러 가지로 당신 생각을 많이 해주시더군. 아마 당신은 어음 같은 데 서명을 해야 할 거야. 협박으로 한 밑천 챙겼는데 이젠 다 토해내야 하니, 이를 어쩌나! 그래도 당신은 별로 할 말이 없을 거야. 우리 나리께 준 고통과 또 강탈해간 돈만 해도 엄청나니까 말이야. 그래도 당신은 목숨이라는 큰 보답을 받으니 억울해할 건 없겠지. 더구나 우리 나리는 당신에게 이렇게 포도주를 갖다주라는 명령까지 내리셨어. 참말, 고마운 분이 아니신가! 하하하!"

세바스티아니는 계속하여 객쩍은 소리를 지껄이더니 램프로 방 안을 살핀 다음 제 아들들에게 이렇게 말했다.

"이 친구를 재우도록 해. 너희들도 좀 쉬고. 허나 두 눈을 다 감아서는 안 돼. 늘 한 눈은 뜨고 있으라구. 무슨 일이 일어날지 모르니까."

일당들이 물러가고 뤼팽이 작은 목소리로 말했다.

"시작해도 되겠소?"

"그러시오. 허나 조심해서 하시오. 한두 시간 뒤에 살펴보러 올 테니……."

뤼팽은 곧 쇠톱으로 창살을 자르는 일에 착수했다. 창살은 녹이 슨 탓에 금방 부러질 것 같았다. 창살을 자르는 도중 뤼팽은 두 번 손을 멈췄는데 한 번은 쥐새끼 소리 때문이었고 또 한 번은 부엉이 같은 밤새의 날아가는 소리에 놀란 때문이었다.

도브레크는 조금만 이상이 있어도 뤼팽에게 바로 알려주었다. 하여 뤼팽은 그다지 큰 어려움 없이 작업을 계속할 수 있었다.

뤼팽은 쇠창살 아래쪽을 다 베어내고 난 뒤 그것을 손으로 잡아당겼다. 창살이 힘없이 부러져 나갔다. 이젠 양쪽 끝에만 쇠창살이 있었고, 그 사이로 사람 하나쯤 충분히 들락거릴 수 있었다.

뤼팽은 로프 사다리를 창살에 단단히 묶었다.

"자, 됐소. 준비되었소?"

"가만…… 소리를 좀 들어보고…… 좋아, 자고 있군. 사다리를 내리시오."

뤼팽이 줄사다리를 내린 다음 물었다.

"도움이 필요하오?"

"아니오. 좀 약해지긴 했지만…… 이 정도는 간단한 일이오."

도브레크의 장담대로 그는 별로 힘들이지 않고 사다리를 올라왔다. 그러곤 뤼팽의 뒤를 따라 벼랑 쪽으로 기어갔다. 갑자기 바깥 공기를 마신 탓에 그는 현기증을 느꼈는지 잠시 움직이지 않고 호흡을 가다듬었다. 하긴 꼭 그 때문은 아닌 듯도 싶었다. 그는 뤼팽이 쇠창살을 자르는 동안 포도주를 반 병쯤 마셨다. 그러니 취기가 돌 수밖에! 두 사람은 30분쯤 그 자리에 꼼짝 않고 앉아 있어야 했다.

'이러다가 놈들에게 들킬 수도 있는데······.'

기다리다 지친 뤼팽이 밧줄의 한 끄트머리로 그를 동여매기 시작했다. 그때 도브레크가 정신을 차리고 물었다.

"정신이 좀 드는군. 이 밧줄은······ 긴 거요?"

"충분히. 걱정하지 않아도 될 거요."

"알뷔펙스 놈은 내가 이리로 도망쳤다는 걸 까맣게 모르겠지!"

"여긴 보다시피 깎아지른 절벽이오. 상상도 못할 거요."

"당신은 그래도 올라왔지 않소."

"당신 사촌들의 부탁을 받았소. 또 사람을 살리는 일이고··· 돈도 벌고!"

"착한 애들이야!"

도브레크가 말했다.

"그들은 지금 어디에 있소?"

"아래 보트에 있소."

"그럼 아래는 강이란 말이오?"

"그래요. 이제 말은 그만합시다…… 위험하니까."

"하나만 더 물읍시다. 편지를 던져주기 전까지 거기에 있었소?"

"한 15분 정도…… 나중에 이야기합시다. 서둘러야 해요."

뤼팽이 먼저 아래로 내려갔다. 도브레크가 힘들어 하는 곳에선 뤼팽이 그를 도와주었다.

40분 정도가 지나서야 낭떠러지가 시작되는 평평한 바위 턱에 내려갈 수가 있었다. 고문으로 손목을 다친 도브레크는 내려가는 도중 반복하여 투덜거렸다.

"잔인한 녀석! 날 이렇게 만들었겠다! 두고 보자, 나쁜 놈! ……알뷔펙스, 반드시 갚아주겠다!"

"쉿!"

뤼팽이 말했다.

"무슨 일이오?"

"소리가… 위 에서…….'

두 사람은 바위 턱에 꼼짝하지 않고 서서 귀를 기울였다. 뤼팽은 순간 트랑카비유 청년의 일이 생각났다. 한 방의 총탄이 그를 숨지게 하지 않았던가. 그들은 연인이었지만, 뤼팽의 상대는 도브레크였다. 비극의 연인으론 너무나 끔찍한 상대였다.

"아닙니다. 잘못 생각했군요. 여기까지 왔는데 그들이 눈치챈다 한들 우릴 어쩔 수 있겠습니까?"

"누가 쫓아오는 거요?"

"아니, 아무도 없소. 잘못 들은 것 같소."

뤼팽은 더듬더듬 사다리를 찾아 꽉 붙잡았다.

"자, 여기 사다리가 있소. 강으로 연결되어 있는 겁니다. 밑에는 제 부하 한 사람과 당신 사촌누이들이 기다리고 있소."

뤼팽은 이렇게 말하면서 휘파람을 불었다.

"나다. 지금 내려갈 테니 사다리를 꽉 붙잡아라!" 그러고는 도브레크에게 말했다. "내가 먼저 내려가겠소."

도브레크가 반대했다.

"아니오. 내가 먼저 내려가겠소. 난 이제 기운이 다 빠졌소. 그러니 당신이 밧줄로 내 허리를 묶은 뒤 좀 도와줘야겠소. 강물에 풍덩 빠질지도 모르니 조금씩 늦춰달란 말이오."

"당신 말이 옳은 것 같군. 그럼 이쪽으로 오시오."

뤼팽은 철창과 연결된 밧줄을 풀어내고 다른 밧줄로 도브레크의 허리를 감아 묶었다.

"자, 사다리가 흔들리지 않도록 해줄 테니 먼저 내려가시오."

그때였다. 뤼팽은 어깨에 심한 통증을 느끼고 털썩 주저앉았다.

"빌어먹을!"

도브레크가 뤼팽의 오른쪽 목덜미를 칼로 찌른 것이다.

"교활한 악당 놈!"

어둠 속에서 도브레크가 허리의 밧줄을 푸는 소리가 들렸다.

"멍청한 녀석! 네 녀석이 사촌동생 루슬로의 편지를 가져왔다고 했을 때 난 한눈에 아델레이드의 필적이라는 걸 알아차렸다. 그녀는 암고양이처럼 영리하지. 아델레이드는 네 녀석을 믿을 수 없어 나를 보호하기 위해 유프라지 루슬로라는 누이동생 이름을 쓴 것이다. 난 그 의미를 곰곰이 생각해 보았다. 네놈은…… 분명 아르센 뤼팽일 것이다. 불쌍한 질베르의 후견인이자 클라리스의 보호자! 난 칼부림 따위를 좋아하진 않지만 그 솜씨가 만만치 않지!"

부상을 당한 뤼팽에게로 가까이 다가온 도브레크가 그의 주머니를 뒤적거렸다.

"이 권총은 내가 가져가지. 네놈의 부하들이 곧 네가 아니라는 것을 알고 날 잡으려 할 테니까. 보다시피 난 힘이 다 빠졌어. 그러니 어쩔 수 없지. 그럼 잘 있게, 뤼팽! 저 세상에서나 다시 만나세. 되도록 시설 좋은 방으로 예약을 해놓게나! 아무튼 고마웠네. 자네가 없었던들 지금쯤 난…… 생각만 해도 끔찍해! 이젠 알뷔펙스 그놈과 다시 만나는 일만 남았군. 재미있겠는걸!"

도브레크는 뤼팽을 흉내내어 휘파람을 불었다. 즉시 밑으로부터 신호가 왔다.

"내려간다."

도브레크가 말했다.

뤼팽은 팔을 벌려 도브레크를 잡으려고 했으나 손은 허공을 휘저을 뿐이었다. 소리를 질렀지만 목구멍에서는 그르렁거리는 소리만이 날 뿐이었다.

아래쪽에서 비명소리가 들려왔다. 그리고…… 총소리! 승리에 도취되어 껄껄거리는 웃음소리! 도브레크의 목소리! 여자의 비명! 이어 또 총소리 두 방!

뤼팽은 클라리스가 부상을 당하거나 죽은 것이 아닐까 염려스러웠다. 여러 가지 상념이 머릿속을 복잡하게 만들면서 유유히 도망친 도브레크가 떠올랐고, 알뷔펙스와 트랑카비유 청년, 그리고 그의 연인의 환상도 떠올랐다.

"클라리스… 클라리스… 질베르……."

뤼팽은 점점 정신이 몽롱해졌다. 어쩌면 행복한 평화일지도 모른다. 아픔도 잊은 채 피로에 지친 그는 절벽 아래로 굴러떨어지는 환상 속에서 정신을 잃었다.

어둠 속에서

아미엥의 한 호텔 침대에서 아르센 뤼팽은 겨우 의식을 회복했다. 클라리스는 르발류와 함께 그의 머리맡에 앉아 있었다.

두 사람 간의 대화를 뤼팽은 눈을 감은 채 들을 수 있었다. 그는 두 사람의 이야기를 들으며 자기가 정신을 잃고 있는 사이 그들이 자신의 생명을 몹시 걱정했고 이제 위기는 지났음을 알 수 있었다. 그들의 대화로 하여 실패로 끝난 모르트피에르 성에서의 그날 밤 사건을 종합해볼 수 있었다. 사다리를 내려온 자가 두목이 아닌 것을 알았을 때의 놀라움, 그리고 격투, 클라리스가 도브레크에게 덤볐다가 어깨에 상처를 입은 것, 도브레크가 둑에 오르고 나서 그로냐르가 총을 두 방 쏘며 그를 추격했고, 그 사이 르발류는 사다리를 올라가 뤼팽이 기절해 있는 것을 메고 내려왔다는 것 등등.

"용케 굴러떨어지지 않았더군요. 움푹 패여 있긴 해도 가파른 절벽이었으니 젖 먹던 힘까지 짜내어 뭔가 붙잡고 있지 않았으면 정말 큰일날 뻔했는데 말입니다."

뤼팽은 절망에 빠진 채 이런 말을 듣고 있었다. 그러나 뤼팽에게 가장 가슴 아픈 말은 다음으로 이어진 클라리스의 말이었다.

"우린 18일이나 허송세월을 했어요."

이 말을 하고 클라리스는 울먹였다.

그렇다! 18일! 뤼팽은 시간의 빠름에 새삼 놀랐다. 그러고는 이젠 틀렸다고, 싸움은 이미 진 것이라고, 질베르와 보슈레는 죽은 목숨이나 마찬가지라는 생각이 들었다. 갑자기 열이 올랐다. 뤼팽은 의식이 몽롱해지면서 헛소리를 지껄였다.

다시 또 며칠이 지났다. 뤼팽으로서는 이 며칠 간이 자신의 생애에서 가장 끔찍한 시간이었다. 약간 회복하긴 했어도 아직은 생각을 집중하여 무엇인가를 추리해 나가기엔 무리였다. 그러니 그는 부하들에게 무엇인가를 지시할 수 없었다.

가끔 뤼팽은 혼수상태에 빠졌다. 깨어나면 클라리스가 그의 손을 꼭 쥐고 있었다. 그렇게 반쯤 몽롱한 상태에서 그는 헛소리를 지껄이기도 했다. 열정적으로 사랑 고백을 하기도 했었다. 그러다가 의식이 돌아오면 그는 이렇게 얼버무렸다.

"제가 또 헛소리를 했습니까? 아무래도 제정신이 아닌가 봅니다."

뤼팽이 아무리 헛소리를 해도 어머니처럼 인자한 클라리스는 부드러운 미소를 지어 주었다. 병자에 대한 그녀의 속 깊은 간호는 헌신적이었다. 아무튼 질베르를 구해낼 유일한 사람은 뤼팽뿐이었다. 그녀는 그가 얼른 회복하기를 뤼팽 자신보다도 더 바라고 바랐다. 싸움터엔 언제 나갈 수 있을 것인가? 시간이 지날수록 희망은 그만큼 스러져 가는데…… 이렇게 뤼팽의 옆에서 멍하니 앉아 그가 회복하기만을 초조하게 기다려야 하는가? 이는 어리석은 짓이 아닐까? 이런 생각이 한시도 그녀의 머릿속을 떠나지 않았다.

'빨리 나아야 할 텐데…… 얼른 회복돼야 하는데…….'

뤼팽은 스스로에게 암시를 걸어 하루속히 부상이 회복되기를 간절히 바랐다.

뤼팽은 도브레크에 관한 일은 되도록 생각하지 않으려고 애를 썼다. 허나 그의 망령은 좀처럼 머릿속에서 떠나지 않았다. 그러던 중, 무서운 생각이 문득 떠올라 뤼팽이 소리쳤다.

"그 명단! 27인의 명단! 도브레크는 그걸 지금 가지고 있겠지! 아님, 알뷔펙스가…… 그건 서재 책상 위에 있었어!"

클라리스가 그를 안심시켰다.

"아무도 그걸 가져가지 못했어요. 그로냐르가 그날 파리로 가서 내 편지를 프라스비유에게 전했어요. 그래서 라마르틴 가의 집 경비가 두 배로 늘어났어요. 아무도 집으론 못 들어가요. 알뷔펙스라고 해도 말입니다."

"하지만 도브레크는?"

"그는 다쳤어요. 아직 집으로 돌아가지 못했어요."

"잘됐군요." 뤼팽이 말했다. "아주 잘됐어요! 하지만…… 당신도 다쳤다고 했는데……?"

"어깨를 약간 스친 정도예요."

이후로 뤼팽의 마음은 좀더 편해졌다. 하지만 그의 머릿속은 말로 표현하기 힘든 복잡한 상념에 깊이 사로잡혀 있었다.

뤼팽은 그 무엇보다 도브레크가 고문당하면서 실토했던 '마리'라는 이름을 끊임없이 머릿속에 떠올렸다. 그것이 뜻하는 것이 무엇일까? 서재에 있던 책의 제목? 아니면 제목의 일부? 책이 이 수수께끼를 푸는 열쇠일까? 아니면 금고번호를 뜻하는 것? 아니면 벽과 종이, 나무액자나 화폭 등에 써놓은 글자일까?

답을 찾을 수 없는 이 문제들은 그를 괴롭히고 괴롭혔다.

어느 날 아침, 아르센 뤼팽은 기분 좋게 눈을 떴다. 상처는 아물었고 열도 정상으로 내려가 있었다. 날마다 파리에서 왕진 나오는 의사가 모레쯤이면 일어날 수 있다고 장담한 뒤 돌아갔다. 부하와 메르지 부인은 이틀 전 돌아가는 상황을 알아내기 위해 밖에 나가 있었으므로 뤼팽은 혼자였다. 뤼팽은 일어나 창문가로 갔다. 따사로운 햇살은 봄을 알리고 있었다. 뤼팽은 기뻤다. 뤼팽은 빠르게 머리를 회전시켰다. 전과 다르게 멀리 동떨어져 보였던 사실들이 논리적으로 연결이 되었다. 이전보다 확실한 밑그림이 그려지고 있었다.

그날 밤, 클라리스로부터 연락이 왔다. 상황이 악화되어 오늘 밤 그로냐르, 르발류와 함께 파리에서 묵겠노라는 전보였다. 이 전보에 충격을 받은 뤼팽은 그날 밤 한숨도 못 잤다. 클라리스가 이런 전보를 쳤다면 뭔가 심상치 않은 일이 발생했다는 의미였다.

아니나다를까, 다음 날 그녀는 핏발선 눈과 창백한 얼굴로 방안에 뛰어들어왔다. 그녀가 의자에 풀썩 주저앉으며 말했다.

"상고가 기각되었어요."

그녀가 끝내 울음을 터뜨렸다. 뤼팽은 감정을 억누르며 이렇게 대답했다.

"부인, 그럼 그 이상의 것을 기대하고 계셨던 건가요?"

"그건 아니에요. 막상 소식을 들으니, 저도 모르게……."

"어제 기각되었습니까?"

"아뇨. 일 주일 전이에요. 르발류가 말을 해주지 않았어요. 전 최근엔 신문을 볼 엄두가 나지 않아 모르고 있었구요."

"감형이라는 것도 있습니다."

"감형이라고요? 아니, 아르센 뤼팽의 부하에게 그들이 형벌을 감형해줄 것 같나요?"

클라리스는 거의 욕설을 내뱉듯이 이 말을 퍼부어댔으나 정작 뤼팽은 어찌된 셈인지 그녀의 말에 신경을 곤두세우지 않았다.

"보슈레에게야 불가능하겠지요. 하지만 질베르는…… 아직 어린데다가, 더욱이 사람들의 동정심을 받고 있습니다. 그러니 희망을 포기하기엔 아직 이릅니다."

"하지만 이젠 그런 기대마저 할 수 없게 되었어요."

"왜죠? 어째서 그렇다는 겁니까?"

"그 애의 변호사를 만났어요."

"변호사를요? 변호사에게 부인을 뭐라고 소개했습니까?"

"질베르의 어머니라고 말했습니다. 그 애의 신분을 세상에 알린다면 생명을 구제할 길이 없겠느냐구요. 하다못해 형의 집행을 연기할 수만 있다면……."

"부인께선……."

"제겐 질베르의 목숨이 무엇보다 소중해요. 내 명예 따위야 아무려면 어떻겠어요! 남편의 명예, 죽은 남편의 명예가 뭐 그리 대수롭겠습니까!"

"그럼 쟈크는요? 쟈크가 사형수와 형제라는 걸 세상에 알릴 필요가 있었을까요?"

클라리스는 더 이상 대답하지 못하고 푹 고개를 떨구었다.

뤼팽이 말했다.

"그래, 변호사는 뭐라던가요?"

"그 따위 증언은 아무 소용이 없을 거라고 하더군요. 그리고 변호사는 결코 그런 일은 없을 거라고 말했지만, 이미 특별사면위원회에서도 처형을 결정내린 것 같아요."

"그 사람들은 그렇다 쳐도 대통령이 남아 있지 않습니까? 대통령은 어느 때든지 그들 위원회에 의견을 제시할 수 있습니다."

"이번 일에는 그럴 수 없을지도 몰라요."

"아니, 왜죠?"

"자기 자신도 관계가 있으니까요."

"관계라뇨?"

"27명의 명단에 포함되어 있습니다."

"어떻게 그걸 알죠? 그럼, 그걸 갖고 계신 건가요?"

"아니오."

"걱정하지 마십시오. 반드시 제 손에 그 명단이 들어올 테니 말입니다!"

뤼팽의 확신은 대단했다.

뤼팽의 말을 고스란히 믿을 수 없는 클라리스는 그저 어깨를 으쓱거렸다.

"알뷔펙스 그 사람이 명단을 빼앗지 못한다면…… 도브레크 그만이 가능하겠군요."

클라리스는 기어들어가는 낮은 목소리로 말했는데 뤼팽은 그 소리에 진저리를 쳤다.

'클라리스는 다시 도브레크를 만나 질베르를 구원해주도록 요청하고 싶어하는구나!'

"부인은 저와 약속했습니다. 기억하고 계시죠? 설마 벌써 잊은 건 아니겠죠? 도브레크와의 싸움은 제가 지휘합니다. 부인과 도브레크 사이에 그 어떤 협약이나 밀약이 있어선 안 된다는 걸 명심하십시오!"

"기억하다마다요. 전 그자가 어디에 있는지조차 모릅니다. 제가 안다면 물론……."

 부인은 대답을 회피하고 있었다. 뤼팽은 나름대로 생각하는 바가 있어 이렇게 말했다.

 "도브레크가 어떻게 됐는지 전혀 알 수 없다, 그런 말씀인가요?"

 "네, 그래요. 그로냐르의 권총에 맞은 건 틀림없는데…… 왜냐하면 그 다음 날 작은 관목 숲에 피묻은 손수건이 떨어져 있었어요. 게다가 오말 역에서 아주 피로에 지친 사내가 파리 행 기차에 오르는 걸 본 사람이 있었으니까요. 제가 알고 있는 건 이 정도뿐입니다."

 "총상을 입었다는 거로군요. 그렇다면 안전한 곳에서 치료를 받고 있겠군요. 아마 몇 주일 동안 몸을 숨긴 채 경찰과 알뷔펙스, 뿐만 아니라 부인과 저 같은 적들을 피하려는 속셈일 겁니다."

 뤼팽은 조금 생각한 후에 다시 말했다.

 "도브레크의 탈출 사건 후 모르트피에르는 어떻습니까? 별다른 소문은 없었는지요?"

 "아침에 밧줄이 끌어올려졌으니 세바스티아니와 그 세 아들은 도브레크가 탈출했다는 것을 알게 되었겠죠. 그날 종일토록 세바스티아니는 집에 없었습니다."

 "후작에게 알리러 간 것이겠지요. 그런데 후작은 어디에 있죠?"

 "자기 집에 있다고 합니다. 그런데 그로냐르가 조사한 바에 의하면 그 뒤 의심쩍어 보이는 행동은 없었다고 하는군요."

"그가 도브레크의 집에 안 들어간 건 확실합니까?"

"확실해요."

"도브레크도?"

"네."

"프라스비유를 만났습니까?"

"프라스비유는 지금 휴가 중입니다. 그러나 이번 사건을 담당한 형사주임 브랑숑이나 저택을 감시하고 있는 경찰들은 프라스비유의 명령에 따라 밤에도 계속 감시를 하고 있어요. 아무도 집으로 들어가지 않았다고 그들은 단언하고 있어요."

"그렇다면 수정마개는 아직 도브레크의 서재에 있다는 결론이로군요."

"도브레크가 납치되기 전에 그곳에 수정마개가 있었다면 지금도 당연히 그곳에 있을 거예요."

"그렇다면, 서재 책상 위가 아닙니까?"

"서재 책상 위라니, 어떤 근거에서 그렇게 말씀하시는 거죠?"

"그렇게 들었습니다."

뤼팽은 세바스티아니의 말을 잊지 않고 있었다.

"그러나 수정마개가 감춰져 있는 물건이 어떤 건지는 모르지 않습니까?"

"네, 그렇습니다. 하지만 서재 책상 위라고 하면 자연히 범위가 좁혀지지요. 필요하다면 10분 안에 완전히 분해를 할 수도 있습니다."

이야기를 길게 한 때문인지 뤼팽은 다소 피곤해졌다. 뤼팽이 클라리스에게 말했다.

"아무쪼록 이삼 일만 더 기다려 주십시오. 오늘이 3월 4일 월요일입니다. 모레 수요일이나 늦어도 목요일엔 병석에서 일어날 수 있을 겁니다. 이번 일을 반드시 성공적으로 처리할 테니, 믿어주세요!"

"그 동안 저는 어떡하죠?"

"파리로 가 계십시오. 그로냐르, 르발류와 함께 트로카도로 근처 프랭클린 호텔에 방을 정하고 도브레크의 집을 감시해 주십시오. 부인께서 자유로이 출입할 수가 있다면 경찰들을 격려해주시고요."

"도브레크가 돌아오면요?"

"그리 되면 잘된 일이지요. 다시는 놓치지 않을 테니까요."

"그런데 잠깐 들르기만 하는 거라면요?"

"그로냐르와 르발류에게 뒤를 밟도록 시키세요."

"그러다 놓치면요?"

뤼팽은 대답을 하지 않았다. 싸움터에 나가지 않으면 안 될 이 마당에 호텔에 묵으면서 허송세월을 하고 있다니! 그것을 생각하면 속이 뒤틀리는 심정이었다.

"이제…… 그만 돌아가 주십시오."

질베르가 처형되는 날이 가까워짐에 따라 두 사람 사이는 점점 서먹서먹해졌다. 메르지 부인은 정작 자신이 아들로 하여금 별장을 습격하게 했으면서도 그 사실은 까맣게 잊은 채 질베르가 처형을 당하는 건 뤼팽의 부하이기 때문이라고 생각했다. 또한 뤼팽이 온힘을 다하여 노력했다고 하지만 그 결과라는 것이 과연 어느 정도의 이득을 질베르에게 가져다 준 것일까? 클라리스의 불만은 바로 그것이었다.

잠시 후, 그녀는 아무 말 없이 뤼팽을 남기고 방을 나갔다.

다음 날, 전날의 기분 때문인지 뤼팽의 몸 상태는 그리 좋지 못했다. 또다시 그 다음 날, 그러니까 수요일에 의사가 왔는데, 의사는 지난번에 장담했던 것과 달리 이번 주말까지는 꼬박 쉬어야겠다고 수정하여 말했다.

"휴식하지 않으면요?"

"심하게 열이 날 겁니다."

"더 심각한 증상은 없습니까?"

"네, 상처는 다 아물었습니다."

"그럼 됐습니다. 저를 차에 좀 태워주십시오. 파리로 가야겠습니다."

뤼팽이 출발을 서두른 건 클라리스에게서 온 편지 때문이었다. 편지에는 '도브레크의 행방을 찾았다'라고 쓰여 있었다. 그 밖에도 신문에 발표된 기사가 그에게 영향을 끼쳤다. 그 기사에는 운하 사건에 연루된 알뷔펙스 후작이 체포되었다고 보도되어 있었다.

도브레크의 복수가 시작된 것이다.

여기서 뤼팽은 한 가지 사실을 깨달았다. 도브레크가 복수를 시작했다는 건 후작이 도브레크의 서재 책상 위에 있었던 명단을 찾아내지 못했다는 증거였다. 또한 라마르틴 가의 저택을 감시하고 있는 브랑숑과 경찰들이 철저하게 임무를 수행했다는 증거이기도 했다. 그렇다면 수정마개는 아직도 그 집에 남아 있다는 결론이었다.

한데 수정마개가 아직 그곳에 있는데 도브레크는 왜 자기 집에 돌아가려고 하지 않는 것인가? 상처가 깊어 움직일 수 없기 때문일까? 아니면, 서둘러 수정마개를 가지러 가지 않아도 될 만큼 숨겨놓은 장소가 기막힌 것인가?

어쨌든 움직이지 않으면 안 된다. 그것도 솜씨 좋게 이번 일을 말끔하게 해치워야 한다. 도브레크보다 앞서 수정마개를 수중에 넣지 않으면 모든 건 끝장이다!

볼로뉴의 숲을 뚫고 나간 차가 질풍처럼 라마르틴 가 부근에 이르렀다. 뤼팽은 의사와 작별인사를 나누고 다른 차로 옮겨 탔다. 기다리고 있던 그로냐르와 르발류가 그를 맞이했다.

"메르지 부인은?"

"어제부터 돌아오지 않고 있습니다. 부인은 도브레크가 사촌 누이 집에서 나와 자동차를 탔다고 긴급 연락을 해왔습니다. 그 자동차 번호도 알려주었습니다."

"그게 전부인가?"

"네, 그뿐입니다."

"다른 소식은?"

"하나 더 있습니다. 파리-미디 신문에 의하면 어젯밤 알뷔펙스가 상테 감옥에서 유리조각으로 정맥을 잘라 자살했답니다. 그는 긴 유서 한 통을 남겼는데, 자기의 죄악에 대한 뉘우침과 자기를 죽게 만든 장본인이 도브레크라고 고발하는 내용이 적혀 있답니다. 또한 운하 문제에 도브레크가 어떻게 연루되어 있는지 그 경위가 소상하게 적혀 있답니다."

"음……. 그래 보고할 건 더 없나?"

"참, 깜박할 뻔했군요. 또 있습니다. 역시 같은 신문에 실린 내용입니다. 얼마 전 특별사면위원회는 사무심사를 끝냈는데 보슈레와 질베르의 특사를 부결시켰습니다. 그러므로 돌아오는 금요일쯤 대통령이 두 사람의 변호인과 회견할 거라고 합니다."

이 말에 뤼팽은 깜짝 놀랐다.

"도브레크, 빨리 움직이는군! 그 녀석이 법관들을 조종하고 있는 거야. 그렇다면 일 주일 뒤에 단두대 행이란 말인가? 가엾은 질베르! 아무튼 다가오는 금요일까지 27인의 명단을 찾아야 한다는 것이로군! 급해. 아주 급하게 됐어!"

"두목, 설마 포기하는 건 아니시겠죠?"

"뭐? 천만에! 한 시간 안에 난 그놈의 수정마개를 손에 넣겠다! 그리고 두 시간 안에 질베르의 변호사를 만날 것이다! 그럼 이 악몽은 끝나는 거야."

"두목! 역시 두목입니다! 그럼 저희는 어떻게 하죠?"

"너희들은 호텔로 돌아가라. 나도 나중에 합류할 테다."

뤼팽은 한걸음에 저택으로 달려가 벨을 눌렀다.

경찰이 나와서 문을 열었다. 경찰은 그를 보고 알은체를 했다.

"아니! 니꼴 선생 아니십니까?"

"그렇습니다. 브랑송 형사주임 안에 계십니까?"

"네, 계십니다."

"좀 만나뵐 수 있을까요?"

이내 형사주임이 밝은 얼굴로 나타났다.

"반갑습니다, 주임님. 새로운 소식이 있다고 들었는데요."

니꼴로 변장한 뤼팽이 말했다.

"니꼴 선생, 다시 만나게 되어 무척 반갑습니다. 저는 선생을 만나길 무척 기대하고 있었습니다. 선생의 지시대로 움직이라는 명령을 받았기 때문이죠."

"내 명령대로 움직이다뇨?"

"새로운 상황이 발생했기 때문입니다."

"중요한 일인가요?"

"아주 중요합니다."

"그게 뭐죠?"

"도브레크가 돌아왔습니다."

"네, 뭐라구요?"

뤼팽은 깜짝 놀랐다.

"도브레크가 돌아왔다고요? 지금 여기에 있습니까?"

"아닙니다. 떠났어요."

"여기, 이 사무실에 들어왔었습니까?"

"네, 그렇습니다."

"언제요?"

"오늘 아침입니다."

"왜 막지 않았습니까?"

"그럴 권리가 우리에겐 없지 않습니까?"

"설마 혼자 내버려둔 건 아니겠죠?"

"그가 혼자 있고 싶다고 말하더군요. 그래서 혼자 있도록 했습니다."

뤼팽은 얼굴이 창백해졌다. 도브레크가 돌아와 수정마개를 가져간 것이다!

뤼팽은 한동안 침묵을 지켰다.

'그 녀석이 수정마개를 가지러 왔었다. 누가 찾아낼까 봐 겁이 났던 것이다. 그렇다, 당연한 일이다! 알뷔펙스는 체포되어 고소당했고 그 앙갚음으로 죽어가면서 그를 고소했다. 그렇게 된 이상 그도 자신을 지켜야 할 필요가 있었겠지. 그에게는 어려운 게임이었을 것이다. 몇 달 동안 남의 명예를 손상시키고 드디어 그 사람을 죽게 만든 악마의 정체가 드러난 셈이니까. 그래 가만히 있을 수 없었겠지? 그를 지켜주는 방패가 없을 때 그는 어떻게 될 것인가?'

"여기에 오랫동안 머물렀나요?"

뤼팽이 목청을 가다듬은 뒤 말했다.

"20초 정도요?"

"뭐요? 겨우 20초라고요? 그거밖에 안 걸렸습니까?"

"네, 아주 잠깐이었습니다."

"몇 시에 왔었습니까?"

"10시입니다."

"그가 알뷔펙스 후작의 자살사건을 알고 있었던 것 같습니까?"

"알고 있었겠죠. 그 사건기사가 실린 파리-미디 신문 호외판을 주머니에 넣고 있었거든요."

"그렇군요…… 그래요."

뤼팽이 다시 물었다.

"한데 프라스비유 고문관으로부터 도브레크가 돌아왔을 때의 조치에 대해서 아무런 지시를 받은 것이 없었습니까?"

"네, 고문관께서 안 계셨으므로 재빨리 경찰국에 전화를 걸어 지시를 기다렸습니다. 도브레크 의원이 실종된 일은 굉장히 큰 사건이었으니까요. 하지만 도브레크가 워낙 금방 나갔기 때문에 지시고 뭐고 기다릴 필요도 없었습니다. 다만…… 그가 행방불명되었었기에 우리가 이곳을 감시할 수 있는 명분이 있었는데, 이젠 도브레크가 돌아왔으니 우린 명분이 사라졌습니다. 어떻게 해야 할지 난감하군요."

"그건 별로 중요한 문제가 아닙니다. 경계 따위야 지금으로선 아무 일도 아니니까요. 문제는 도브레크가 돌아왔었고, 이제 문제의 수정마개가 이 집 안에 없다는 것입니다!"

이때 문득 한 가지 생각이 그의 뇌리를 스쳤다. 수정마개를 가져갔다고 해도 다른 물적 증거를 찾을 수는 있지 않을까? 수정마개를 어느 곳에 두었는지, 적어도 상자나 주머니를 발견할 순 있지 않겠는가?

그리고, 그것을 확인하는 건 그리 어렵지 않은 일이었다. 책상 위만 살펴보면 되는 것이니까. 뤼팽은 수정마개를 감추어둔 곳이 책상 위라는 세바스티아니의 말을 정확히 기억하고 있었다. 도브레크가 단 20초만 집에 머물렀던 것을 보면 수정마개를 복잡한 곳에 숨겨둔 것은 필시 아니었다.

뤼팽은 번뜩이는 눈으로 책상 위를 살폈다. 그의 명석한 머리는 책상 위의 물건들을 모조리 기억하고 있었다. 그 가운데 하나만 없어지더라도 뤼팽은 없어진 물건을 정확히 집어낼 수 있었다. 그리고 지금 그는 그것을 알아냈다! 뤼팽의 몸이 전율에 휩싸였다.

'음, 모든 게 맞아떨어진다! 모든 게…… 모르트피에르 탑에서 도브레크가 고문당할 때 내뱉은 말과 똑같아. 수수께끼는 풀렸다! 이젠 지루했던 탐색은 끝났다.'

형사주임이 귀찮게 질문을 던졌지만 뤼팽은 대답하지 않았다. 그는 에드거 앨런 포의 걸작 《도난당한 편지》를 떠올렸다. 죽어라 찾던 도난당한 편지가 사실은 누구의 눈에나 뜨이는 곳에 있었다는 기막힌 트릭! ……사람이란 감추어둘 만한 곳이라고 생각되지 않는 곳에는 좀처럼 눈길을 던지지 않는 법!

"좋아, 좋았어!"

뤼팽은 자신의 발견에 스스로 흥분하면서 그곳을 떠났다.

"이 복잡한 사건에서 마지막까지 허탕만 치는구나 싶었는데… 내가 쌓아놓은 게 모두 허물어지는 줄로만 알았는데……도브레크, 전쟁은 지금부터다!"

뤼팽은 이제 도브레크가 수정마개를 감춘 방법을 알아냈다! 그리고 클라리스는 도브레크가 숨어 있는 곳을 알려줄 것이다. 이제 남은 문제는 어린아이 같은 장난질을 좀 치면 되는 것이다!

그로냐르와 르발류는 트로카도로 부근에 있는 작은 가족호텔인 프랭클린에서 기다리고 있었다. 메르지 부인으로부터는 아직 아무런 소식도 없었다.

'나는 그 여자를 믿는다. 도브레크를 놓치지 않아야 하는데…….'

그러나 날이 저물어 가자 뤼팽은 초조해져 견딜 수가 없었다. 그는 조금만 늦어도 모든 것이 끝장인 시간 싸움을 벌이고 있었다. 만약 메르지 부인이 도브레크의 종적을 놓친다면 그를 다시 어떻게 찾을 수 있단 말인가? 무엇보다도 시간이 부족했다!

호텔 지배인을 뤼팽이 소리쳐 불렀다.

"나의 두 친구에게 속달 편지 같은 게 오지 않았소?"

"없었습니다, 선생님."

"그렇다면 내 앞으로는요? 니꼴이라는 이름으로는 없었나요?"

"네, 없었습니다."

"거 이상하군. 오드랑 부인에게서 연락이 오기로 되어 있는데 말이야."

클라리스는 오드랑이라는 이름으로 호텔에 묵고 있었다.

"그 부인이시라면 직접 여기에 오셨었습니다."

지배인이 말했다.

"그렇습니까?"

"아까 왔었습니다. 친구분들이 나가고 안 계셔서 자신의 방에다 편지를 남겨두었습니다. 급사가 말씀 전하지 않던가요?"

뤼팽 일행은 서둘러 클라리스의 방으로 갔다.

테이블 위에는 편지가 한 통 놓여 있었다.

"어? 편지가 뜯겨 있잖아! 이게 어떻게 된 일이지? 가위로 잘라 열어보았군!"

편지에는 다음과 같이 쓰어 있었다.

도브레크는 이번 주일 내내 센트럴 호텔에 머무르고 있었습니다. 오늘 아침 그는 짐을 OO역으로 보냈고, 전화로 침대차 표를 예약했습니다. OO역까지 가는 기차표인데 출발시각은 아직 알 수 없습니다. 저는 오후 내내 OO역에 있을 겁니다. 세 분 모두 최대한 빨리 이곳으로 오시길…… 그를 잡을 수 있을 것입니다!

"이게 어떻게 된 거죠?"

르발류가 말하고 그로냐르가 대꾸했다.

"대체 어느 역이라는 거야? 또 어디까지 가는 침대차구? 중요한 정보를 누군가가 일부러 잘라냈어. ……두목, 죄다 가위로 싹둑 오려놨군요. 그것도 우리가 반드시 알아야 할 역이름만 말입니다. 메르지 부인의 정신이 어떻게 된 게 아닐까요?"

뤼팽은 꼼짝하지 않았다. 혈압이 높아지면서 관자놀이의 혈관이 조금 도드라졌다. 뤼팽은 두 주먹을 이마에 대고 문질렀다. 열이 났다. 이 교묘한 재주를 가진 적을 생각하면 화가 머리끝까지 치밀었다. 그러나 그는 태연히 이렇게 말했다.

"도브레크가 이곳에 왔었군."

"도브레크가!"

"메르지 부인이 일부러 역이름을 잘라내는 어리석은 짓을 할 리야 없지. 도브레크가 여기에 왔었던 거야. 메르지 부인은 자기가 도브레크를 감시하고 있다고 생각했겠지만 오히려 상대방에게 감시를 받고 있었던 거야."

"어떻게요?"

"호텔 급사의 짓이겠지. 메르지 부인이 숙소에 왔었다는 걸 우리에게 알리지 않고 오히려 도브레크에게 알린 거야. 그 소식을 듣고 도브레크는 이곳까지 왔고, 이 편지의 중요한 곳을 잘라낸 것이지."

"급사를 찾을 수 있을 겁니다. 물어보면……."

"소용없어. 도브레크가 왔다는 걸 안 이상 어떻게 왔는가를 알아봤자 헛일 아니겠나?"

뤼팽은 한동안 편지를 조사했다. 앞도 살피고 뒤도 살펴본 다음 벌떡 자리에서 일어났다.

"따라와라!"

"어디로 가는 겁니까?"

"리용 역."

"도브레크가 그리로 간 게 확실한 겁니까?"

"도브레크에 관해서는 그 무엇도 확실하다고 단언할 수 없다. 그러나 편지 내용으로 볼 때 동부 역과 리용 역 둘 중 하나일 것이다. 그런데 그의 일, 취미, 몸 상태로 보아 프랑스 동부 역보다는 오히려 마르세이유나 리비에라 방면으로 간 것으로 추측된다."

뤼팽이 프랭클린 호텔을 나선 것은 7시가 지나서였다. 그는 차를 타고 전속력으로 파리를 가로질렀지만 클라리스 메르지는 역은 물론이거니와 대합실과 플랫폼에도 없었다.

하나씩 문제가 생길 때마다 뤼팽은 화가 치밀었다.

"만약 도브레크가 침대차 표를 샀다고 한다면 야간열차임에 틀림없다. 한데 이제 겨우 7시 30분밖에 되지 않았어!"

야간 급행열차 하나가 막 떠나려 하고 있었다. 열차에 올라 복도를 달려가며 살펴봤지만 메르지 부인도 도브레크도 보이지 않았다. 그런데 세 사람이 막 열차에서 내리려고 할 때, 짐꾼 하나가 식당칸 근처에서 말을 걸어왔다.

"혹시 여러분들 중에 어떤 부인을 찾고 계신 분이 있는지요?"

"그래, 그래요! 내가 찾고 있소!"

뤼팽이 말했다.

"아, 선생님이셨군요! 그 부인께서는 두 명이나 세 명이 함께 올 거라고 했습니다만… 저는 아무것도 모르고……."

"뭐라고? 이봐요, 어떤 부인이었소?"

"오늘 하루종일 짐 더미 옆 포장도로에서 기다리고 계시던 분인데……."

"음, 그래서? 기차에 탔소?"

"네, 6시 30분 1등 칸입니다. 차가 떠날 때까지 꼬박 기다리고 있다가 결심한 듯 저한테 이렇게 말씀하셨습니다. 어떤 신사가 같은 차에 탔고 이 열차로 몬테카를로까지 간다고 말입니다."

"제길!"

뤼팽이 투덜거렸다.

"조금 늦는 바람에 급행열차를 놓쳤군! 그나마 남은 것은 느린 야간열차밖에는 없는데…… 세 시간이나 손해보게 되었군."

우선 차표를 끊은 다음 프랭클린 호텔 지배인에게 전화를 걸어 우편물은 몬테카를로로 보내줄 것을 부탁했다. 그들은 남은 시간에 저녁 식사를 하고 신문도 사서 읽었다. 드디어 9시 30분이 되자 열차가 출발했다.

뤼팽에게는 괴롭고 고통스런 밤이었다. 상황은 고민하면 고민할수록 더욱 두렵고 절망적이었다. 모든 면에서 그는 불확실, 어둠, 혼동 그리고 고립무원의 처지에 직면해 있었다.

뤼팽은 수정마개의 비밀을 잘 알고 있었다. 그러나 도브레크가 갑자기 전략을 바꿀지도 모르는 일이었다. 아니, 벌써 변경해버렸는지도 모른다. 27명의 명단이 아직도 수정마개 속에 있는지조차 알 수 없었다. 그 밖에도 또 다른 걱정거리가 있었다. 클라리스 메르지가 도브레크를 감시하며 추적하고 있다고 생각하는 동안, 상대는 도리어 그것을 역이용해 구원을 청할 수도 없는 먼 곳으로 부인을 끌고 가는 것이 아닐까?

 도브레크의 승리는 명백했다. 뤼팽도 클라리스가 망설이고 있다는 사실을 알고 있었다. 도브레크가 제시한 가증스러운 조건을 받아들이고서라도 자식을 구해낼 가능성이 높았다. 가엾은 부인이군. 더구나 그로냐르와 르발류는 필경 그리 될 것이라고 말하지 않았던가?

 만일 결과가 그렇게 될 경우, 뤼팽으로서는 어떻게 이 일을 마무리지어야 하는 것인가?

 도브레크에 의해 주도된 이번 사건은 이제 파국을 향해 치닫고 있었다. 어미는 자기 몸을 희생하여서라도 사랑하는 아들의 안전을 지키려 할 것이다. 자식을 구할 수만 있다면 양심의 가책도 반감도 심지어 명예마저도 포기할 수 있을 것이다!

"도브레크…… 빌어먹을, 악당!"

 뤼팽이 으르렁거렸다.

"내 손에 잡히기만 하면 흠씬 두들겨주겠다! 본때를 보여주겠단 말이다!"

 일행은 오후 3시에야 몬테카를로에 도착했다. 그러나 플랫폼에는 클라리스의 모습이 전혀 보이지 않았다. 그들은 곧 실망에 빠졌다. 기다려 보았지만 누구도 말을 걸어오지 않았다. 짐꾼이나 개찰구 직원을 붙들고 물어보아도 도브레크나 클라리스처럼 생긴 손님은 보지 못했다고 했다.

 일행은 그 지역의 호텔이나 민박집을 일일이 찾아다녔다. 아, 이 얼마나 엄청난 시간 낭비인가!

다음 날 밤, 일행은 도브레크와 클라리스가 몬테카를로에도, 카프 다이유에도, 라 투르비에도, 모나코에도, 카프 마르탕에도 없다는 사실을 깨달았다.

"이게 어떻게 된 거지?"

뤼팽은 머리를 쥐어뜯고 싶을 정도로 분노를 느꼈다.

토요일이 되어서야 등기우편으로 프랭클린 호텔에서 전송한 전보가 한 장 날아왔다.

도브레크는 칸느에서 내렸고, 산 레모의 앰버서더 팰러스 호텔로 갔습니다.

_클라리스

전보는 하루 전의 것이었다.

"이런!"

뤼팽이 소리쳤다.

"몬테카를로를 지나쳤군! 우리들 중 한 명이라도 남았어야 하는 건데······."

뤼팽 일행은 첫번째 기차를 타고 이탈리아로 향했다.

정오에 국경을 통과하여 밤 12시 40분쯤 산 레모 역에 닿았다.

그들은 '앰버서더 팰리스'라는 글자가 새겨진 모자를 쓴 짐꾼이 누군가를 찾고 있는 것을 보았다. 뤼팽은 그 사내에게로 다가갔다.

"혹시 니꼴이라는 사람을 찾고 있소?"

"예, 니꼴 씨와 다른 두 신사 분이오."

"어떤 숙녀분이 부탁합디까?"

"메르지 부인이라고 하더군요."

"당신이 일하는 호텔에 묵고 있소?"

"아니오. 그 숙녀분은 내리지 않았습니다. 저를 부르더니 선생님들 세 분이 오시거든 제노아의 콘티넨탈 호텔로 간다고 알려달라고 하였습니다."

"그 부인 혼자였소?"

"그렇습니다."

뤼팽은 팁을 쥐어주고 그 사내와 헤어졌다.

"오늘은…… 토요일. 사형이 월요일에 집행된다면 이젠 어떻게 해볼 도리가 없다. 그러니 오늘 밤에 도브레크를 잡아 명단을 가지고 월요일까지 파리에 가야 한다. 이게 마지막 기회다!"

그로냐르는 제노아 행 차표 석 장을 샀다. 기차는 막 떠나려고 하는지 기적을 울리고 있었다. 기차에 탄 뤼팽이 갑자기 주저했다.

"정말 바보 같은 짓이로군! 대체 우린 뭘 하고 있는 건가? 지금은 여기가 아니라 파리에 있어야 하는 건데…… 아무래도 생각을 좀 해봐야겠군!"

급기야 뤼팽은 문을 열더니 기차에서 뛰어내리고자 했다. 그러나 부하들이 말리는 바람에 행동으로 옮기지는 못 했다. 이리하여 세 사람은 뜬구름 잡는 식의 추격을 또다시 시작했다.

기차가 출발했다. 뤼팽은 의자에 앉았다. 질베르와 보슈레의 사형 집행일은 이제 이틀 남았다!

달지 않은 샴페인

만테가 골짜기와 상 실베스트르 골짜기 사이에 니스가 있다. 니스는 아름다운 경치로 유명했다. 니스를 둘러싼 구릉 위로 역시 경관이 빼어난 앙주 만(灣)과 시를 굽어보며 서 있는 웅장한 호텔이 하나 들어서 있었다. 계층이나 민족에 상관없이 세계 여러 나라의 유람객이 끊임없이 드나들어 이곳 호텔은 날로 번창하고 있었다.

뤼팽 일행이 이탈리아로 간 토요일 밤, 클라리스 메르지는 이곳 호텔로 들어섰다. 그녀는 빈 방 중 130호실에 묵게 해달라고 호텔측에 요구했다. 그 방과 129호실과는 이중문으로 나뉘어져 있었다. 안내원이 방을 나가고 나서 클라리스는 첫째 문을 덮고 있는 커튼을 들추었다. 그리곤 소리 없이 볼트를 풀었다. 그런 다음 그녀는 두 번째 문에 귀를 바싹 갖다댔다.

'그가 여기에 있다. 어제처럼 클럽에 나가려고 옷을 갈아입고 있다!'

옆방의 손님이 나가고 클라리스는 복도에 인기척이 없는 틈을 타 129호실 문 앞으로 갔다. 예상대로 문은 잠겨 있었다.

클라리스는 새벽 2시까지 잠을 자지 않았다. 옆방 손님이 돌아오는 것을 줄곧 기다렸다. 날이 밝아 일요일이 되었다. 다시 옆방 손님의 거동을 살폈다. 옆방 손님은 11시께 외출을 했다. 이상하게도 문에 열쇠가 꽂혀 있었다.

잠시 머뭇거렸으나 클라리스는 용기를 내어 방 안으로 들어갔다. 자기 방 쪽 문으로 가서 커튼을 들춘 다음 어제 자기 방에서 하던 대로 볼트를 풀어 문을 열고 자기 방으로 되돌아왔다. 그러고는 생각에 잠겼다.

조금 있자니 여자 종업원 두 명이 129호실을 청소하기 시작했다.

클라리스는 그들의 청소가 끝날 때까지 기다렸다. 청소가 끝나고 그녀들이 나가자 다시 옆방으로 숨어들었다.

마음이 초조했다. 그녀는 안락의자로 가 앉았다. 그동안, 뒤를 쫓고 쫓은 끝에 드디어 클라리스 메르지는 도브레크가 숨은 방을 찾아냈다. 이제 마음껏 뒤져보아야 한다. 비록 수정마개를 발견하지 못한다고 해도 방과 방 사이의 커튼 뒤에 숨어 적어도 도브레크의 동정을 지켜봐야 한다. 반드시 비밀을 알아내야 한다!

 클라리스는 주위를 둘러보았다. 여행가방이 눈길을 끌었다. 쉽사리 열 수 있었지만 찾고 있는 물건은 거기에 없었다. 옷장, 책상, 서랍, 테이블 등 가구를 모조리 뒤졌지만 역시 헛수고였다. 문득 그녀는 창 너머 발코니 위에 있는 종이쪽지 하나를 발견했다. 쪽지는 우연히 떨어진 것처럼 그렇게 놓여 있었다.

 "도브레크의 속임수일까? 혹시 이 종이쪽지에 명단을 써둔 것이 아닐까?"

 이렇게 나직하게 중얼거리며 클라리스가 창문을 열려고 할 때, 그때였다!

 "그건 아니오!"

 뒤쪽에서 누군가가 말했다.

 그녀가 돌아보았다. 목소리의 주인공은 도브레크였다.

 그러나 클라리스는 별로 놀라지도 않았다. 돌연 자기 앞에 나타난 도브레크를 바라보면서도 당황조차 하지 않았다. 몇 달 전부터 온갖 고생을 겪어왔으므로, 도브레크에게 이런 현장을 들켰다고 하여 그녀는 민감하게 반응하고 싶지 않았다. 아니 그럴 기력조차 이젠 없었다.

 그녀는 지친 듯 털썩 주저앉았다.

 도브레크가 히죽 웃었다.

 "부인, 잘못 짚었소. 아이들 말 중에 '찾는 것 근처엔 가지도 못 했어'라는 게 있지요? 사실 찾기는 누워서 떡먹기인데 말이오. ……어때, 내가 좀 도와드릴까? 당신 바로 곁, 이 테이블 위…… 맹세하건대, 이 테이블 위에는 찾는 것이 없소. 아무것도 없다 이 말이오. 사탕에 절인 과일이나 드릴까? 아니면 내가 주문한 영양가 높은 식사는 어떻소?"

클라리스는 대꾸하지 않았다. 서론이 아닌 본론을 그녀는 기다렸다.

도브레크는 테이블 위에 있던 물건들을 뭉뚱그려 벽난로 위 선반 위에 올려놓았다. 그런 다음 벨을 눌러 종업원을 불렀다.

"주문한 점심 식사는 준비되었겠지?"

"네, 선생님."

"2인분이지?"

"네."

"샴페인도?"

"네."

"달지 않겠지?"

"네."

다른 종업원이 들어왔다. 테이블 위에 식사가 차려졌다. 여러 가지 요리와 과일 그리고 얼음통에 담긴 샴페인이었다.

두 종업원이 물러갔다.

"자, 이리로 앉으시죠? 보시다시피 당신을 위해 특별히 준비한 식사니까."

클라리스는 식탁 쪽은 본 척도 하지 않았다. 아랑곳하지 않고 도브레크는 식사를 시작했다.

"난 당신이 오늘의 만남에 좀더 적극적으로 호응할 줄 알았소. 그래서 날 만족시켜 주리라 생각했었소. 1주일 전부터 당신은 열심히 나를 쫓아다니지 않았소? 나를 좋아하지 않는다면 그게 가능할까? ……스스로에게 이렇게 묻곤 했소. 당신은 어떤 샴페인을 좋아할까? 앞에 있으니 이젠 물어볼까? ……어떤 샴페인을 좋아하오? 달콤한 것? 맛이 산뜻한 것? 달지 않은 것? 사실 난 잘 모르겠더군. ……파리를 떠난 후 난 당신의 행방을 모르고 있었어. 그래서 걱정했지. 당신이 나를 놓치지 않을까? 날 추격하는 일을 단념하면 어쩌지? 아주 많이 걱정했었소. 당신이 내 뒤를 끝까지 따라와 주다니! 정말 기뻤소. 증오에 불타는 눈동자, 반백이 된 고혹적인 머리칼, 그걸 더 이상 볼 수 없게 되다니! 참으로 마음이 허전했더랬소. ……오늘 아침에 난 생각했소. 옆방이 비었는데 클라리스를 이곳에 묵게 하면 어떨까? 바로 내 침대 옆에 눕는 것이나 마찬가지가 아닐까? 그 순간 나는 무척 즐거웠소. 보통 나는 레스토랑으로 가 식사를 하지만 오늘은 습관을 바꿔 그렇게 하지 않기로 결심했소. 당신의 취향을 알고 싶었지. 당신은 나의 어떤 소지품을 좋아할까? 당신을 지켜보는 건 즐거움이었소."

클라리스의 놀라움은 무척 컸다. 자신이 도브레크의 뒤를 밟은 것이 아니라 그 반대였다는 것이 아닌가! 지난 일 주일 내내 그는 그녀의 뒤를 밟아가며 오히려 그녀의 계획을 염탐했던 것이다. 문에 키가 꽂혀 있었던 것은 유인작전이었던 셈이었다.

클라리스는 시선을 들어 나지막한 소리로 말했다.

"음모였군요. 외출한 것같이 꾸미고는 날 함정에 빠뜨리려는 계략!"

"그렇소. 당신이라면 열쇠가 꽂혀 있는 것쯤 상관하지 않을 테니까."

"하지만 왜? 왜죠?"

"정말 왜 그랬는지 모른단 말이오?"

그가 얼굴에 미소를 드러냈다. 그건 승리자의 미소였다.

클라리스는 반쯤 의자에서 몸을 일으켰다. 언제나 그랬던 것처럼 그녀는 지금 이 순간에도 그를 죽이고 싶은 강한 충동에 사로잡혔다. 권총 한 방이면 이 진절머리나는 짐승은 죽을 것이다! 그녀는 슬며시 안주머니에 손을 집어넣었다. 체온으로 따뜻해진 권총 손잡이가 손에 잡혔다.

이때 도브레크가 말했다.

"잠깐…… 지금 날 총으로 쏘아 죽일 수 있겠지만 그보다 먼저 내게 온 이 전보를 읽어보았으면 싶은데?"

클라리스는 상대가 어떤 속임수를 쓸지 몰라 주춤했다. 그런데 도브레크가 불쑥 전보를 그녀에게 내밀었다.

"이건 당신 아들에 관한 거요."

"질베르!"

그녀의 얼굴빛이 달라졌다.

"어때? 읽어보고 싶을 텐데?"

클라리스는 전보를 읽었다. 그러곤 깜짝 놀랐다.

사형 집행일은 화요일입니다

클라리스가 도브레크에게 달려들며 소리쳤다.

"거짓말! ……이건 사실이 아니야! 날 화나게 하려고…… 꾸며낸 것이야! 난 당신을 알아! 당신은 무슨 짓이든 꾸며낼 수 있지! 대답해요? 화요일이 아니지요? 그렇죠? 아아, 이틀이라니! 말도 안 돼! 안 돼…… 그럴 수 없어! 그 애를 구해내는 데 아직 나흘이나 닷새의 시간은 있을 거야! 말해요, 어서 말하라구!"

악에 받쳐 소리치며 울부짖던 그녀는 제풀에 지쳐버렸다.

클라리스를 아무 말 없이 지켜보던 도브레크가 문득 샴페인을 한 잔 따르더니 꿀꺽꿀꺽 마셨다. 그러더니 방 안을 왔다갔다했다. 그러다가 그녀의 옆으로 슬그머니 다가갔다.

"잘 들어요, 내 사랑……!"

클라리스에게는 참으로 모욕적인 말이었다. 클라리스는 억지로 힘을 냈다. 분노로 숨을 헐떡거리며 도브레크에게 말했다.

"경고하건대, 그런 식으로 말하지 말아요! 그런 무례한 말은 참을 수가 없어요! 비열한 인간 같으니……!"

도브레크는 어깨를 으쓱할 뿐, 자신의 말을 계속하여 이었다.

"아직 상황을 잘 모르는 모양인데, 당신은 질베르가 구원받을 희망이 있다고 생각하는 모양이지? 프라스비유가 구해주러 올 것 같은가? 그게 어디 그의 마음대로 될까? 그 친구는 운하회사 사건에 관련되어 있는, 말하자면 제 발도 저린 사람이야. 27명의 명단에 이름은 실리지 않았지만 그자의 친구인 전 국회의원 보렝글라드, 즉 스타니슬라스 보렝글라드라는 자의 이름 아래 숨어 있단 말이지. 그자는 사실 별게 아니야. 그러니 그냥 놓아두고 있는 것이지. 거기엔 물론 그럴 만한 이유가 있어. 사실 난 프라스비유와 연관하여 아무것도 모르고 있었어. 그런데 오늘 아침 한 통의 편지가 내게 날아왔어. 그 편지를 누가 내게 보냈다고 생각하오? 놀랍게도 보렝글라드 바로 그자였소. 비참한 생활이 지겹다고 하더군. 하여 자신이 체포될 각오를 하면서까지 프라스비유에게서 돈을 우려내겠다고 하더군. 그러니까, 그자는 나의 양해를 얻고 싶다는 거였어. 내가 양해를 해주면 프라스비유의 신변도 위험하게 되는 것이지. 나로선 참으로 재미있는 일이야? 그 악당 녀석은 날 오랫동안 골탕먹였거든. 한데 이제 생매장될 꼴이라니! 그런데 그 친구의 힘을 빌려 아들을 구해내겠다고? 어리석은 생각이야."

도브레크는 새로운 복수의 대상자를 찾은 것이 기쁜지 자못 흥분한 표정이었다.

"친애하는 클라리스! 어떻게 해볼 도리가 없을 것 같은데? 그렇다면 이제 매달릴 지푸라기라도 찾아야 하지 않겠소? ……아 참! 내가 깜박 잊고 있는 자가 있었군. 아르센 뤼팽 씨? 그로냐르? 르발류? 훙! 그 친구들은 지금 허탕만 치고 있어. 그들은 내 훼방꾼이 될 수 없어. 그들은 자기들의 재주를 너무 과신하고 있어! 하지만 내 상대는 아니지. 나한테 그들은 세상 물정 모르는 햇병아리일 뿐이야. 그런데 당신은 그 돈키호테 같은 뤼팽의 말을 철석같이 믿고 있지. 그가 질베르를 구해낼 것이라고 진정으로 믿고 있는 거요, 클라리스? 덧없는 환상이오. 어서 빨리 꿈에서 깨어나는 게 좋을 거요. ……뤼팽! 아, 클라리스의 신이시여! 이 여자는 당신을 믿고 있나이다! 하지만…… 뤼팽, 그 허풍쟁이 녀석은 곧 코가 납작해질걸. 바로 내가 그렇게 만들어놓을 테니까!"

도브레크가 호텔 프런트와 연결된 수화기를 집어들었다.

"129호실인데, 수고스럽지만 거기에 있는 사람에게 이리로 올라오라고 말 좀 전해주시오. ……여보세요! 그래요, 그 회색 펠트 모자를 쓴 사람 말이오. 그가 알 거요. ……고맙소, 아가씨."

수화기를 내려놓은 뒤, 도브레크는 클라리스 쪽을 바라보았다.

"걱정할 것 없소. 그는 아주 조심스러우니까. '신중과 신속'이 그 친구의 좌우명이거든. 은퇴한 형사인데 이제까지 여러 번 내일을 도와줬지. 이번에 당신이 나를 미행하는 동안 줄곧 그가 당신의 뒤를 따라다녔었지. 그러나 남부에 와선 당신을 미행하지 못했어. 다른 일로 아주 바빴기 때문이지. 자, 들어오게, 자콥!"

도브레크가 직접 일어나더니 문을 열어주었다. 붉은 콧수염을 기른 작고 깡마른 사내가 안으로 들어왔다.

"자콥, 리용 역에서 이 부인이 기차에 탄 다음 그 정거장 플랫폼에 남아 있었던 수요일 밤부터 자네가 어떤 일을 해왔었는지 간단히 설명해 줄 수 있겠나? 물론 부인에 관계된 것, 그리고 내가 부탁한 것만 말일세."

자콥은 웃옷 안주머니에서 수첩을 꺼내 펼치더니 보고서를

수정마개

읽듯이 그것을 읽어내려 갔다.

"수요일 밤 8시 15분. 리용 역에서 르발류와 그로냐르를 기다렸음. 두 사람은 내가 아직 알지 못하는 제3의 인물을 데리고 왔는데 이는 니꼴 씨임에 틀림없음. 나는 10프랑으로 역 전속 짐꾼의 옷과 모자를 빌려쓴 다음, 이 세 사람에게 다가가 한 부인이 몬테카를로로 간다고 전해주길 부탁받았다고 말함. 그 다음 즉시 프랭클린 호텔 짐꾼에게 전화를 걸어 그 손님에게 온 전보나 그 손님이 보낸 전보를 모조리 읽고 필요하면 가로채도록 명령함. 목요일. 세 남자는 몬테카를로에서 모든 호텔을 뒤지고 다녔음. 금요일. 라 투르비에, 카프 다이유, 카프 마르탕 등으로 급행. 도브레크 씨로부터 전화. 세 사람을 이탈리아로 가게 하는 것이 안전하다는 내용이었음. 그래서 프랭클린 호텔 짐꾼으로 하여금 산 레모에서 만나도록 하는 내용의 전보를 치게 했음.

토요일. 산 레모 정거장 플랫폼에서 10프랑을 주고 앰버서더 팰러스 호텔의 모자를 빌려 씀. 세 남자와 말을 나눔. 메르지 부인으로부터의 메시지를 전달했음. 제노바의 콘티넨탈 호텔로 간다는 메시지였음. 세 사람 주저함. 니꼴 씨가 기차에서 내리려 하자 다른 두 사람이 말림. 기차 출발. 한 시간 뒤 나는 세 사람의 행운을 빌며 프랑스를 향해 출발. 니스에 내린 뒤 명령을 기다림."

자콥은 여기서 수첩을 덮고는 결론지어 말했다.

"이상입니다. 오늘의 기록은 밤이 되어야 씁니다."

"그럴 거 뭐 있나, 자콥. 지금 당장 써버리지. 정오, 도브레크 씨의 명령에 따라 철도회사에 가서 파리 행 2시 48분의 열차 침대표 둘을 산 다음 그것을 급히 도브레크 씨에게 보냄. 그 다음 12시 58분의 열차로 뱅티미유로 가 국경 정거장에서 그 세 사람이 프랑스로 돌아오는지 어쩌는지를 감시함. 니꼴, 그로냐르, 르발류 등 세 사람이 이탈리아를 떠나 니스를 경유해 파리에 되돌아오게 되면 아르센 뤼팽과 그의 두 부하가 열차를 타고 있다는 걸 열차번호와 함께 경찰에 알리도록 명령받음."

이렇게 말하면서 도브레크는 자콥을 문 밖까지 배웅한 다음 문을 잠갔다. 그러고는 클라리스에게 다가갔다.

"자, 내 사랑…… 이젠 내 말을 들어도 괜찮을 것 같은데……"

클라리스는 어이가 없었지만 이번에는 그를 쏘아붙일 힘도 없었다. 모든 일을 미리 예상하고 시간표를 짜듯 완벽하게 계획을 세워 그대로 진행시키는 이 대담하고도 치밀한 사람! 그에게 뭐라고 쏘아붙인들 무슨 소용이 있겠는가! 더욱이 도브레크의 속임수에 넘어간 뤼팽은 이탈리아의 어느 구석을 헤매고 있을 텐데 말이다.

클라리스는 자신이 프랭클린 호텔로 보냈던 전보에 대해 뤼팽이 이렇다 할 대답이 없었던 까닭을 비로소 알게 되었다. 클라리스는 절망했다. 이제 괴물 도브레크의 자비에 호소하지 않으면 안 될 입장인 것이다. 그녀의 절망은 결국 도브레크의 기쁨이 될 터였다.

"클라리스, 내 사랑…… 잘 들어. 내가 지금부터 하는 말을 잘 듣도록 해. 지금은…… 정오, 내일까지 시간에 맞춰 파리로 돌아가지 못하면 질베르는 끝장이야. 그러기 위해선 2시 48분발 파리 행 기차를 반드시 타야 하지. 야간 기차를 타면 이미 늦어 버린다고. 어때? 나는 2시 48분에 떠나야 하는데… 내게 협조해줄 수 있겠나?"

"……좋아요."

"침대도 잡아놓았는데, 그래도 같이 동행할 수 있겠지?"

"네, 그렇게 하죠."

"내가 아들을 구해주는 것에 대한 대가는 짐작하고 있겠지?"

"물론이에요."

"조건을 수락하겠다는 뜻인가?"

"그래요."

"나와의 결혼은? 물론 수락하겠지?"

"……그래요."

아, 이 끔찍한 대답! 이 불행한 여자는 지금 자신이 무슨 말을 어떻게 하고 있는지조차 모른 채 최면술에 걸린 사람처럼 해서는 안 될 약속을 마구 뱉어내고 있었다. 클라리스, 그녀는 그 무엇보다도 아들을 구해내는 것이 급선무였다. 무슨 방법을 쓰든 질베르를 단두대로부터 구해주고 싶었다. 자신이야 어찌되든 상관없었다.

웃었다! 유쾌하게, 참으로 유쾌하게 개선장군처럼 도브레크는 웃었다.

"오, 이 귀여운 사기꾼! 지금 하는 말이 다 입에 발린 소리는 아니겠지? 하긴 당신은 그 어떤 약속이라도 지금은 해줘야 하겠지. 중요한 건 질베르의 목숨일 테니까. 그렇지? 아무튼 그때까진 내게 얌전히 굴겠군. 그런데 말이야, 도브레크 의원께서 결혼반지를 주려고 할 때 돌연 펄쩍 뛰는 건 아닐까? 클라리스, 당신의 약속을 어쩐지 믿지 못하겠어. 나는 호락호락하지 않아. 당신에게 쉽게 속아넘어가지 않는다구. 지키지도 않을 약속, 그런 공수표를 내가 믿을 것 같아? 나는 확실한 것, 그 약속을 증명해줄 것을 원해!"

도브레크가 클라리스에게 바싹 다가갔다. 그리고 노골적으로 말했다.

"내가 제안을 하나 하지. 그래, 당신이 원하는 대로 질베르의 석방을 요구해 주겠어. 암, 해주고 말고! 허나 당장은 사형집행만 연기시키겠어. 3~4주쯤 후로 말이지. 그까짓 거 나한테는 뭐 그리 어려운 일도 아니지. 그럼, 석방은 언제 시켜주느냐고? 그야 당신한테 달렸지? 메르지 부인이 도브레크 부인으로 법적인 수속까지 완전히 끝난 다음, 그때 질베르를 석방시켜 주지. 어때. 내 조건이?"

"그렇게 하겠어요…… 받아들일게요."

클라리스는 순순히 대답했다.

도브레크가 다시 웃음을 터뜨렸다.

"당연히 그래야지! 사형 집행을 연기해주는 것만으로도 당신은 내게 고마워해야 해. 하지만 착각은 하지 마. 한 달 연기됐다고 하여 그 사이 누군가가 나서서 당신과 당신 아들을 구해주진 못해. 아르센 뤼팽? 나를 상대로 하기엔 능력이 부족해!"

"질베르의 목숨을 걸고 맹세하는 거예요."

"질베르의 목숨을 건다고? 아, 가련한 여인 같으니라구! 당신은 아들의 목숨을 위해서라면 악마에게라도 자신의 영혼을 팔 작정이로군!"

"그래요. 난 기꺼이 내 영혼이라도 팔겠어요."

클라리스는 부들부들 몸을 떨며 말했다. 도브레크가 몸이 닿을 듯 가까이 다가와 낮은 목소리로 그녀에게 이렇게 말했다.

"클라리스, 내가 바라는 건 당신의 영혼이 아니야. 난 무려 20년 동안 당신의 사랑을 갈망해왔어. 얼마나 애타게 기다려 온 20년인지 당신도 알겠지? 당신은 내가 사랑한 유일한 여자야. 나를 증오하고 또 욕하고 저주해도 상관하지 않아. 그래도 나는 참을 수 있어. 하지만…… 내가 못 참는 것도 있어. 아니 참을 수 없는 것이야! 난 너무 오랫동안 당신 때문에 속을 태워왔어!"

도브레크가 클라리스의 손을 잡으려고 했다. 클라리스가 얼굴을 찡그리며 그의 손을 뿌리쳤다. 그런 반응이 도브레크를 화나게 만들었다.

"흥! 뭐라고? 아들의 목숨을 걸고 맹세한다고? 이게 맹세한 사람의 반응인가? 네 아들의 목숨이 얼마나 남아 있는 줄 생각이나 해봤어? 단두대에 놓인 질베르의 목이 연상되지 않는가 이 말이야? 겨우 40시간쯤? 이제 40시간밖에 남지 않았다고! 그런데 네가 뭐 그리 대단하다고 이렇게 버티는 거지? 어리석은 감상에 빠져서는 안 돼. 냉정하게 현실을 바라볼 줄 알아야지. 지금 이 순간에도 시간은 흘러가고 있어. 자자, 슬픈 눈물은 이 문제를 해결하는 데 아무런 도움도 안 돼. 당신은 맹세한 대로 내 아내가 되면 그뿐이야. 결혼식만 올리지 않았다 뿐이지 사실 넌 이제부터 내 아내나 마찬가지라구. 자, 주저하지 말고 당신의 입술, 그 입술을……."

그러나 이번에도 클라리스는 도브레크의 팔을 밀쳐냈다. 도브레크는 더욱 잔인한 말을 뱉어놓았다. 물론 그녀에 대한 뜨거운 열정의 말도 섞여 있었다.

"다른 건 생각하지 마. 아들을 구해야지…… 시퍼렇게 번뜩이는 단두대의 날! 아아, 생각만 해도 끔찍해! 당신 아들의 목이 두 동강이 나다니! 아아, 그 처참한 광경을 상상할 수 있겠어? 클라리스! 오, 클라리스 내 사랑! 사랑하는 당신의 아들을 내가 구해주겠어! 안심해…… 당신의 고통을 덜어줄 수 있는 사람은 이 세상에 오직 나뿐이야. 그 누구도 나를 대신할 수 없어! 기억해 줘. 앞으로의 나의 인생은 오로지 당신의 것이란 걸 말이야! 알겠어, 클라리스?"

그녀는 더 이상 저항하지 않았다. 아니 그렇게 할 수 없었다. 이미 모든 것이 끝난 셈이었다. 이 비정한 사내는 자신의 입술을 여자의 입술로 가져갔다. 운명에 순순히 따르는 것이 현명할 때가 있다. 오래 전 깨달은 인생의 이치였다. 클라리스는 눈을 감고 남자의 입술을 기다렸다.

'내 아들, 내 가엾은 아들……!'

시간은 더디게 흘렀다. 10초, 어쩌면 20초. 어찌된 일인지 도브레크의 입술은 닿지 않았다. 소리도 들리지 않았다. 이 침묵과 갑작스럽게 변한 도브레크의 반응에 그녀는 놀랐다. 최후의 순간, 이 악한이 양심의 가책을 느끼기라도 했단 말인가?

클라리스는 흠칫 놀라 눈을 떴다.

그녀의 눈에 비쳐진 광경은 실로 놀라운 것이었다. 탐욕스러운 사내의 얼굴이 새파랗게 질려 있었다. 눈은 안경에 덮여 잘 안 보였지만 도브레크는 분명 위쪽을 쳐다보고 있었다.

클라리스도 도브레크의 시선을 따라 위쪽을 올려다보았다. 두 자루의 권총 총구가 안락의자의 위쪽에서 도브레크를 겨냥하고 있었다. 그녀에게는 그것밖에 보이지 않았다. 도브레크의 얼굴은 그야말로 잿빛이었다. 그 순간 뒤쪽에서 달려든 한 명의 사내가 한 팔로 도브레크의 목을 옥죄기 시작했다. 그 다음 그의 얼굴에 솜뭉치가 덮였다. 클로로포름 냄새가 방 안에 진동했다.

사내는 니꼴이었다!

"그로냐르! 르발류! 권총을 치워라. 내가 누르고 있으니까 이제 괜찮다. 이 녀석을 꽁꽁 묶어버려!"

도브레크는 도무지 맥을 쓰지 못했다. 클로로포름의 효능 때문인지 너무나 쉽게 나동그라졌다. 뤼팽의 두 부하가 도브레크를 담요로 둘둘 만 다음 다시금 밧줄로 꽁꽁 묶었다.

"됐어…… 됐어!"

뤼팽은 매우 기쁜 얼굴이었다. 그는 기쁨을 억누르지 못하겠는지 방 안을 이리저리 돌아다니며 춤을 추기 시작했다. 캉캉

춤이 섞인 지그(jig) 춤, 기괴한 스텝댄스, 춤추는 수도사의 회전, 어릿광대의 곡예 같은 움직임, 취객의 비틀거리는 움직임…… 뤼팽이 말했다.

"……죄수의 춤! 포로의 춤! 국민 대표자의 시체환상곡! 클로로포름 폴카! 안경 쓴 정복자의 투스텝! 올레! 올레! 협박자의 판당고! 우! 우! 맥도브레크의 비상(飛上)! 터키 트롯! ……그리고 토끼 껴안기! ……그리고 회색곰! 티롤 춤! 트랄라라! 징, 붐, 붐! 징, 붐, 붐!"

오랫동안 억눌렸던 감정이 드디어 폭발한 것이다. 뤼팽은 골목대장처럼 방 안을 이리저리 계속하여 날뛰었다. 그의 기쁨을 이 방의 사람들 누군들 헤아리지 못하겠는가!

한동안 소란을 피우던 뤼팽이 방을 한 바퀴 더 돌고 나서 축 늘어진 도브레크 앞으로 걸어왔다. 두 손을 허리에 짚고 거만하게 서서 한 발로 도브레크의 옆구리를 툭 걷어찼다.

"아주 재미있군!"

뤼팽이 말했다.

"고결한 천사가 드디어 사악한 히드라를 물리쳤다!"

소심한 가정교사인 니꼴로 변장한 채로 그런 말을 했으므로 뤼팽의 모습은 우스꽝스러웠다.

메르지 부인이 씁쓸한 미소를 지었다. 그런 미소나마 지난 몇 달 동안 처음 있는 일이었다. 그러나 당장 현실의 문제가 떠오르자 미소는 금방 사라졌다. 그녀는 뤼팽에게 애원했다.

"부탁입니다…… 질베르 생각을 좀 해주세요!"

뤼팽은 부인에게로 천천히 다가가더니 두 팔로 가볍게 껴안았다. 그러더니 천진난만한 얼굴로 그녀의 양쪽 뺨에 쪽 소리가 나도록 연거푸 입을 맞추었다. 이런 뤼팽의 장난에 부인은 그저 웃을 수밖에 없었다.

"부인, 이건 짐승이 아닌 진짜 인간의 키스입니다. 도브레크가 입술에다 하려던 것인데 제가 대신 뺨에다 한 셈이지요. 한 번 더 해보라고 해보시죠. 그럼 기꺼이 그렇게 할 겁니다. 아, 나는 아주 대만족입니다!"

갑자기 뤼팽이 정색하더니 클라리스 앞에 정중하게 앉았다.

"부인, 용서하십시오. 일단 한 고비를 넘겼기 때문에 저로서도 기뻐하지 않을 수 없었습니다. 제가 결례를 했다면 용서해주십시오."

다시 벌떡 일어나더니 클라리스에 아랑곳하지 않고 뤼팽이 지껄이기 시작했다.

"부인의 소원, 그건 질베르를 구해내는 것입니다! 좋습니다. 부인의 소원을 기꺼이 받아들이겠습니다. 부인, 사형을 감형시켜 무기징역으로 해드릴까요? 그리고 다시 탈옥을 시켜드릴까요? 어때, 그로냐르, 너도 동의하지? 르발류! 저 짐승 같은 놈을 데리고 나보다 한발 앞서 뉴 칼레도니아로 가라. 미리 모든 걸 준비해놓도록 해! 이봐, 도브레크! 네놈에게 그 동안 많은 빚을 졌다. 하지만 나는 결코 잊지 않았어! 자, 도브레크…… 자넨 원하는 게 뭔가? 담배 파이프? 아, 저기에 있군!"

벽난로 선반에서 뤼팽은 파이프를 꺼내왔다. 도브레크의 얼굴에 댔던 솜뭉치도 걷었다. 그런 다음 뤼팽은 파이프의 호박색 물부리를 도브레크의 입술에 물려주었다.

"이봐, 어서 피우지 그래! 꽤 볼 만하군. 마치 오물을 뒤집어쓴 표정이 아닌가? 도브레크, 사양하지 말고 어서 피우게나! 아, 내 정신 좀 보게! 담배를 넣어주지도 않고 피우라고 했으니 이거야 원! ……도브레크 의원, 내가 실수를 했소이다. 너그러이 이해해 주구려! 한데 담배는 어딨더라? 오, 여기 있군. 하아, 당신은 메릴랜드를 좋아하나 보군!"

뤼팽은 벽난로 선반 위에 있던 노란 물건을 서슴없이 집어들었다.

"이보게들, 국회의원 나리의 담배라네! 자, 신사숙녀 여러분, 저에게서 한시도 눈을 떼지 마십시오! 아주 중요한 순간입니다! 자, 저는 나리의 파이프에 담배를 채우고 있습니다…… 참으로 영광스러운 일이지요! 자, 저의 움직임을 자세히 보십시오! 보시다시피 제 손에는 아무것도 없습니다! 소매에도 물론 아무것도 숨긴 것이 없습니다!"

뤼팽은 커프스버튼을 풀고 소매를 걷어올렸다. 담배상자를 연 그는 흡사 마술사가 구경꾼들 앞에서 하는 것처럼 묘한 미소를 흘리면서 엄지손가락과 집게손가락을 넣어 이리저리 움직였다. 그러던 그가 갑자기 담배상자 안에서 번쩍번쩍 빛나는 것을 끄집어내어 구경꾼 앞에 내보였다.

클라리스가 비명을 내질렀다. 그것은 바로…… 수정마개!

클라리스는 뤼팽에게 달려들어 그것을 빼앗다시피 하여 낚아챘다.

"이겁니다, 이거예요! 바로 이거예요!"

클라리스는 열병에 걸린 사람처럼 울부짖었다.

"바로 이 수정마개! 여기가 열리는 부분이에요. 이겁니다. 아, 어쩌죠? 난 손이 떨려서……!"

뤼팽이 대신 수정마개를 받아 열었다. 안은 텅 비었는데 그 한가운데에 똘똘 뭉친 종이쪽지가 있었다.

"외제 우편용지로군."

뤼팽이 속삭이듯 말했다.

잠시 침묵이 흘렀다. 네 사람 모두 심장이 터져버릴 것 같은 느낌이었다. 그들은 곧 눈앞에 펼쳐질 다음 장면을 기다렸다.

"제발, 제발……!"

클라리스가 손을 모으고 빌었다.

이윽고 뤼팽이 종이쪽지를 활짝 폈다. 거기에는 이름들이 쭉 기록되어 있었다.

랑주르, 다쇼몽, 보렝글라드, 알뷔펙스, 빅토리앙 메르지를 비롯하여 정계의 거물, 고관대작 등 저명한 27명의 인사들의 이름이었다. 그리고 그 아래에는 운하회사의 서명, 피로 쓴 서명이 적혀 있었다. 뤼팽은 시계를 보았다.

"1시…… 15분 전이로군. 아직 20분 정도 여유가 있습니다. 자, 점심 식사라도 하시지요."

"하지만……."

클라리스는 넋이 빠진 사람 같았다.

"잊지 마세요! 지금 저는…… 너무나 배가 고픕니다!"

식탁에 앉은 뤼팽이 커다란 파이조각을 냉큼 집어들며 부하들에게 말했다.

"그로냐르, 먹겠나? 르발류 자네는?"

"얼마든지 먹겠습니다, 두목!"

"서둘러라, 제군들! 샴페인도 한 잔씩 하고…… 이건 클로로포름 환자를 위해서! 도브레크, 자네의 건강을 비네! 달콤한 샴페인? 산뜻한 샴페인? 아니면 달지 않은 것으로 할까?"

로레인의 십자가

　　　　식사를 마치고, 뤼팽은 본래의 지배력과 권위를 되찾았다. 지금은 농담이나 하고 있을 때가 아니었다. 다분히 장난기 어린 몸짓으로 사람들을 놀라게 할 때도 아니었다. 그는 반드시 있으리라고 확신했던 물건에서 수정마개를 찾았고, 이제 27명의 명단을 소유하게 되었으니 지체 없이 마지막 문제를 해결해야 할 때였다.

　사실 이 일은 식은죽 먹기처럼 쉬운 일이지만 아직 최후의 행동까지는 민첩한 동작, 굳건한 결의, 날카로운 관찰이 필요했다. 조그마한 실수 하나 때문에 만사를 그르칠 수도 있는 것이 아닌가.

뤼팽은 의외의 결과에 대해 여러 가지 생각을 했고, 결국 그런 일들에 대하여 철저히 조사를 마쳤다. 이젠 그 조사를 토대로 최후의 매듭을 짓기만 하면 모든 것은, 끝!

"그로냐르! 강베타 대로에 가면 손수레에 트렁크를 실은 남자가 누군가를 기다리고 있을 걸세. 그 트렁크는 우리가 주문한 거야. 가서 그것을 가져오도록 하게. 호텔 프런트에서 뭐라고 하면 130호실의 부인 거라고 얘기하면 돼."

뤼팽은 다른 부하에게 명령했다.

"르발류! 차고로 가서 리무진을 한 대 가져와. 한 1만 프랑쯤 들 거야. 그리고 운전사 모자와 옷도 사 입도록 해. 호텔 앞에서 대기하도록!"

"두목, 돈을 주셔야죠?"

뤼팽은 도브레크의 조끼에서 지갑을 꺼냈다. 지갑은 두툼했다. 그는 그 안에서 천 프랑짜리 10장을 꺼냈다.

"자, 우리 친구 도브레크가 클럽에서 꽤 돈을 딴 모양인걸! 어서 움직여라, 르발류!"

두 부하는 클라리스의 방을 통해 밖으로 나갔다. 뤼팽은 클라리스 메르지가 눈치채지 못하도록 주의하며 지갑을 자기 주머니에 챙겨넣었다.

"꽤 괜찮은 사업인걸." 뤼팽이 중얼거렸다.

"비용을 모두 충당하고도 남겠어…… 참, 해야 할 일이 있었지?"

뤼팽이 메르지 부인에게 말했다.

"부인, 가방을 가지고 계신가요?"

"네, 가지고 있습니다. 니스에서 하나 샀어요. 파리를 떠날 때 아무것도 챙기지 못했었거든요."

"그럼 이제 떠날 준비를 하시죠. 준비가 끝나면 프런트로 가서 트렁크를 든 사람이 곧 부인을 찾아올 거라고 말해두십시오. 짐은 방에서 꾸리겠다고도 말해두시고요. 그 다음 호텔을 떠난다고 말씀하시면 됩니다."

혼자 남은 뤼팽은 도브레크를 조사했다. 주머니를 샅샅이 뒤져 뭐든지 쓸 만한 것이 있으면 모조리 챙겼다.

그로냐르가 돌아왔다. 검은 가죽띠를 두른 트렁크가 클라리스의 방으로 운반되었다. 뤼팽은 클라리스와 그로냐르의 손을 빌려 도브레크를 트렁크 안에 앉힌 자세로 넣은 다음 뚜껑을 닫을 수 있게 도브레크의 머리를 굽혔다.

"친애하는 국회의원 나리, 침대차보다야 불편하겠지만 그래도 관보다는 훨씬 나을 거요. 트렁크에 사방으로 세 개씩 구멍을 뚫어놓았으니 숨쉬는 데 전혀 지장이 없을 겁니다. 여러분들도 불만 없죠?"

뤼팽은 다시 클로로포름 병을 열었다.

"이게 아직 남아 있군. 나리께선 이걸 좋아하시는 것 같던데!"

이렇게 말하면서 재갈 물린 솜에 클로로포름을 흠뻑 적셨다. 그 사이, 클라리스와 그로냐르는 그의 명령에 따라 여행용 담요와 쿠션 따위를 트렁크 안에 챙겼다. 그것은 충격으로부터 도브레크를 보호하기 위한 것이었다.

"됐어. 이것으로 세계일주 짐 꾸리기는 끝났다. 이젠 닫고 잠가버려!"

뤼팽이 이렇게 말했을 때 운전사로 변장한 르발류가 안으로 들어왔다.

"두목, 차를 대기시켰습니다."

"좋아! 너희 둘이서 이 트렁크를 메고 나가라. 호텔 종업원에게 운반시키는 건 좀 위험할 것 같으니까."

"그런데, 중간에 다른 사람을 만나면 뭐라고 변명하죠?"

"르발류? 넌 운전사잖아? 넌 이 방에 숙박했던 손님의 짐을 들고나가고 있을 뿐이야! 130호실에 묵었던 여자 손님도 널 따라 내려가서 네 차에 탈 거구. 그러니 아무도 널 이상하게 생각하지 않아. 그리고 한 가지…… 2백 야드쯤 가다가 차를 세우고 나를 기다려라. 그로냐르, 트렁크를 들어올릴 때 도와줘라. 오, 이런! 문들을 닫았어야지……."

뤼팽은 옆방으로 가서 바깥으로 난 문들을 모두 닫고서 방을 나와 엘리베이터를 탔다.

프런트에서 그는 말했다.

"도브레크 씨는 갑자기 몬테카를로에 일이 생겨서 화요일까지 돌아올 수 없다고 합니다. 그리 전해달라고 하더군요. 방을 잘 봐달라고 부탁했습니다. 물론 도브레크 씨의 짐은 모두 방안에 있습니다. 방 열쇠는…… 여기 있습니다."

뤼팽은 호텔을 나와 기다리고 있는 자동차까지 걸어갔다. 차

앞에서 클라리스가 연신 한숨을 내쉬고 있었다.

"우린 내일 아침까지 파리에 닿을 수 없을 거예요. 불가능해요."

"맞습니다. 그러니 부인과 전 열차를 타야 합니다. 그렇게 하는 것이 안전하기도 할 테니까요."

택시를 불러세우면서 뤼팽은 두 부하에게 마지막 명령을 내렸다.

"한 시간에 평균 30마일 정도는 갈 수 있겠지. 교대로 운전을 하도록 해. 아무튼 내일 저녁 여섯 시나 일곱 시쯤엔 파리에 도착해야 해. 허나 굳이 무리를 할 필요는 없어. 도브레크는 우리 계획 때문에 데려가는 게 아니라…… 그저 인질인 셈이니까. 며칠 동안 그를 잡아놓아야 해. 너덧 시간마다 잊지 말고 클로로포름을 적셔주도록 해. 그 친구는 클로로포름에 무척 약하거든. ……르발류! 출발해라! 국회의원 나리, 좀 안됐지만 한동안 참아줘야겠어. 자, 서둘러라, 르발류!"

뤼팽은 잠시 멀어져가는 자동차를 바라보았다.

뤼팽은 택시를 타고 우체국으로 갔다. 거기서 다음과 같은 전보를 쳤다.

파리 경찰국, 프라스비유 씨 귀하.

드디어 사람을 찾았음. 내일 오전 11시 서류를 가지고 감. 긴급 문서임.

_클라리스

2시 30분, 클라리스와 뤼팽은 역에 닿았다. 클라리스는 그래도 여전히 걱정이 되는 모양이었다.

"자리가 없으면 어쩌죠?"

"걱정하지 마십시오. 우리가 앉을 자리는 이미 예약되어 있습니다."

"아니, 누가 했죠?"

"자콥이라는 친구가요. 물론 도브레크의 지시였죠."

"그걸 어떻게?"

"어떻게 알았냐구요? 호텔 프런트에서 도브레크 앞으로 온 속달편지를 가져왔습니다. 속에는 자콥이 도브레크에게 보낸 두 장의 침대차 표가 들어 있었구요. 게다가 저는 국회의원 신분증까지 가지고 있습니다. 그러므로 우리는 이번 여행을 도브레크 부부 자격으로 하게 되는 셈입니다. 국회의원 부부에 걸맞은 대우도 받을 수 있을 겁니다. 그럼…… 부인, 모든 준비는 되었겠죠?"

왠지 이번 여행은 몹시 짧은 느낌일 것이라고 뤼팽은 생각했다. 클라리스는 며칠 동안의 자신의 행적에 대해 뤼팽에게 이야기해 주었다. 지금쯤 이탈리아의 어느 곳을 헤매고 있을 것이라 생각했는데, 느닷없이 도브레크의 방에 나타나 깜짝 놀랐다고 했다.

"기적이라…… 기적은 아닙니다." 뤼팽이 말했다. "그러나 제겐 기적이 필요했죠. 제가 산 레모를 출발했을 때 일종의 특별한 현상, 말하자면 신비로운 직감이라고 해야 할까요? 퍼뜩 어떤 생각이 머릿속을 스치더군요. 그래서 열차에서 뛰어내리고자 했던 겁니다. 부하들이 절 붙잡으며 말리지만 않았어도……. 저는 그때 차창으로 제게 부인의 메시지를 전해준 한 남자의 모습을 지켜보고 있었죠. 그런데 그 친구는 어이없게도 손을 비비면서 아주 크게 만족해하는 얼굴이더군요. 그래서, 아하, 그거로구나! 눈치챘죠. 녀석에게 멋지게 속았다는 걸 그제야 깨달았던 거죠. 물론 녀석의 배후에는 도브레크가 있었던 게 분명할 테구요. 꼭 부인께서 당한 것처럼 말입니다. 전 그 순간 상대방의 계략을 손바닥 위에 올려놓은 것같이 훤하게 들여다볼 수 있었습니다. 조금만 우물쭈물했어도 큰 낭패를 틀림없이 당했을 겁니다. 솔직히 이야기하자면 기차가 달려가고 있는 동안 저는 제가 범한 과오가 도저히 보상받을 수 없을 거라고 굉장히 낙담했습니다. 다음 역에서 내려 되돌아온다고 해도 산 레모 역에서 도브레크의 끄나풀을 발견할 가능성은 없으니까요. 더욱이 프랑스 행 기차가 있을 리는 더더욱 없구요. 그런데 기적이 일어났습니다. 다음 역에서 내렸는데 때마침 프랑스 행 기차가 있질 뭡니까! 이거야말로 기적이 아니겠어요! 정말 하늘의 도움이었습니다. 그런데 기적은 또 일어났습니다. 산 레모 역에 도착했을 때 주위를 두리번거리는 그를 발견했지 뭡니까! 내 추측이 옳았습니다. 녀석은 이미 짐꾼 모자고 뭐고 다 벗어버린 뒤 중절모에 재킷을 입고 있었습니다. 마침 녀석이 이등칸으로 오더군요. 그러니 이미 제가 이긴 게임이었죠."

"허나, 어떻게……?"

질베르에 관한 걱정을 완전히 떨쳐버리지 못한 클라리스였지만, 저도 모르게 뤼팽의 이야기에 빠져들었다.

"어떻게 부인을 찾았느냐구요? 간단합니다. 자콥의 행동을 꾸준히 관찰했기 때문이죠. 전 놈이 반드시 도브레크에게 자신의 행동을 보고할 것이라고 확신했죠. 생각한 대로 니스의 조그만 호텔에서 하룻밤을 묵고 이튿날 아침 프롬나드 드 상그레에서 도브레크와 만나더군요. 두 사람은 오랫동안 이야기를 나눈 뒤 함께 어딘가로 나갔죠. 물론 전 두 사람을 미행했습니다. 호텔에 이르자 도브레크는 자콥에게 지하실 전화기 앞에 서서 감시를 하라고 명령하더군요. 자기는 엘리베이터에 오르면서 말입니다. 그 다음, 저는 10분도 걸리지 않아 도브레크가 묵고 있는 방을 알아냈죠. 게다가 그 전날 밤부터 한 부인이 옆방인 130호실에서 묵고 있다는 것도요. '우리가 제대로 찾아온 것 같은데!'라고 그로냐르와 르발류에게도 말해주었죠. 저는 부인의 방을 찾아가 살며시 노크했지요. 그런데 대답이 없더군요. 문도 잠겨 있고……."

"그래서요?"

클라리스가 물었다.

"우리는 문을 열었습니다. 생각해 보십시오. 문 열쇠가 세상에 단 하나밖에 없다는 법은 없지 않습니까? 저는 부인의 방으로 들어갔지만 아무도 없더군요. 그런데 옆방으로 연결되어 있는 문이 반쯤 열려 있기에 조심스럽게 그리로 들어갔습니다. 부인과 도브레크, 그리고 저는 커튼 한 장으로 가려져 있었죠. 저는 거기에 숨어 벽난로 위 선반에 담배상자가 놓여 있는 것을 보았죠."

"그럼 처음부터 수정마개를 숨겨놓은 곳을 알고 계셨던 거로군요."

"파리에서 도브레크의 서재를 뒤진 결과 담배상자가 없어졌다는 걸 알게 되었죠. 게다가……."

"게다가…… 뭐죠?"

"그 연인들의 탑에서 도브레크가 고문당할 때 '메리, 메리……' 하던 소리가 수수께끼를 풀게 해주었습니다. 도브레크의 방에서 담배상자가 없어졌을 때 메리라는 말은 다른 어떤 단어를 추리하게 해주는 단서였다는 것이 명백해졌습니다."

"그 말의 의미가 뭐였죠?"

"메릴랜드입니다. 메릴랜드 담배회사! 도브레크가 유일하게 피우는 담배죠."

그러고 나서 뤼팽은 웃기 시작했다.

"바보 같은 이야기죠? 역시 도브레크는 영리한 사람입니다. 우린 모든 물건과 장소를 뒤졌습니다. 심지어는 전구의 구리소켓까지 살펴보았었죠. 도브레크가 얼마나 똑똑한지 정말이지 생각하지 못했던 겁니다. 국가기관의 감독 아래 봉인하고 인지까지 붙인 메릴랜드 담배상자에 수정마개를 숨겼을 줄 그 누가 눈치챌 수 있었겠습니까? 그 누가 국가가 범죄의 공범자이며 전매청이 독직사건에 가담했다는 것을 상상이나 할 수 있었겠어요? 그런 일은 있을 수 없는 일이죠. 아무튼 27인의 명단을 숨긴 곳은 담배상자였습니다. 수정마개를 그 담배상자 안에 넣기 위해 도브레크는 조심스레 포장을 열고 교묘히 27인의 명단을 넣은 다음 겉으로 보기에는 아무런 이상이 없도록 원상 복구시켜 놓고 혼자 만족하고 있었던 겁니다. 우리가 파리에서 일일이 이 상자를 조사했더라면 숨긴 것을 발견했을 테지만 국가와 전매청이 만든 메릴랜드 담배상자를 누가 감히 열어보려 했겠습니까? 이런 까닭으로 도브레크는 이 담배상자를 다른 많은 담배상자에 섞어 테이블 위에 늘어놓았던 것입니다. 도브레크가 아니었다면 세상의 누구도 그 조그만 수정 덩어리를 감추기 위해 이렇게 복잡한 방법을 생각해내지 못했을 겁니다. 그리고 부인에게 또 한 가지 알려 드리고 싶은 게 있는데……."

뤼팽은 이렇게 말하는 동안 메릴랜드 담배상자와 수정마개에 대한 비밀, 그리고 그의 경쟁자의 날카로운 두뇌에 대해 생각의 날개를 펼치고 있었다. 그러나 클라리스는 아들을 구해내야 한다는 일념 때문에 이런 문제에 대해서는 그다지 관심을 갖는 것 같지 않았다. 그래서 중간쯤 이르러 클라리스는 뤼팽의 이야기에 그만 흥미를 잃고 말았다.

"확실하겠죠? 질베르를 구해내는 일 말입니다. 꼭 성공하겠죠?"

"자신합니다!"

"하지만 프라스비유는 파리에 없는 것 같던데……."

"파리에 없다면 아브르에 있을 겁니다. 어제 신문에 났더군요. 아무튼 우리가 어제 친 전보로 그는 다시 파리로 돌아올 겁니다."

"그것이 그렇게 영향력이 큰 것인가요?"

"그것만으로는 질베르나 보슈레를 사면시키긴 힘들 겁니다. 하지만 우리 쪽에서 그를 움직이게 만들 수는 있겠죠. 그리고 그 친구도 우리가 '물건'을 가져가는 이유에 대해 잘 알 겁니다."

"그건 그렇더라도 그 물건의 가치를 과대평가하고 있는 것은 아닌지요?"

"도브레크도 그런 생각이었을까요? 그래요, 어쩌면 도브레크도 그 명단의 진가를 몰랐을지 모릅니다. 그러나 그가 27인의 명단을 가지고 있다는 사실만으로 저지른 이런저런 일을 생각해 보십시오. 얼마나 세상이 시끄러웠습니까? 심지어 부인의 남편도 자살을 하게 만들었습니다. 지난 주엔 알뷔펙스 후작이 감옥에서 자신의 목숨을 끊었습니다. 과연 이런 일은 왜 일어난 것이죠? 마음 푹 놓고 안심하십시오. 우리가 명단을 소유하고 있는 한 우리가 원하는 건 무엇이든 요구할 수 있습니다. 그리고 상대가 누구든 우리의 부탁을 안 들어줄 수 없습니다. 우리가 요구하는 건 고작 이제 갓 스무 살 난 청년의 방면일 뿐입니다! 세상 사람들은 우리를 멍청하다고 할지도 모르죠. 왜냐하면 우리가 지금 손에 넣고 있는 것의 가치는 그야말로……."

그는 말끝을 맺지 못했다. 지쳤는지 클라리스가 졸고 있었다.

다음 날 아침 8시, 두 사람은 파리에 도착했다.

뤼팽이 클리시 광장의 자기 집에 도착했을 때 두 통의 전보가 이미 그를 기다리고 있었다. 한 통은 전날 아비뇽에서 르발류가 보낸 것으로 만사가 잘 되어가니 약속한 장소에서 만나자는 것이었고, 다른 한 통은 프라스비유가 아브르에서 클라리스 앞으로 보낸 것이었다.

월요일 아침까진 도착할 수 없음. 5시에 경찰국으로 와주시기 바람.

"5시라고요? 왜 그렇게 늦죠?"

클라리스가 의아해했다.

"아니오, 아주 적당한 시간입니다!"

뤼팽이 대답했다.

"하지만 만약……."

"만약 내일 아침에 사형이 집행되면 어쩌냐는 것이겠죠? 그런 걱정은 하지 마십시오. 사형은 이제 집행되지 않습니다."

"신문에는……."

"신문기사 따윈 잊어버리세요. 앞으론 읽지도 마세요. 신문에 난 것은 아무런 의미도 없습니다. 지금 중요한 건 우린 프라스비유를 만나야 한다는 것입니다. 그 밖의 일은……."

그는 찬장 서랍에서 작은 약병을 꺼내더니 그녀의 어깨에 손을 얹은 채로 다정하게 말했다.

"소파에서 한잠 주무시는 겁니다. 이 약을 두어 모금 드시고요."

"이게 뭐죠?"

"이걸 마시면 서너 시간 편히 주무실 수 있을 겁니다. 한잠 푹 주무시고 일어나면 한결 마음이 편해질 겁니다."

"싫어요! 전 그렇게 하지 않을 겁니다. 질베르는…… 질베르는 지금쯤 무척 고통스러울 텐데……."

"자, 마시세요."

뤼팽이 부드럽게 말했다.

결국, 클라리스는 약을 마셨고, 약효는 금방 나타났다. 이삼 분 뒤 클라리스는 아주 깊은 잠에 빠졌다.

뤼팽은 하인을 불렀다.

"신문을… 빨리! 사놓았지?"

"여기 있습니다, 두목!"

뤼팽이 신문을 폈다.

〈아르센 뤼팽의 일당들〉
믿을 만한 소식통에 의하면 아르센 뤼팽의 일당인 질베르와 보슈레에 대한 사형이 내일(화요일) 아침에 집행된다고 한다. 데이블러 씨는 교차로 광장에 설치될 단두대의 작동 여부를 검사하고 만반의 준비를 끝내놓았다고 한다.

뤼팽이 고개를 가로저었다.

"아르센 뤼팽의 일당들이라니! 아르센 뤼팽 일당들을 사형한다니! 젠장…… 하긴 구경거리로 치자면 그보다 더 좋은 구경거리는 없겠지. 그걸 보기 위해 얼마나 많은 군중이 그곳에 몰려들지 안 봐도 알겠군. 허나, 그들에겐 미안한 일이지만 막은 오르지 않아! 법원보다 더 높은 곳에서 특명이 떨어질 테니! 연극은 그것으로 끝이다!"

뤼팽은 가슴을 쭉 내밀고 거드름을 피우는 듯한 태도로 중얼거렸다.

"명령은 내가 한다!"

정오에 그는 리용에서 르발류가 보낸 전보를 받았다.

만사순조로움. 조금의 상처 없이 짐을 도착시켰음.

3시쯤 클라리스가 눈을 떴다. 그녀가 뤼팽을 보고 맨 먼저 한 말은 이것이었다.

"내일입니까?"

뤼팽은 대답하지 않았다. 그러나 그가 침착하게 미소짓는 것을 보곤 안도감이 들었다.

4시 10분, 그들은 집을 나섰다. 전화로 상관의 지시를 받은 프라스비유의 비서는 그들을 사무실로 안내했다. 5시 십오분 전이었다.

정각 5시, 프라스비유가 방으로 뛰어들어오며 소리쳤다.

"명단을 구했습니까?"

"네."

"이리 주시오."

프라스비유는 손을 내밀었다. 클라리스는 일어났지만 더 이상 아무런 반응을 보이지 않았다.

조금 주저하는 빛을 보이던 프라스비유는 이내 클라리스의 의중을 눈치채고는 자리에 앉았다. 도브레크를 집요하게 추적한 클라리스가 단지 복수심과 증오심만으로 그랬던 것은 아닐 것이었다. 거기에는 또 다른 이유가 있었을 것이다. 명단을 넘길 때 어떤 조건을 내걸 것이 틀림없었다.

"앉아서 말씀하시지요."

프라스비유는 타협하겠다는 태도를 보였다.

프라스비유의 권유에 따라 클라리스는 자리에 앉았지만 여전히 입을 다물고 있었으므로 프라스비유가 먼저 말문을 열었다.

"부인, 솔직히 말씀해 주십시오. 나로서는 27인의 명단이 필요합니다. 절실하게요!"

"만약……." 뤼팽의 코치를 받은 클라리스가 말했다. "만약 그 명단을 건네받길 원하신다면 저와 협상을 하셔야 합니다."

프라스비유는 이 말을 듣고 가볍게 웃었다.

"그걸 얻기 위해서 다소의 희생쯤은 지불할 용의가 있습니다."

"어떤 희생이라도 말입니까?"

클라리스는 정정했다.

"지금 '어떤 희생이라도'라고 말씀하셨나요? 그건…… 승낙

할 만한 범위 안이어야 한다고 생각합니다……."

"우리가 그 범위를 넘는 요구를 한다면 어떻게 하실 겁니까?"

클라리스의 태도는 강경했다.

"도대체 요구 조건이 뭐길래 그러십니까? 일단 얘기해 보시지요."

프라스비유는 차츰 인내심을 잃고 있었다.

"절 용서하세요. 하지만 고문관께서 우리와 협상을 하려고 하신다면…… 뭐랄까요…… 이 명단에 대해서만큼은 특별한 가치를 인정해 주시지 않으면 안 된다는 뜻입니다. 이것의 가치는 실제로 무한하니까요. 되풀이해 말씀드리지만 이 물건의 가치는 무제한입니다."

"동의합니다!"

프라스비유는 다소 불만스럽게 대답했다.

"그러니까 저는 이 일에 대해서 자초지종을 다 털어놓을 필요까진 없다고 생각합니다. 이 명단을 갖게 됨으로써 고문관께서 얻는 이득과 또 이 명단을 넘겨드림으로써 우리가 받는, 사실 대수로울 것도 없는 이익의 비중을 비교할 필요도 없다고 생각합니다."

프라스비유는 자제하고 있었다.

"무엇이든 요구 조건을 받아들이겠습니다. 그럼 되겠습니까?"

"실례를 용서해 주십시오. 그러나 한 가지 분명히 밝혀두고 싶은 것이 있는데, 고문관님께서 우리가 요구하는 일을 과연 혼자서 결정하실 수 있느냐는 겁니다."

"그게 무슨 말씀이시죠?"

"제가 묻고 싶은 것은, 반드시 확답하지 못한다 하더라도, 고문관님께서 저희의 조건을 처리해 줄 수 있는 능력이 있는지를 묻는 것입니다. 또한 그런 능력과 권한이 없을 때 제 조건을 받아들일 자격이 있는 분의 의견을 저에게 말씀해 주실 수 있느냐 하는 것입니다."

"그렇게 하도록 하죠."

프라스비유는 자신감 넘치는 어조로 대답했다.

"그러면 제 조건을 말씀드리겠습니다. 고문관님께서는 한 시간 안에 그에 대한 답변을 해주실 수 있으시겠죠?"

"물론입니다."

"그 답변은 정부의 답변이라고 할 수 있습니까?"

"여부가 있겠습니까?"

클라리스는 앞으로 몸을 약간 굽힌 다음 신중한 어조로 다시 물었다.

"그 답변이 엘리제 궁의 답변이더라도 할 수 있겠습니까?"

프라스비유는 놀라는 것 같았다. 그는 잠시 생각하더니 대답했다.

"네."

클라리스가 그의 대답을 이어받아 말했다.

"저는 고문관님께서 약속을 지킨다고 서약해 주실 것을 바랍니다. 제 조건이 요령부득일지라도, 제게 그 요구 조건의 동기에 대해선 묻지 말아주실 것도 아울러 부탁드립니다. 고문관님의 답변은 그저 가부간의 결정만을 해주는 것으로 충분하니까요."

"맹세코 그렇게 하겠습니다."

프라스비유가 내뱉듯이 말했다.

클라리스는 지금까지 볼 수 없었던 아주 긴장된 표정을 지었다. 한참 동안 침묵하더니 프라스비유의 눈을 뚫어져라 쳐다보면서 이렇게 말했다.

"27인의 명단을 질베르와 보슈레를 사면하는 조건으로 내드리겠습니다."

"네? 뭐요?"

프라스비유는 너무나 놀라 의자에서 벌떡 일어났다.

"질베르와 보슈레의 사면이라고요? 아니, 그 아르센 뤼팽의 부하들을?"

"그렇습니다."

"마리 테레즈 별장의 살인범들! 그들은 내일 사형이 집행됩니다!"

"네, 바로 그 사람들 말입니다!" 클라리스 역시 큰 소리로 맞받았다. "제가 원하는 건 그들의 사면입니다!"

"하지만 그건 제정신으로 하실 수 없는 조건 같은데요? 대체 이유가 뭡니까?"

"그건 묻지 말아달라고 분명히 말씀드렸을 텐데요. 벌써 약속을 깨뜨리려 하는 건가요?"

"그래… 그래요… 알고 있습니다. 그러나 상상도 못한 일이라서요."

"왜죠?"

"왜냐고요? 어디 이유가 한두 가집니까? 그들, 질베르와 보슈레는 이미 사형선고를 받았습니다. 더구나 사형의 집행 날짜가 내일입니다!"

"징역형으로 바꾸면 되지 않습니까? 그렇게 할 수 있잖아요."

"불가능해요! 이 사건은 처음부터 세인의 주목을 받아왔습니다. 이제 와서 판결 결과를 번복하는 건 세상 사람들이 용서치 않을 겁니다. 더구나 그들은 아르센 뤼팽의 일당 아닙니까?"

"그래서요?"

"그래서라뇨? 그런 조건은 가능하지 못하다는 겁니다. 이미 확정 판결이 났고, 사형 집행이 내일입니다! 돌이킬 수 없는 일입니다."

"제가 요구하고 있는 건 특별사면입니다. 특별사면은 법률적으로도 문제가 없을 겁니다."

"특별사면위원회에서는 이미 결정을 내린 걸로 알고 있습니다."

"저도 그 결정은 알고 있습니다. 그러나 공화국 대통령의 권한이라면 가능합니다."

"대통령은 거절할 겁니다."

"대통령이 재고하도록 해주십시오."

"불가능합니다."

"왜요?"

"아무런 구실이 없지 않습니까?"

"구실은 필요하지 않습니다. 특별사면의 권리는 절대적인 겁니다. 그 권리의 행사에는 아무런 제약도 없습니다. 그건 대통령의 고유 권한입니다. 공화국 대통령은 자기 양심에 따라, 아니 국가의 이익에 따라 그 권리를 행사할 수 있습니다."

"그러나 이미 때가 늦었습니다. 사형 집행은 이제 얼마 남지 않았습니다."

"대답을 얻는 데는 한 시간이면 충분합니다. 고문관님께서 그 대답을 얻어오시면 모든 일은 끝납니다."

"한마디로 미친 짓입니다. 부인의 요구는 무모합니다. 거듭 말씀드립니다만 불가능합니다."

"그럼 안 된다는 말씀이로군요."

"안 되죠, 당연히 안 됩니다! 그건 어떻게 할 수 없어요!"

"그렇습니까? 그렇다면 저는 조용히 물러나는 수밖에 도리가 없군요."

자리에서 일어나 클라리스는 대뜸 문 쪽으로 걸어갔다. 니꼴씨도 그녀의 뒤를 따랐다.

벌떡 일어난 프라스비유가 클라리스의 앞을 가로막고 섰다.

"어딜 가시는 겁니까?"

"비키세요! 협상은 결렬되었습니다. 27인의 명단에 대해 고문관님께서는 필요 없다고 하셨고 대통령도 그렇게 생각하시리라고 말하는데 더 이상 어쩌겠습니까?"

"가만, 잠깐만 기다리세요."

프라스비유가 말했다.

문을 잠근 그는 뒷짐을 지고 눈을 내리깐 채 방 안을 왔다갔다했다. 처음부터 끝까지 침묵으로 일관하던 뤼팽이 아주 조그마한 소리로 중얼거렸다.

"안달하는군! 뻔한 결과에 저런 허세를 부리다니! 프라스비유는 천재도 아니지만 바보도 아닌데, 자신의 원수에게 복수할 기회가 왔는데 그걸 깜빡 잊은 건가? 그래, 도브레크를 생각하겠지…… 아무튼 최후의 승리자는 누가 뭐래도 우리겠군!"

프라스비유가 자기 방과 특별비서관 사무실 사이의 작은 문을 열고 소리쳤다.

"라르티그 군! 엘리제 궁으로 전화를 걸어 아주 중대한 용건으로 찾아뵙겠다고 전해주게."

문을 닫고 돌아선 프라스비유가 클라리스에게 다가갔다.

"이 사건에 있어서 내 역할은 단지 부인의 요구를 중개하는 것뿐입니다."

"네, 그건 아무래도 좋습니다."

오랜 침묵이 계속되었다. 클라리스의 얼굴은 즐거움이 흘러 넘쳤다. 프라스비유는 이런 표정을 짓는 클라리스를 호기심에 찬 눈으로 지그시 바라보았다. 클라리스가 질베르와 보슈레의 사면에 힘쓰다니, 도대체 어떤 사이이기에? 그 두 사형수와 무슨 비밀스러운 연결고리라도 있다는 말인가? 이들 세 사람 외에 도브레크도 관계가 있는 걸까?

'열심히 머리를 굴려보게, 이 친구야. 자네 머리로는 아무리 머리를 짜내도 별 신통한 결론이 나오지 않을 테니. 우리가 질베르의 사면만을 요구했다면 짚이는 데가 있었을지도 모르지. 한데 덤으로 보슈레까지 포함시켰으니…… 자넨 당연히 속사정을 알 수 없지. 보슈레 녀석은 실제로 메르지 부인과 아무 관계도 없으니까 말이야. ……어라? 이젠 내 차례인가? 녀석이 나를 계속 쳐다보는군. 속으로는 이렇게 생각할 테지. 클라리스 메르지에게 온몸을 바치고 있는 니꼴 선생의 정체는 과연 뭘까? 이런 미처 니꼴 선생에 대해선 뒷조사를 못했군! 정말, 이상해. 직접적인 이해관계가 없는데 이번 일에 그토록 목을 매다니! 아무튼 이 친구도 질베르와 보슈레를 구하고 싶다 이 말이지. 도대체 이유가 뭐야? 뒷조사를 했어야 했는데…… 내 실수야. 이 시골 닭 같은 서생의 가면을 진작에 벗겨냈어야 했는데…… 수상해. 정말 수상해! 대체, 왜 이 녀석이 질베르와 보슈레를 구하려는 거야?'

뤼팽은 고개를 흔들어 프라스비유의 속마음을 떨쳐버렸다.

'니꼴 씨라고 자칭하고 있는 나를 의심하게 해선 안 되지. 잘못했다간 일이 꼬일 수도 있으니까.'

프라스비유의 비서가 대통령과의 면담은 한 시간 후라고 알려왔다.

"고맙네."

프라스비유가 비서에게 그렇게 말한 다음 고개를 돌려 클라리스에게 말했다.

"모든 일이 잘될 겁니다. 그러나 먼저 내가 맡은 사명을 다하기 위해서 상세한 정보가 필요합니다. 대체 그 명단은 어디서 찾아냈습니까?"

"우리가 생각한 대로 수정마개 안에 있었습니다."

클라리스가 말했다.

"그럼, 그 수정마개는 어디에 있었습니까?"

"이삼 일 전 도브레크가 라마르틴 거리의 자기 집 서재에서 가져갔던 물건 가운데 있었습니다. 저는 어제 그걸 도브레크에게서 빼앗았습니다."

"어떤 물건인데요?"

"그냥 담배상자입니다. 책상 위에 놓아두었던 메릴랜드 담배상자!"

프라스비유는 깜짝 놀랐다. 그리고 지그시 눈을 감고는 중얼거렸다.

"아, 미처 그걸 몰랐군… 나도 서재에서 그 메릴랜드 담배상자를 열 번도 넘게 만지작거렸었는데! 아, 이 얼마나 어리석은 일인가!"

"열 번 만지면 뭐합니까? 그걸 찾아내는 것이 중요한 거죠."

클라리스가 말했다. 프라스비유는 민망한 표정을 지었다. 패배감 같은 것이 그의 얼굴에 드리워졌다.

"그…… 명단은 물론 가지고 계시겠죠?"

"네."

"지금 가지고 계시다는 말이죠?"

"네."

"보여주십시오."

클라리스가 주저하고 있는 것을 보며 그가 말했다.

"아무 염려 마십시오. 명단은 분명 부인의 것입니다. 그것을 빼앗으려는 얄팍한 속셈으로 보자는 게 아닙니다. 물론 보고 나서 부인께 바로 돌려드리겠습니다. 저도 확실한 증거를 확인해야만 일을 진행시킬 수 있는 것입니다. 염려하지 마시고……."

클라리스는 니꼴 씨의 얼굴빛을 살피는 것으로 의논을 끝냈다. 그리고 나서 클라리스는 주머니에서 문제의 물건을 꺼냈다.

"이것입니다."

프라스비유는 놀랐다. 그것을 받아쥐고 한참 동안 들여다보더니 감격에 겨운 말투로 중얼거렸다.

"그래… 맞아! 비서의 필적이 틀림없어. 나는 그 친구의 필적을 잘 알고 있지. 그리고 회사 사장의 서명도… 빨간 서명… 그리고 무엇보다 나는 다른 결정적 증거를 가지고 있지. 왼쪽 귀퉁이의 찢어져 있는 부분과 아귀가 맞는 쪽지가 내게 있는데……."

그는 자기 금고를 열고 특별서류를 넣어두는 상자에서 작은 종이쪽지를 꺼내어 왼쪽 귀퉁이에 붙였다.

"됐다, 됐어! 딱 들어맞는군. 이젠 이 종이의 질만 확인하면 돼!"

클라리스의 얼굴빛이 밝아졌다. 그 모습을 지켜보던 뤼팽도 덩달아 기분이 좋아졌다.

프라스비유는 그 종이를 유리창에 바짝 갖다대고 비춰보았다. 기쁨에 들뜬 클라리스가 뤼팽에게 말했다.

"질베르가 오늘 밤 안으로 나오도록 부탁해야겠어요."

"당연하지요!"

"전 내일 아침에 우선 질베르를 만나고 싶어요. 프라스비유가 명단을 가지고 뭘 어떻게 하든 말입니다."

"원하는 대로 하십시오. 하지만 먼저 프라스비유가 대통령 관저에서 특별사면을 받아올 수 있느냐 하는 중대한 문제가 남아 있습니다."

"그건 별로 어려운 문제가 아니겠죠?"

"그럼요, 두고 보십시오. 꼭 그리 될 테니!"

프라스비유는 돋보기로 명단 종이의 질을 조사하고 있었다. 큰 종이쪽지를 작은 것과 비교해 가며 열심이었다.

"이걸 보십시오."

이윽고 조사가 끝난 듯 프라스비유가 땀을 닦으면서 말했다.

"이제야 겨우 확신이 섰습니다. 실례했습니다. 이 일은 여간 어려운 일이 아니니까요. 여러 가지 과정을 거쳐 조사했는데 결과는 아주 실망스럽습니다."

"무슨 말씀을 하시는 겁니까?"

클라리스가 물었다.

"조금만 기다려 주십시오. 무엇보다 먼저 명령해야 할 일이 있으니까요."

그는 아까와 같이 비서를 불렀다.

"즉시 대통령 관저에 전화를 걸어서 방금 한 약속을 취소해주게나. 죄송하다고 말씀드리고. 이유는 나중에 보고 드리겠지만, 뵙자는 일은 필요 없게 되었다고 말이야."

프라스비유는 문을 닫고 책상으로 돌아왔다.

벌떡 일어난 클라리스와 뤼팽은 숨막히는 긴장 속에서 프라스비유를 지켜보았다. 갑작스럽게 변한 상황의 까닭을 알 수가 없었다. 이 녀석이 갑자기 돌아버린 건 아닐까? 혹시 교묘한 수작을 부리려는 것일까? 명단이 손에 들어왔으니 일방적으로 약속을 깨뜨리겠다는 것일까?

프라스비유는 클라리스에게 명단이 적힌 쪽지를 내주었다.

"가져가시지요."

"가져가라고요?"

"아니면 도브레크에게 돌려주시던가."

"도브레크에게요?"

"차라리 불에 태워버리셔도 좋구요."

"그게 무슨 말이죠?"

"제가 부인의 입장이라면 불태워버릴 겁니다."

"왜 그런 말을 하시는 겁니까? 그런 터무니없는 말씀을!"

"그게 당연합니다."

"하지만 왜? 왜죠?"

"왜냐고요? 그 이유를 말씀드리죠. 그 27명의 명단에 대해서는 우리가 확실한 증거를 가지고 있습니다. 그건 바로 운하회사 사장이 쓰던 편지지입니다. 이걸 보십시오. 이 상자 안에도 견

본이 있으니까요. 보시다시피 이 견본에는 거의 보일까 말까 할 정도로 제조회사의 상표인 '로레인의 십자가'가 인쇄되어 있습니다. 보통은 잘 보이지 않습니다만 빛을 비춰서 보면 보입니다. 그런데 부인이 가져온 것에는 이 '로레인의 십자가'가 그려져 있지 않습니다."

뤼팽은 몸이 부들부들 떨려왔다. 클라리스를 차마 보지 못한 채 그녀가 더듬거리며 말하는 것을 들었다.

"그, 그러니까 도브레크에게 속았다는 건가요?"

"죄송한 일이지만 그렇습니다."

프라스비유가 말했다.

"도브레크는 진짜 명단을 따로 가지고 있을 겁니다. 그가 죽어가는 병자의 금고에서 훔쳐낸 진본 말입니다."

"그럼, 이건 뭡니까?"

"그건 위조된 것입니다."

"위조라구요?"

"네, 진짜처럼 보이지만 자신하건대 위조입니다. 이건 도브레크의 교묘한 속임수란 말입니다. 그는 수정마개를 가지고 당신을 농락한 겁니다. 당신이 수정마개를 찾고 있으니까 정작 그 안에다가 엉터리 물건을 넣어둔 겁니다. 이건 휴지쪽지에 불과합니다."

프라스비유는 더 이상 아무 말도 하지 않았다. 몸이 단 클라리스가 한 발짝 프라스비유에게 다가갔다.

"그래서요?"

"그래서라뇨, 부인……?"

"고문관님께선 거절하신다는 건가요?"

"네, 거절합니다. 저로선 선택의 여지가 없군요."

"그래도 상황이야 어찌 됐든 이번 타협을 계속 진행시켜야 되지 않을까요?"

"생각해 보십시오, 부인. 어떻게 타협을 진행시킨다는 거죠? 할 수 없는 거래입니다. 아무런 가치도 없는 이 따위 쪽지를 증거로 삼을 수는……."

"고문관님께서는 끝내 거절한다, 거절이다, 이런 말씀이시죠? 내일 아침이면…… 몇 시간만 지나면 질베르는……."

클라리스의 얼굴이 창백해졌다. 흡사 죽음의 그림자가 드리워진 사람의 얼굴 같았다. 시선은 초점을 잃고 이빨은 덜덜 떨렸다.

뤼팽은 클라리스가 지금 입 밖에 내려고 하는 말이 아무런 소용도 없고 위험만 몰고 올 뿐이라는 것을 알고 그녀의 어깨에 손을 얹으며 자기 쪽으로 끌어당기려고 했다. 클라리스는 두서너 발자국 끌려왔으나 강하게 저항했고, 그러다 갑자기 비틀거렸다. 그러다가 프라스비유 쪽으로 달려가 아무 데나 붙잡고 늘어졌다.

"고문관님! 제발 엘리제 궁으로 가주세요. 제발 지금 가주셔야 합니다. 그러지 않으면 안 됩니다! 질베르를 꼭 살려내야 합니다!"

"부인, 제발 침착해 주시기 바랍니다."

"침착하라고요? 하지만 질베르는 내일 아침…… 아, 무섭습니다. 그건 정말 무서운 일입니다. 어쨌든 제발 가셔서 특별사면을 받아주십시오. 고문관님께서는 모르시나요? 질베르는…… 질베르는 제 아이랍니다. 제가 낳은 아들이란 말입니다!"

이 말에 프라스비유는 외마디 비명을 내질렀다. 그 놀라움은 클라리스의 손에 비수가 번뜩이는 것으로 해서 더욱 커졌다. 그녀는 시퍼런 날을 자신에게로 돌려세웠다. 그러나 그 행동은 니꼴 씨에 의해 저지되었다. 니꼴 씨가 재빨리 클라리스의 팔을 잡아 비틀어서 흉기를 빼앗았다. 니꼴은 클라리스를 꼼짝하지 못하게 한 뒤 이렇게 말했다.

"부인! 이게 무슨 짓입니까? 제가 그 애를 구출해내겠다고 맹세한 이상…… 아무쪼록 그 애를 위해서라도 자중하셔야 합니다. 질베르는 결코 안 죽습니다. 왜 죽겠습니까? 제가 부인께 맹세하지 않았습니까!"

"질베르, 아, 내 아들!"

클라리스는 신음했다. 그는 그녀를 자기 쪽으로 끌어당겼다. 그리고 손으로 입을 틀어막았다.

"이제 그만… 아무 말도 하지 마십시오. 정말 더는 말하시면 안 됩니다. 질베르가 죽는 일은 결코 없을 겁니다!"

니꼴은 가까스로 클라리스를 안심시킨 다음 밖으로 데리고 나갔다. 클라리스는 멍한 상태였다. 문을 닫기 전 니꼴, 아니 뤼팽이 프라스비유를 돌아보았다.

"좀 기다려 주시죠! 진짜 27인의 명단이 꼭 필요하다면 말입니다. 한 시간 내지 두 시간 안으로 다시 돌아오죠. 그때 다시 이야기하기로 하죠."

클라리스를 부축한 뤼팽이 그녀에게 말했다.

"부인, 기운을 내십시오. 질베르를 생각하셔야죠. 끝까지 포기해서는 안 됩니다!"

뤼팽은 복도를 가로질러 계단을 내려갔다. 마치 인체모형이라도 다루듯 그녀를 조심스럽게 부축해가며 두 개의 뜰을 지나 거리로 나섰다.

그 사이 프라스비유는 너무 놀란 나머지 아무것도 할 수가 없었다. 차츰 냉정함을 회복하고 나서야 그는 스스로를 되돌아볼 수 있게 되었다. 그는 니꼴 씨의 태도를 생각해보았다. 처음에는 니꼴이라는 사나이가 대사 하나 없는 단역배우 즉 클라리스 옆에서 하찮은 일을 돕는 자에 불과하다고 생각했었다. 그러나 마비상태에서 깨어난 지금, 그의 눈에 비친 니꼴은 스포트라이트를 한몸에 받는, 한마디로 관객을 압도하는 주연배우였다. 그에게는 운명의 역풍을 밀어젖힐 듯한 위세와 기풍이 있어 보였다. 그렇다면, 과연 이런 주연배우를 해낼 만한 인물은 누구란 말인가?

프라스비유는 몸을 부르르 떨었다. 니꼴 씨의 얼굴과 모습은 뤼팽과 비슷한 데가 하나도 없었다. 그가 알고 있는 뤼팽과는 큰 차이가 있었다. 키도 틀리고 체격도 달랐다. 그러나 뤼팽의 힘의 원천은 귀신도 속인다는 변장술에 있지 않은가? 그렇다! 의심의 여지가 없었다. 언젠가 도브레크가 뤼팽을 잡아가라고 전화했던 일이 떠올랐다.

"그렇다! 뤼팽이다. 그 녀석이 아니고서야 어디 이렇게……."

프라스비유는 급히 수화기를 들어 근무 중인 형사반장을 불러들였다.

"자네, 내내 대기실에 있었나?"

"네, 고문관님."

"부인 한 사람과 신사 한 분이 함께 나가는 것을 보았겠지?"

"네, 봤습니다."

"서두르게 형사반장! 형사 여섯 명을 데리고 가게. 클리시로 가서 니꼴이라는 사람의 집을 찾아내 지키도록 하게. 그자는 아마 집으로 가는 중일 거야."

"그가 돌아오면 어떻게 할까요?"

"영장을 줄 테니 언제든 체포할 수 있도록 대기하게. 감시를 늦춰선 안 돼!"

그는 책상 앞에 앉더니 영장에다가 이름을 적었다.

"자, 나는 수사과장에게 가 있을 테니까." 형사반장은 놀랐다.

"그러나 고문관님, 아까는 니꼴이라고 하지 않으셨습니까?"

"그게 뭐 어쨌다는 거지?"

"이 영장에는 아르센 뤼팽이라고 쓰여 있습니다."

"아르센 뤼팽과 니꼴이라는 사내는 동일 인물이야!"

단두대

"난 질베르를 구출한다! 암, 그렇고 말고!"

뤼팽은 클라리스와 함께 탄 택시 안에서 몇 번이고 이 말을 되뇌었다.

"암, 맹세코 구출해낸다!"

클라리스는 온몸이 마비되어버린 것 같았다. 죽음의 악몽에 계속 시달려 온 탓인지 아예 주변에서 일어나는 일들에 대해 무감각해진 것 같았다.

뤼팽은 클라리스를 위로하고 이해시킨다는 의미에서보다는 스스로의 확신을 위해 자기가 세운 계획을 설명하기 시작했다.

"아직 우린 게임에서 진 것이 아닙니다. 아직 시간은 남아 있습니다. 전 국회의원 보렝글라드가 도브레크에게 팔려고 했던 편지나 서류가 있을 겁니다. 전 이 편지와 서류를 스타니슬라스 보렝글라드에게서 살 겁니다. 까짓 값은 그쪽에서 부르는 대로 내죠 뭐! 그런 다음 우리는 다시 경찰국으로 가 프라스비유에게 말하는 겁니다. '엘리제 궁으로 가주시오. 그 명단은 진짜와 다름없소. 우선 질베르를 구해주시오!'라고요. 질베르만 구출된다면 내일 명단이 가짜라는 것이 밝혀진들 어떻겠습니까? 자, 서두르세요. 그렇지 않으면…… 보렝글라드의 이 편지와 서류가 내일 아침 어느 큰 신문에 실리게 될 겁니다. 보렝글라드가 체포되고 이어 그날 밤 안으로 당신도 체포될 겁니다. ……됐다, 됐어! 이렇게 하면 실패할 리 없지. 일전에 도브레크의 수첩에서 보렝글라드의 숙소를 알아두었어요! 이봐, 라스페일 대로로 차를 몰게!"

자동차는 지시한 장소에 도착했다. 뤼팽은 차에서 뛰어내리자마자 번개같이 집으로 들어갔다. 하녀는 보렝글라드 씨가 여행 중이며 내일 저녁에야 돌아온다고 말했다.

"그럼, 어디로 가셨는지는 알고 있소?"

"나리께서는 런던에 가셨습니다."

뤼팽은 되돌아와서 차를 탔으나 말은 한마디도 하지 않았다. 클라리스도 또한 입을 꾹 다문 채 침묵을 지켰다. 그녀는 질베르의 죽음을 기정사실로 받아들이고 있었기 때문에 모든 일에 체념하고 있었다.

운전사는 클리시 거리까지 차를 몰았다. 뤼팽이 집에 도착했을 때 두 사람이 스쳐지나갔다. 뤼팽은 그들이 프라스비유가 보낸 경찰이라는 것을 알아차렸다.

"어디서 전보 온 것 없나?"

그는 안으로 들어가 아씰에게 물었다.

"없습니다, 두목."

"르발류나 그로냐르로부터도 아무 소식 없었고?"

"네."

"하긴…… 그건 당연한 일이지."

뤼팽은 클라리스에게 이렇게 말했다.

"아직 7시밖에 안 되었어요. 8시나 9시가 되면 오겠지요. 프라스비유가 그때까지 기다려줘야 할 텐데…… 일단 기다리라고 전화나 해둬야겠습니다."

다이얼을 돌리고서 수화기를 귀로 가져왔을 때 뒤에서 신음소리가 났다. 테이블 곁에 서서 그날 석간을 읽고 있던 클라리스가 가슴에 손을 얹은 채로 쓰러져버린 것이다.

"아씰, 아씰! 어서 이리 오게!"

뤼팽은 부하를 소리쳐 불렀다.

"부인을 침대로 눕히도록 도와주게. 그리고 선반에서 4번 병을 찾아와. 거기 수면제가 들어 있으니!"

그는 칼끝으로 클라리스의 꼭 다문 위아래 이를 벌린 다음 병속의 수면제를 부어넣었다.

"됐어. 이제 내일 아침까진 깨지 않을 거다. 그리고……."

뤼팽은 클라리스가 움켜잡고 있는 신문 쪽으로 눈길을 돌렸다. 거기엔 다음과 같은 기사가 실려 있었다.

질베르와 보슈레의 사형 집행 당일, 혹시 있을지도 모를 뤼팽의 부하 구출 작전에 대비하여 엄중한 경계가 펼쳐질 것이라고 한다. 실제로 상테 교도소로 통하는 모든 길 요소요소에 군대가 동원되어 경계하고 있다. 참고로 말하면 사형집행은 교도소 앞 아라고 가 교차로에서 행해질 것이라고 한다.

본사는 사형선고를 받은 두 죄수의 태도에 관한 정보를 얻는 데 성공했다. 보슈레는 늘 콧방귀만 뀌면서 거리낌없이 운명의 순간을 기다리고 있다. 그는 자주 이런 말을 한다. '이거 재미없는데…… 그러나 어차피 이렇게 된 바에야 점잖게 있는 게 낫겠지.' 또한 '난 죽는 것에는 신경 쓰지 않아. 다만 이 목이 잘린다는 것이 괴로울 뿐이야. 아, 두목이 저 세상으로 데려가준다면 기꺼이 따라나설 텐데…… 두목, 청산가리 좀 주실 수 없겠습니까?'라고 지껄이고 있다.

질베르의 침착성은 이와 견줄 때 아주 인상깊다. 더구나 그가 법정에서 보인 그 얼빠진 태도와 비교할 때 한층 더 감명이 깊다. '두목은 두려움을 갖지 말라고 항상 이야기했다. 언제 어느 때라도 자신이 모든 책임을 떠맡을 거라고 했다. 나는 조금도 두렵지 않다. 최후의 날, 최후의 순간, 아니 단두대 위에서도 나는 두목에 대한 신뢰를 저버리지 않을 것이다! 나는 아무런 걱정을 하지 않는다. 그는 약속했다. 그러므로 그는 약속을 꼭 지킬 것이다. 천하의 아르센 뤼팽이 어찌 자기 부하를 죽게 내버려두겠는가!

그럴 리가 없다. 하늘이 무너져도 무슨 수를 쓸 테니 두고 봐라!'
질베르의 말은 흥분 속에서도 사람을 묘하게 감동시키는 그 무엇이 있다. 우리는 아르센 뤼팽이 이런 맹목적인 신뢰를 받을 만한 인물인가를 내일 확인하게 될 것이다.

뤼팽은 흘러내리는 눈물로 기사를 끝까지 읽을 수가 없었다. 자신은 이 가련한 질베르의 신뢰를 한몸에 받을 만한가? 적어도 지금으로서는 그럴 자격이 없지 않은가. 아무튼…… 뤼팽은 운명을 거스를 작정이었다.

그래도 현재는 운명 쪽이 뤼팽보다 훨씬 유리한 위치에 있었다. 생각해 보면 첫날부터 이 슬픈 모험은 그들의 예상을 뒤엎고 비논리적으로 발전되어 갔다. 클라리스와 그는 결국 동일한 목적을 위해 힘을 합해야 할 처지였는데도 처음 얼마 동안은 서로 맞서 싸웠다. 두 사람이 힘을 합치게 된 이후에도 재난은 잇따랐다. 예를 들면 쟈크의 납치사건, 도브레크의 행방불명, 연인들의 탑 유폐와 뤼팽의 부상, 허탕만 친 그 밖의 활동, 그리고 클라리스를 유인해 낸 도브레크의 잔꾀, 남프랑스에서 이탈리아까지의 방황…… 무엇보다도 가장 큰 재난은 계속되는 고난의 극복과 하늘의 도움으로 얻은 수정마개-27인의 명단이 휴지보다 못한 것이 되어버린 것이었다.

'완전한 패배다. 도브레크에게 복수하기 위해 그를 몰락시키고, 설령 죽인다고 해도 진짜 패배자는 역시 아르센 뤼팽 나일 것이다.'

다시 한줄기 눈물이 흘러내렸다. 그러나 그것은 분노의 눈물이 아니라 실망과 낙담의 눈물이었다. 질베르는 죽게 된다. 그가 아들이라고까지 불렀던, 아니 그가 가장 믿고 아끼고 사랑하던 동지가 이제 몇 시간만 지나면 영원히 이 세상에서 사라진다. 이미 가능한 계획은 다 실행해 보았다. 그러나 그 어떤 계획을 실행한다 한들 그것이 실효를 거둘 가능성은 없다.

자신의 무능을 인정하게 된 뤼팽은 르발류가 보낸 다음과 같은 전보를 받고도 별로 충격을 받지 않았다. 그저 담담했다.

차 사고 발생. 엔진 파손. 수리 때문에 시간소요. 내일 아침도착.

운명은 이제 최후의 증거를 내민 것이다. 그는 운명이 내린 이번 결정에 대해 아무런 반항도 하지 않았다. 아니, 이미 반항할 수조차 없었다.

뤼팽은 클라리스를 보았다. 그녀는 깊은 잠에 빠져 있었다. 모든 걸 잊을 수 있는 그녀가 부러웠다. 아니, 뤼팽은 그녀의 망각에 대해 시샘하는 마음이었다. 갑자기 비겁한 생각에 사로잡힌 뤼팽은 조금 전 클라리스에게 먹인 마취제가 든 병을 들어 마셨다. 그것도 반 이상을!

뤼팽은 자기 방으로 가 아씰을 불렀다.

"아씰, 너도 가서 자거라. 어떤 일이 있어도 날 깨우지 마라!"

"뭐 좀 사정이 달라진 게 있나요?"

"아직은…… 없다."

"그럼, 질베르와 보슈레는 내일 사형을 당하는 겁니까?"

"이대로 주저앉을 수는 없겠지. ……날 믿어라."

20분 뒤, 뤼팽은 코를 골기 시작했다. 밤 10시였다.

그날 밤 교도소 주변은 아주 시끄러웠다. 새벽 1시에는 샹테 가와 아라고 가 등 교도소로 통하는 모든 길에서 검문 검색이 이루어졌다. 군인과 경찰은 신분증을 요구했다. 신분증을 보여주지 않고서는 그 누구도 교도소 주변의 길을 통과할 수 없었다. 자못 삼엄한 경비였다.

비가 억수같이 쏟아졌다. 아무리 볼 만한 구경거리라고 해도 이런 궂은 날씨라면 사람은 그리 많이 모이지 않을 것이다. 특명이 내려졌다. 새벽 3시쯤엔 모든 술집들의 문을 닫도록 하라! 4시, 2개 중대의 군 병력이 길가에서 야영을 했다. 또 1개 대대는 아라고 가를 점령하여 비상시를 대비했다. 군인들 사이로 경찰들의 모습도 간간이 보였다.

단두대의 시퍼런 칼날이 설치되는 동안 거리의 교차로에는 해머를 내리치는 듯한 무시무시한 소리가 들렸다. 이윽고 5시가 되자, 억수같이 내리꽂히는 빗줄기 속에서도 군중들이 하나둘 모여들기 시작했다. 더러는 노래를 부르는 사람도 있었다. 단두대 주변에 구경꾼이 다가오지 못하게 장벽을 쳐놓았는데, 그렇게 되면 군중의 입장에서는 단두대에 오르는 사람의 얼굴조차 볼 수가 없었다. 이 때문에 군중들은 한동안 소란스럽게 떠들어댔다.

몇 대의 차가 잇따라 도착했다. 그 가운데 검은 옷을 입은 사형집행인도 끼어 있었다. 그걸 보자 구경꾼들은 제각기 환성을 질러대거나 욕을 퍼부었다. 말을 탄 경찰대가 밀려든 인파를 헤치고 교차로 광장까지 약 3백 야드의 길을 터주었다. 그 주변에 새로이 2개 중대의 군인이 경비에 나섰다.

갑자기 어둠을 뚫고 한줄기 빛이 쏟아졌다. 곧이어 비가 멎고 구름이 걷혔다. 이 신기한 자연현상은 군중들로 하여금 무언가 입을 다물 수밖에 없는 엄숙함을 느끼게 했다.

교도소 안에서는 사형수 감방 앞 복도에서 검은 옷을 입은 사람들이 뭔가 수군대고 있었다.

프라스비유는 검찰총장과 이야기를 주고받고 있었다. 검찰총장의 얼굴에는 걱정의 빛이 떠올라 있었다.

"너무 걱정하지 마십시오. 어떤 일도 일어나지 않을 겁니다. 단언할 수 있습니다."

프라스비유가 말했다.

"수사과장의 보고에 뭔가 수상쩍은 움직임이 있다는 내용은 없었습니까?"

"없었습니다. 더욱이 보고에 의하면 우리가 뤼팽을 당장 잡아들일 필요도 없다고 했습니다."

"잡아들일 수는 있긴 있는 건가요?"

"물론 가능합니다. 저는 그놈이 숨어 있는 은신처를 알아냈습니다. 뤼팽은 클리시 가에 있는 자기 집에 어젯밤 7시에 들어갔습니다. 그래서 부하들을 풀어 줄곧 집을 포위 중입니다. 뿐만 아니라 그놈이 제 부하를 구출해내려고 하는 계획까지도 저는 모조리 알고 있습니다. 허나 최후의 순간에 이르러 그 계획은 수포로 돌아갔습니다. 그러니 우린 아무것도 두려워할 게 없습니다. 사형은 예정대로 집행될 수 있습니다."

시계가 시간을 알리자 그들은 보슈레를 먼저 지목했다. 간수가 감옥의 문을 열었다. 침대에서 내려선 보슈레는 안으로 들어온 사내를 공포에 찬 눈빛으로 바라보았다.

"보슈레, 할 얘기가 있다."

간수가 말했다.

"입 닥쳐! 난 당신이 무엇을 하고자 온 건지 다 알고 있어!"

그는 가능한 한 이 일을 빨리 끝내고 싶다는 태도였다. 고해사가 미사를 보기 위해 들어왔다. 보슈레는 침통한 표정으로 이렇게 말했다.

"아무 소리 말아주시오! 뭐? 나더러 고해사에게 참회하라고? 나는 사람을 죽였어. 남을 죽였으면 자기도 죽어야 한다는 것쯤 나도 알고 있어. 자, 고해 따윈 집어치우고 어서 갑시다!"

그러나 그때 그가 이렇게 물었다.

"그런데 말이오…… 내 동료도 사형을 당하나요?"

질베르도 그와 함께 사형이 집행된다는 대답을 들었다. 보슈레는 흠칫 놀라는 얼굴을 했다. 주변 사람들을 힐끗 쳐다보더니 중얼거리듯이 이렇게 말했다.

"잘됐어. 우린 함께 일했지. 그러니까 죽음의 술잔도 함께 받아야 당연한 거야."

간수가 감방에 들어갔을 때 질베르는 자고 있었다.

질베르는 침대에 앉아 사형 집행이 떨어졌다는 말을 들었다. 그는 일어나려고 하다가 돌연 울음을 터뜨렸다.

"아, 불쌍한 우리 어머니…… 불쌍한 우리 어머니!"

그는 지금까지 한 번도 자기 어머니의 이야기를 한 적이 없었기에 어머니를 부르는 걸 듣고 사람들은 깜짝 놀랐다. 그는 울음을 그치고 분노를 터뜨렸다.

"나는 사람을 죽인 적이 없어! 나는 죽고 싶지 않아! 난 결코 사람을 죽인 적이 없어!"

"질베르, 사내답게 행동하게!"

그들이 말했다.

"그래요, 시끄럽게 굴진 않겠소! 그러나 난 사람을 죽인 일이 없는데 왜 죽어야 하는 거죠?"

그의 이빨이 덜그럭거리는 소리를 냈으므로 아무도 그의 말을 제대로 알아들을 수가 없었다. 그는 참회를 끝냈다. 고해사가 시키는 대로 미사도 받았다.

다시 평정을 되찾은 그는 유순한 어린애 같은 목소리로 체념한 듯 이렇게 말했다.

"어머니에게 용서를 빈다고 전해주시오."

"자네 어머니에게?"

"네, 제 말을 신문에 내주면 됩니다. 그러면 어머니께서 이해하실 겁니다. 그리고……."

"그리고 또 뭔가?"

"나는 지금 이 순간에도 두목에 대한 신뢰를 버리지 않고 있습니다."

질베르는 혹시나 하여 주변 시중꾼들을 눈여겨보았다. 두목이 변장을 하고 거기에 끼어 있지 않을까 하고 보는 것 같았다. 허나 소용없는 소망이었다.

"그렇습니다. 아직 두목을 믿고 있습니다. 두목께서도 그걸 알아주실 겁니다. 두목은 죄 없는 나를 죽도록 내버려두지 않을 겁니다. 나는 믿고 있습니다!"

질베르의 신념은 거의 종교적인 것으로 보였다. 그가 응시하는 눈길, 그것은 확실히 뤼팽의 그림자를 찾고 있었으며 뤼팽이 갑자기 나타나 자신을 구출해줄 것이라는 확신에 차 있었다.

질베르는 팔다리가 묶여져 있는데도 난동을 부리지 못하도록 구속복(拘束服)까지 입혀졌다. 게다가 수많은 구경꾼과 경비원이 그를 지켜보고 있어 달아난다는 것은 사실상 불가능했다. 뤼팽일지라도 말이다! 사형 집행인은 무정한 손을 비벼대면서 단두대를 내릴 시간을 기다리고 있었다. 그러나 이 마지막 순간에도 질베르는 한 가닥 희망을 저버리지 않았다.

질베르를 바라보는 사람들의 마음은 비통했고, 눈은 금세 눈물로 흐려졌다.

"아, 불쌍한 아이로군!"

어떤 사람이 말했다.

프라스비유도 그 말에 동감했다. 클라리스의 일이 떠오르자 가볍게 고개를 끄덕였다.

"아, 불쌍한 친구!"

마침내 때가 왔다. 모든 준비는 끝났다.

보슈레와 질베르는 복도에서 만났다. 보슈레는 질베르를 보면서 냉소를 던졌다.

"이봐, 질베르, 정신차려! 두목은 우릴 버렸어!"

그 다음 보슈레는 프라스비유 이외엔 아무도 알아들을 수 없는 말을 덧붙였다.

"두목은 저 혼자 수정마개를 차지하려는 속셈이었을 거야!"

그들은 계단을 내려가 감방 뜰을 가로질렀다.

대문이 열리자 빛이 쏟아져 들어왔다. 사람들이 떠들어대는 소리가 멀리서 들려왔다.

그들은 교도소의 담을 끼고 돌았다. 질베르는 고개를 떨군 채 거의 기어가다시피 걸었다.

드디어 시퍼런 칼날이 위로 치켜올려진 단두대가 보였다. 질베르는 고해사의 부축을 받으면서 십자가에 입을 맞추었다. 그러나 곧 태도가 돌변하여 소리쳤다.

"아냐, 아냐! 난 죽이지 않았어! 결코! ……살려줘! 살려줘!"

질베르의 목소리는 허공에서 공허하게 메아리쳤다. 아랑곳하지 않고 사형 집행관이 신호를 보냈다. 교도관들이 먼저 보슈레를 단두대 위로 끌어올렸다.

그때였다. 갑자기 건너편 건물 쪽에서 총소리가 들렸다. 교도관들이 동작을 멈추었다. 바로 그 순간, 그들이 부축하고 있던 보슈레의 고개가 축 늘어졌다.

"어찌된 거지? 대체 어떻게 된 거야?"

소란이 일기 시작했다.

"총에 맞았어!"

보슈레의 이마에서 피가 흘러내렸다. 그런데 그 보슈레는 남이 알아들을까 말까한 작은 목소리로 이렇게 중얼거렸다.

"자, 됐어…… 이젠 됐어. 고맙소, 두목. ……내 목은 이제 잘리지 않겠지. ……아, 두목…… 고맙소. 정말로 훌륭해!"

"사형을 집행하라!"

혼잡한 가운데 명령조의 목소리가 군중들 사이로 울렸다.

"그러나 이미 죽었습니다."

"자…… 어서 사형을 집행해!"

소동이 극에 달하자 사형 집행관은 고래고래 소리를 질렀다.

"빨리, 사형을 집행해! 판결에 따라 얼른 수속을 끝내야 할 것 아닌가? 도중에 그만둘 권리는 없다! 그건 비겁한 일이다! 빨리, 집행하라!"

"그러나 이미 죽은 사람입니다!"

"죽었으면 어떻다는 건가? 재판소의 판결은 반드시 집행하게 되어 있다. 빨리 집행하라!"

두 사람의 교도관과 경찰 두 명이 질베르를 지키고 있었다. 그 옆에서 고해사가 이의를 제기했다. 두 명의 교도관이 시체를 들어 단두대 아래쪽으로 옮겼다.

"자, 집행하는 거다…… 그리고 다음 녀석도…… 시간을 낭비해선 안 돼!"

얼이 빠진 사형 집행관은 풀이 죽은 소리로 지껄였다.

그 말이 끝나기가 무섭게 또 한 방의 총소리가 울렸다. 집행관은 한 바퀴 빙 돌더니 그 자리에서 고꾸라졌다.

"아무것도 아니야. 어깨를 좀 다친 것뿐이다. 한 놈을 집행하고 그 다음엔 남은 하나도 마저 해야 한다……."

고꾸라져서도 이렇게 소리치는 집행관과는 달리 보슈레와 질베르를 끌고 왔던 교도관들은 완전히 얼이 빠져버렸다. 단두대 주변은 혼란스럽기 짝이 없었다.

경찰, 군대, 사형선고를 받은 자, 고해사, 교도관들은 모조리 교도소 쪽으로 몰려갔다.

위험을 무릅쓰고 한 무리의 경찰과 군대가 총소리가 난 쪽으로 달려갔다. 3층의 낡은 건물이었다. 이 건물의 1층에는 두 개의 조그만 가게가 있었는데, 문은 굳게 닫혀 있었다. 처음 총소리가 났을 때 3층 창에 한 사나이가 손에 화약연기가 나는 총을 들고 서 있는 것이 보였었다.

문 앞에서 초인종을 눌렀지만 대답하는 사람이 없었다. 몰려간 군경들이 문을 부수기 시작했다. 이삼 분이 채 못 되어 문은 완전히 부서졌다. 그들은 우르르 계단 쪽으로 몰려갔다. 계단 입구에는 온갖 장애물이 놓여 있었다. 의자, 침대, 가구가 질서 없이 쌓여 마치 바리케이드와도 같았다. 그걸 치우고서 오르는 데 사오 분쯤 시간이 소요됐다.

군경들이 2층에 이르렀을 때 소리치는 사람이 있었다.

"여러분, 여깁니다. 열여덟 계단만 더 올라오시오. 이런 소동을 일으켜서 죄송합니다!"

그들은 소리가 나는 쪽으로 18계단을 더 올라갔다. 그러나 그곳은 창고 앞이었다. 더욱이 그 창고에 이르기 위해서는 사다리를 타고 올라가야만 했다. 답답한 건 도망자는 이미 사다리를 타고 건너가 문을 굳게 잠가버린 참이었다. 게다가 사다리 또한 도망자가 치워버렸다.

이 전대미문의 소동은 즉각 대단한 반향을 불러일으켰다. 신문은 호외를 냈다. 호외를 외치는 신문팔이의 소리가 파리의 가로를 누비는 동안 파리는 분노와 격정, 그리고 걱정스런 호기심으로 들끓었다.

경찰청에 비난의 화살이 쏟아졌다. 통신, 전보, 전화가 쉴새없이 이어져 경찰청의 업무는 거의 마비상태였다.

오전 11시, 경찰국 고문관실에서 회의가 열렸다. 프라스비유도 참석했다. 수사과장이 그간의 수사 경위를 설명했다. 그 요지는 다음과 같았다.

그 전날 밤 아라고 가 문제의 집 앞에서 벨을 누르는 사내가 있었다. 가게 뒤쪽으로 난 1층 구석에서 자고 있던 문지기가 누구냐고 물었다. 그 사내는 내일 사형 집행에 관한 급한 일로 경찰에서 나온 사람이라고 말했다. 그러나 문을 열자마자 문지기는 급소를 한 대 맞고 재갈에 물려 묶여졌다.

그로부터 10분 뒤 2층에 살고 있는 부부가 집에 돌아왔다. 이 부부도 문지기와 같은 꼴이 되었다. 또한 3층에 세들어 사는 사람도 예외는 아니었다.

"이런, 그렇게 간단하게 해치우다니! 그러나 더욱 중요한 점은 그가 어떻게 범행을 저지르고서 도망갈 수 있었느냐 하는 거야."

쓴웃음을 지으며 경찰국장이 말했다.

"국장님. 이 점을 주의 깊게 들어주시기 바랍니다. 그 사내는 밤 1시에서 새벽 5시까지 벌써 도망갈 구멍을 용의주도하게 만들어놓은 상태였습니다."

"그래, 어떻게 어디로 도망갔다는 말인가?"

"지붕을 타고서요. 그곳에서는 옆길 쪽의 집, 즉 글라시에 가로 통하는 집의 지붕과 그리 멀리 떨어져 있지 않았습니다. 지붕과 지붕 사이의 거리가 고작 3야드 정도였습니다. 그러니까 그곳을 건너 도주한 것입니다."

"3야드라 해도 몸을 놀리기가 힘든 지붕 위에서는 건너뛰기가 쉽지 않았을 텐데?"

"그래서 그놈은 창고의 사다리를 걷어다가 지붕 사이에 걸쳐놓고 건 간 겁니다. 그 옆 건물로 가서는 빈 다락방을 통해 뒷담을 타고 글라시에 가로 내려간 다음 주머니에 손을 넣고 유유히 사라진 것입니다. 그놈은 미리 치밀하게 준비를 해놓았으므로 조금도 방해받지 않고 간단하게 탈출할 수 있었던 것입니다."

"하지만 자네는 모든 수단을 동원해 그를 잡으려고 했을 게 아닌가?"

"네, 명령하신 대로 모든 수단을 동원했습니다. 제 부하는 혹 수상한 사람이 숨어 있는지 확인하기 위하여 그 주변의 가택을 샅샅이 수색했습니다. 또 쥐새끼처럼 빠져나가지 못하도록 통

행금지까지 시행했습니다. 그런데 간발의 차이로 도주한 것입니다."

"좋아, 그렇다면 뭐 어쩔 수 없었겠지. 그런데 그가 아르센 뤼팽이라는 말인가?"

"의심할 여지가 없습니다. 첫째, 그의 부하가 사형 집행을 맞이하던 참이었습니다. 그리고…… 무엇보다 이런 교묘한 탈출로를 생각해내고 또 그것을 대담하게 실행할 수 있는 자는 파리 시내에서 아르센 뤼팽밖에는 없습니다."

"그러나……." 경찰국장은 프라스비유에게 눈길을 돌렸다. "고문관! 고문관은 부하들을 시켜 어젯밤 이후 줄곧 그를 클리시 가의 그의 집에 가두어놓고 있다고 하지 않았는가? 그가 바로 아르센 뤼팽이라고 하지 않았어?"

"그렇습니다, 국장님. 그 점에는 추호도 의심의 여지가 없습니다."

"그렇다면 그가 밤에 나가는 걸 왜 붙잡지 못했소?"

"그는 밖으로 나가지 않았습니다."

"이거 이야기가 복잡해지는군."

"아뇨, 이야기는 간단합니다. 아르센 뤼팽의 은신처라면 어디든 그렇듯이 클리시 가의 은신처에도 비밀통로가 있었습니다."

"그럼, 고문관은 그 비밀통로를 알고 있었다는 거요?"

"몰랐습니다. 오늘 아침에 그곳을 조사하고서야 알 수 있었습니다."

"그래, 그 집에는 누가 있었소?"

"아무도 없었습니다. 오늘 아침 아씰이라는 그 집 심부름꾼이 한 부인을 데리고 나갔다는 것이 전부입니다."

"그 부인 이름은?"

"⋯⋯알 수 없습니다."

프라스비유는 잠시 망설인 뒤 이렇게 대답했다.

"허나 고문관은 뤼팽이 어떤 가명으로 위장하고 그 집에 살고 있었는지는 알겠지요?"

"네, 물론입니다. 가정교사, 문학사 니꼴이라는 이름입니다. 여기 그 명함이 있습니다."

프라스비유가 이 말을 마치자마자 비서관 한 사람이 급하게 들어왔다. 대통령 관저에 국무총리도 와 있으니 빨리 경찰국장도 오라는 전갈이었다.

"음, 알겠네." 그가 일어서며 말했다. "곧 돌아오겠소. 질베르의 운명에 관한 것 때문일 것이오!"

이 말을 듣고 프라스비유가 덩달아 일어서며 말했다.

"국장님께선 질베르가 석방되리라고 생각하시나요?"

"아닙니다. 그럴 리가 있겠습니까? 더구나 총격 사건까지 일어난 터인데⋯⋯ 결과는 뻔할 거요. 내일 아침이면 질베르도 인생의 부채를 청산하게 될 거요."

그때 비서관이 프라스비유에게 명함 한 장을 건넸다. 프라스비유는 이 명함을 보고 제 눈을 의심해야 했다.

"이런! 보통 배짱이 아닌 놈이로군!"

"뭡니까?"

경찰국장이 물었다. 프라스비유는 급히 말을 얼버무렸다.

"아, 아무것도 아닙니다. 다만…… 좀 뜻밖의 방문객이라서요. 아무튼 이 일에 대해선 다녀오신 뒤에 또 말씀드리기로 하죠."

경찰국장이 나가고 난 뒤 프라스비유는 한숨을 쉬었다. 그리고 자신도 그 회의실에서 나갔다.

"정말 무서운 놈이군. 정말 대담하기 짝이 없는 놈이야! 대담해!"

그의 손에 쥐어져 있는 방문자의 명함에는 다음과 같이 인쇄되어 있었다.

가정교사, 문학사
니꼴

최후의 대결

프라스비유가 고문관 실로 돌아왔을 때 니꼴 선생이 응접실 의자에 고양이처럼 등을 웅크리고 앉아 걱정스러운 표정을 짓고 있었다. 촌스러운 우산과 낡은 중절모자, 그리고 한쪽뿐인 장갑은 예전 그대로였다.

"틀림없군."

프라스비유가 걱정한 것은 니꼴 본인, 즉 뤼팽이 아니고 다른 사람이 대신 오지 않았을까 하는 점이었다.

"몸소 납신 걸 보니 일이 들통난 것을 모르고 있는 모양이군." 그는 화가 난다는 듯 중얼거렸다. "도무지 겁이라곤 없는 자로군!"

프라스비유는 방문을 닫은 다음 비서를 불렀다.

"이봐, 라르티그. 여기서 면회하게 될 응접실의 사내는 좀 위험 인물이야. 여차하면 수갑을 채워야 할지도 모르니까, 그자를 이 방으로 들여보낸 뒤 여남은 명의 형사를 자네 방에 배치해놓도록 해. 내가 벨을 누르면 곧장 권총을 들고 들어와 그자를 체포하란 말일세. 알겠나?"

"네, 알겠습니다."

"우물쭈물하면 안 되네. 한꺼번에 달려들어 권총을 들이대야 해. 그럼, 니꼴 씨를 불러들이도록 하게!"

비서가 나가자 프라스비유는 벨을 서류 안에 감추고 책 더미 뒤에 권총을 두 자루 더 숨겨두었다.

"그래, 명단을 가져왔다면 압수하고, 안 가져왔다면 체포해버리는 거야. 가능하다면 명단을 압수하고 체포하는 것이 좋을 텐데…… 그렇게 되면 회의에서 깎인 체면도 살릴 수 있고 말이지."

밖에서 노크소리가 났다.

"들어오십시오, 니꼴 선생."

프라스비유가 자리에서 일어났다. 니꼴은 공손히 안으로 들어온 뒤 그가 가리킨 의자에 앉았다.

"어제 약속 때문에 왔습니다만…… 너무 늦어서 죄송합니다."

"조금 기다려 주십시오."

프라스비유는 이렇게 말하고 나서 이웃 비서관 방으로 갔다.

"이봐, 라르티그, 내가 잊고 있었는데 복도와 계단도 감시해 줘야겠어. 부하 놈들이 따라와 있다면 큰일이니 말일세."

다시 돌아와 자기 의자에 앉은 프라스비유는 아주 즐거운 표정으로 이렇게 말했다.

"자, 말씀해 보시오."

"고문관님, 어젠 약속을 어기고 기다리게 해서 죄송하기 짝이 없습니다. 여러 가지 사정이 생겨서 말입니다. 첫째, 메르지 부인이……."

"메르지 부인을 간병했단 말이오?"

"그렇습니다. 아주 실망이 컸거든요. 자식이 죽는다니까…… 만일 질베르가 사형을 당한다면…… 그 경우 우린 다만 기적을 바랄 수밖에 없겠죠. 그러나 그것이 어찌 바랄 수 있는 일이기나 하겠습니까? 고문관님을 만나고 나서 저도 아주 실망이 컸습니다."

"그러나 니꼴 선생, 선생은 어떻게 해서든지 도브레크로부터 그 명단을 빼앗아낸다는 계획이 아니었습니까?"

"물론입니다. 그러나 도브레크는 파리 시내에 없습니다."

"오, 그래요?"

"차를 타고 파리에 오던 중이었지요."

"선생은 자동차를 가지고 계십니까?"

"네, 낡긴 했지만 아직 쓸 만합니다. 솔직히 말씀드리면 도브레크를 자동차에 태워, 아니 자동차 뒤꽁무니 짐칸에다 트렁크에 담아서 데려오던 참이었습니다. 그런데 자동차가 질베르의 처형 뒤에나 파리에 도착할 수밖에 없게 되어버렸습니다. 그래서……."

 프라스비유는 놀란 눈으로 니꼴을 바라보았다. 이것으로 진짜 뤼팽이 아닐지도 모른다는 의심은 하지 않아도 되었다. 맙소사! 사람을 트렁크에 담아 자동차 뒤꽁무니에 싣고 온다니! 뤼팽이 아니고서야 누가 감히 이런 짓을 할 수 있단 말인가? 더구나 그 일을 태연하게 지껄이고 있지 않은가?

 "그래서…… 그래서 어떻게 됐다는 거요?"

 "다른 방법을 생각했습니다."

 "어떤 방법이죠?"

 "그 방법에 대해선 고문관님께서는 잘 아실 거라고 생각되는군요."

 "그게 무슨 말이오?"

 "아니, 사형 집행에 입회하지 않으셨던가요?"

 "물론 입회했었지요."

 "그렇다면 보슈레와 집행관이 저격당하여 하나는 죽고 하나는 가벼운 부상을 당한 것을 보셨겠군요. 그렇다면 생각되는 바가 있을 법도 한데……."

 "오!"

 프라스비유는 놀라 말문이 막힐 지경이었다.

 "오늘 아침 총을 쏜 건 당신…… 지금 자백하는 거요?"

 "고문관님, 생각을 좀 해보시죠. 어제 보여드린 명단이 가짜고 더구나 진본을 가지고 있는 도브레크가 사형 집행보다 몇 시간 늦게 도착하게 되어 있는 마당에 어떻게 달리 선택할 방법이 있었겠습니까? 질베르를 구하고 특별사면을 받게 하기 위해서 내가 취할 수 있는 단 하나의 방법, 그건 사형 집행을 연기시키는 것이었습니다."

"딴은 그랬겠지요."

"보셨겠지만, 보슈레라고 불리는 뻔뻔스러운 악한을 제 손으로 죽이고 집행관에게 경상을 입힌 다음 형장을 소란케 했습니다. 사실상 질베르의 처형을 불가능하게 만든 거지요. 제가 필요로 하는 몇 시간을 얻기 위해 말입니다."

"그렇군… 그럴듯해……."

프라스비유는 고개를 끄덕였고 뤼팽은 계속 말했다.

"정부나 대통령, 그리고 저도 이 문제에 대해 조금 더 냉정하게 생각할 수 있게 된 겁니다. 고문관님은 이 문제를 어떻게 생각하십니까?"

이곳은 파리의 경찰국이다. 그런데 희대의 괴도가 자기 발로 스스로 걸어들어와 오히려 큰소리를 치고 있다! 프라스비유는 한참 동안 생각했다. 이 니꼴이라는 사내는 보통내기가 아니다. 그러나 그렇다고 이자가 니꼴이 아닌 뤼팽이라고 단정지을 만한 결정적인 증거는 없었다.

"니꼴 씨, 1백 야드나 떨어진 거리였는데 죽이려고 한 자를 죽이고 부상을 입히고자 한 자를 부상시키는 총 솜씨는 보통이 아니던데요?"

"아니, 평범한 솜씨입니다."

니꼴은 겸손해했다.

"그러나 어제 일은 우연하게 일어난 게 아니라 오래 전부터 준비해 온 결과가 아닙니까?"

"천만에요. 그건 틀린 생각입니다. 아주 돌발적인 일이었습니다. 어젯밤 클리시 가의 내 집에 있는 심부름꾼이 억지로 날 깨웠습니다. 그가 하는 말이 자기가 전에 아라고 가의 어느 집에 고용된 적이 있었는데, 그 집은 사람도 많지 않고 하니 그 집을 점령해 손을 쓴다면 불쌍한 질베르의 처형 때 무슨 일을 꾸밀 수 있지 않겠느냐 하고 말했습니다. 질베르가 죽는다면 불쌍한 메르지 부인도 아마 살아남지 못할 거라고 하면서요."

"……그게 진실입니까?"

"물론 진실을 말하고 있는 겁니다. 그렇기에 저도 한번 해볼 만하다 싶어 일에 착수했던 거고요. 고문관님, 그러나 아주 훼방을 많이 놓으셨더군요."

"내가 말이오?"

"그렇습니다. 제 집 앞 구석구석에 형사를 풀어놓다니 너무한 처사가 아닙니까? 그 때문에 뒤쪽으로 난 계단으로 6층까지 올라가 심부름꾼 방의 복도에서 이웃집 신세까지 져가면서 밖으로 나오지 않으면 안 되었으니까 말입니다. 물론 괜한 수고였지만요."

"미안하게 됐군요. 그 대신 그 뒤는 좀 편했겠지요."

"천만에요. 오늘 아침 8시에 트렁크에 담긴 도브레크가 도착하는데, 그 차가 집 앞에 서면 큰일이 아니겠습니까? 그래서 선수를 쳤지요. 형사들 눈에 띄면 질베르와 메르지 부인은 목숨을 부지하기 힘들 테니 말입니다."

"하지만 그런 노력으로는 불과 이삼 일 정도만 사형을 연기시킬 뿐이잖소? 그 문제를 근본적으로 해결하기 위해서는 꼭······."

"진짜 명단이 필요하다 이 말씀이시군요?"

"그렇지요. 하지만 그게 선생 손에 쉽게 들어올까요?"

"가지고 있습니다."

"진짜를?"

"틀림없는 진짜입니다."

"로레인의 십자가 표시는 있던가요?"

"있습니다."

프라스비유는 아무 말도 하지 않았다. 두려운 감정이 생기기 시작했다. 이젠 매사에 자신만만하고 두려움을 모르는 이 사나이를 상대로 싸워야 하는 것인가? 그는 세상을 놀라게 하고 있는 괴도 아르센 뤼팽이 자기 앞에 태연하게 앉아 마치 자기는 무기가 있는데 상대는 빈손이라는 듯한 태도로 버티고 있는 것을 보고 몸을 오싹 떨었다. 따라서 정면에서 공격하는 것은 아무래도 위험하다는 생각이 들었다.

"그래, 도브레크가 그걸 선선히 선생에게 내놓았다는 말입니까?"

"그놈이 내놓았을 리 없잖습니까? 제가 빼앗은 거죠."

"폭력으로 말입니까?"

"뭐, 그럴 것까지도 없었죠."

니꼴이 빙긋이 웃었다.

"물론…… 차 짐칸에 태운 도브레크의 입을 클로로포름으로 가끔 적셔주면서 목적한 곳으로 운반했습니다. 뭐, 괜한 고통을 주고 싶지 않았고 소란도 피우기 싫었으니까요. 파리의 집에 데리고 와서는 진작부터 준비해둔 긴 바늘로 그놈의 가슴을 찔렀죠. 바늘로 가슴을 찌르는 일은 메르지 부인의 아이디어였습니다. '이봐, 도브레크, 명단은 어디 있나? 입을 열지 않으면 바늘이 들어간다…… 말 안 해? 1/4인치 또 1/4인치…… 우리는 그놈의 얼굴을 들여다보면서 어서 입을 열기를 기다렸죠. 마침내 호흡이 빨라지며 신음소리를 내더니 드디어 정신이 번쩍 들었나 봅니다. 메르지 부인이 그놈의 귀에 대고 속삭였죠. '저예요. 클라리스 메르지예요. 어서 말해요!' 그녀는 격동하는 도브레크의 심장 근처를 손가락으로 누르고 있다가 '눈을… 눈을… 안경을 벗기고 이자의 눈을 보고 싶군요' 하더군요. 저도 감춰져 있는 그놈의 눈을 보고 싶은 마음이었고요. 눈을 보면 그 사람의 마음을 읽을 수도 있으니까요. 그 즉시 저는 그놈의 안경을 벗겼습니다. 그때 문득 머리를 스치는 것이 있더군요. 흔히 말하는 일종의 예감이라는 것이겠죠. 이중 안경 아래 또 하나의 안경이 있더군요. 저는…… 그걸 뜯어보았습니다. 정말로 웃지 않을 수 없더군요. 저는 아주 껄껄대고 웃었습니다. 그러고 나서 엄지손가락을 집어넣어 그놈의 왼쪽 눈을 빼버렸죠. 하하하!"

니꼴은 방 안이 떠나가도록 웃어댔다. 니꼴은 어느 사이 비굴

해 보이던 불편한 가정교사의 탈을 벗고 활달한 사나이로 변해 있었다. 프라스비유는 넋을 잃고 그를 바라보았다.

니꼴이 말을 이었다.

"눈이 툭 튀어나오더군요. 저는 소리쳤습니다. 클라리스, 양탄자를 잘 살펴요. 도브레크의 눈알을 주의해요! 깨지면 안 됩니다!라고요."

니꼴은 갑자기 벌떡 일어나더니 무엇을 쫓아내기라도 하듯 방 안을 왔다갔다했다. 그러더니 주머니에서 공깃돌 같은 것을 끄집어내어 손바닥 위에서 여러 번 굴렸다. 그것을 주머니에 도로 넣고서야 그는 냉정해졌다.

"지금 보신 것은 도브레크의 왼쪽 눈입니다."

프라스비유는 여우에게 홀린 것 같았다. 도대체 이 괴한은 뭘 하러 왔단 말인가? 무슨 이야기를 하고 있는 것인가? 흥분한 고문관이 소리쳤다.

"선생은 지금 도대체 무슨 말을 하고 있는 겁니까? 설명을 해 보시오!"

"안 그래도 막 설명하려던 참입니다. 이런 명백한 사실조차 깨닫지 못하시다니, 굳이 손에 쥐어드려야 아시겠군요. 생각해 보십시오. 외부에서 쉽게 알아낼 수 없게끔 교묘하게 수공을 했다는 물건의 정체, 그 안에 문제의 명단을 숨겨놓은 물건의 정체, 입고 있는 옷에서도 발견할 수 없었던 건 당연한 일이었지요. 자기 몸에 숨겨놓았으니 말입니다. 그러니 도무지 알아낼 수 없었던 것입니다."

"정말 눈알 속에 그것을 넣었었단 말이오?"

프라스비유가 빈정대듯 물었다.

"바로 그 말씀 그대로입니다."

"뭐요?"

"……눈알 속입니다. 도브레크는 전에 클라리스 메르지에게 수정마개 주문장을 들킨 뒤 교묘하게 방향을 바꾼 것입니다. 하지만 우리는 주문장을 곧이곧대로 믿고 몇 개월 동안 헛수고를 한 겁니다. 수정마개만 눈이 빠지도록 찾은 나머지 메릴랜드 담배상자에서 그걸 발견하고 춤을 췄던 것은 어리석기 그지없는 짓이었습니다. 그 따위 짓은 진작 그만두고 밖에서 보아 알 수 없게 해놓은 그 녀석의 눈알을 살펴보았더라면 훨씬 일이 수월했을 텐데요. ……그 눈알은 지금 내 주머니 안에 있습니다."

니꼴이 주머니에서 그것을 꺼내더니 테이블 위에다 올려놓았다. 그것을 본 프라스비유가 놀란 눈으로 중얼거렸다.

"아니…… 그건 유리…… 눈알 아니오?"

"하하하! 그렇습니다!" 니꼴, 아니 뤼팽이 유쾌하게 웃었다. "유리로 만든 의안! 유리로 눈알을 만들어 끼워 넣었던 겁니다. 악당도 이만하면 최고지요. 이중 안경 너머의 비밀! 이보다 더 안전한 곳이 어디 있겠습니까? 그래서 마음 턱 놓고 멋대로 돌아다닌 거였죠."

프라스비유는 두 손으로 얼굴을 문질렀다. 27인의 명단은 아무튼 지금 그의 눈앞 테이블 위에 있었다. 프라스비유는 격앙되는 감정을 억누르며 겨우 말했다.

"그러니까…… 그 명단이…… 분명 이 유리 눈알 안에 있다…… 그 말이오?"

"그렇습니다. 저는 이 안에 있으리라고 생각합니다."

"아니, 뭐요?"

"아직 안을 확인하지 않았습니다. 이것을 여는 영광을 고문관님께 돌리고 싶었습니다."

프라스비유는 손을 뻗어 유리 눈알을 잡은 다음 조심스레 살펴보았다. 겉으로 보기에, 광채라든지 눈동자 또는 각막에 이르기까지 영락없는 눈알이었다. 참으로 절묘한 세공이었다. 뒤쪽에 마개가 있어 그걸 빼니 안구 안은 텅 비었고, 콩알만한 종이쪽지가 돌돌 말려 있었다. 거기에는 외국제 편지지에 27인의 이름이 줄줄이 쓰여 있었다. 그는 창에 대고 종이 안을 비춰보았다.

"로레인의 십자가 표시가 있습니까?"

"있소. 이건 틀림없는 진짜요!"

프라스비유는 종이쪽지를 손안에 쥐고 잠시 망설였다. 그러다가 원래대로 명단을 의안 속에 집어넣은 후 자기 주머니 속에 넣었다.

니꼴은 프라스비유의 행동을 뻔히 바라보면서도 이의를 제기하지 않았다.

"고문관님께서도 이젠 믿을 수 있으시겠죠?"

"네, 이건 진짜가 분명합니다."

"그렇다면 제의를 수락하시겠군요?"

"그렇소."

두 사람은 한동안 침묵을 지키면서 서로의 표정을 살폈다.

니꼴은 다음 말을 언제쯤 꺼내는 것이 좋을까를 생각했다. 프라스비유는 책더미 뒤에 숨겨놓은 권총을 한 손으로 움켜쥐며 다른 손으로는 벨을 누르고자 하였다.

프라스비유는 지금부터 갖게 될 절대적인 힘에 대한 기쁨으로 만족감을 감추지 못했다. 드디어 명단을 수중에 넣었다! 그리고 덤으로 뤼팽을 눈앞에서 체포할 수 있다! 한마디로 금상첨화가 아닌가!

'놈, 움직이기만 해봐라. 권총을 들이대면서 벨을 누르면 넌…… 만일 저항하면 그 즉시 총알세례를 퍼부어줄 테다.'

그로서는 참으로 흐뭇하고 흐뭇했다. 이 순간이 좀더 오래 지속되었으면 하는 마음까지 생겨났다. 그런데 그때 니꼴이 슬며시 입을 열었다.

"고문관님, 제의를 수락하신다면 속히 일을 서둘러 주셔야 하지 않을까요? 사형 집행은 내일 아닙니까?"

"그렇소. 내일이오."

"그럼 저는 여기서 기다리도록 하겠습니다."

"기다리다뇨? 무엇을 기다리겠다는 겁니까?"

"대통령의 답변 말이오."

"대통령의 답변이라니? 그걸 누가 얻어낸단 말이오?"

"그야 물론 당신이죠."

프라스비유는 고개를 가로저었다.

"나한테 기대하는 건 곤란할 것 같소."

"지금의 말 진심입니까?"

니꼴이 놀라 반문했다.

"제 기대를 저버린 이유를 여쭤봐도 될까요?"

"마음이 변했소."

"그게 전부입니까?"

"그렇소. 그 난리법석을 벌였는데 질베르가 구출될 수 있다고 생각하오? 그건 대통령을 기만하는 행위요. 내 생각에 이건 협박이나 마찬가지란 말이오."

"싫다면 어쩔 수 없지요. 그런 걱정을 하는 사람이라면 저도 더 이상 부탁을 할 수가 없겠군요. 허나, 고문관님…… 우리 협상이 깨졌는데 그렇다면 그 명단을 돌려줘야 당연한 것 아니겠습니까?"

"어쩔 속셈이오?"

"다른 사람을 찾아봐야겠죠."

"소용없는 짓! 질베르는 이미 죽은 목숨이오!"

"천만에요. 그는 구출됩니다. 오늘 아침 소동으로 살인범 보슈레는 이미 죽었습니다. 무고한 질베르가 구출되는 건 당연한 일입니다. 그리고 그게 정의입니다. 자, 명단을 돌려주시죠?"

"싫소!"

"저런! 당신은 양심도 없는데다 건망증도 심하군요. 어제의 약속을 벌써 잊었단 말이오?"

"어제의 약속은 니꼴 씨와 한 거요."

"무슨 말이오?"

"당신은 니꼴 씨가 아니지 않소?"

"저런! 그럼 대체 제가 누구란 말입니까?"

"그걸 굳이 내 입으로 말해주어야 압니까?"

니꼴은 아무 말도 하지 않고 있다가 갑작스런 변화가 즐거운 듯 부드럽게 미소지었다. 프라스비유는 니꼴의 태연한 태도를 보면서 막연하게 의구심이 생겼다. 프라스비유는 권총을 다시 바투 쥐면서 다른 손으로 벨을 누르고자 했다.

그때 니꼴이 자기가 앉아 있던 의자를 테이블 옆으로 끌고 갔다. 그러더니 서류 위에 두 팔을 괴며 거만한 시선으로 프라스비유를 쳐다보았다. 그러곤,

"이봐, 프라스비유. 자넨 내가 누구라는 걸 알면서도 나와 겨루겠다고 생각한 건가?"

"물론!"

프라스비유는 주저없이 대답했다.

"그렇다면 이 아르센 뤼팽이 바보 같은 짓을 했단 말인가! 내가 경찰국 안으로 스스로 제 발로 걸어들어 왔다? 손발을 묶인 채 '날 잡아가시오'라고 행동할 정도로 내가 바보라는 말인가? 그렇게 내가 어리석게 보이나, 프라스비유?"

"저런!"

프라스비유는 니꼴을 비웃었다. 그리고는 의안이 든 자신의 한쪽 주머니를 가볍게 손으로 쳐 보였다.

"안됐군 니꼴 선생, 아니 뤼팽! 이제 도브레크의 눈알은 내 주

머니에 들어 있고, 그 눈알 안에는 27명의 명단이 들어 있지! 자넨 아무런 힘이 없어. 현실적으로 말이지."

"내가 이 안에서 무슨 일을 할 수 있겠느냐는 뜻인가?"

니꼴은 비꼬듯이 말했다.

"그래 맞아! 부적은 더 이상 널 지켜주지 못해. 너는 스스로 경찰국으로 걸어들어왔어. 아무리 날고 뛴다 해도 넌 이미 독 안에 든 쥐야. 문 밖에는 이미 10여 명의 내 부하들이 대기 중이야. 신호만 보내면 몇 백 명의 경관이 달려올 수도 있어. 모든 준비는 이미 끝나 있다구."

니꼴은 어깨를 으쓱해 보이면서 마치 프라스비유에게 동정하는 듯한 표정을 지어 보였다.

"프라스비유…… 자네가 마음을 고쳐먹었을 때 어떻게 될 것인지에 대해 혹시 생각해본 적이 있는가? 회전의자가 아깝군…… 어리석은 자 같으니라구. 그래, 명단을 손에 넣자마자 도브레크나 알뷔펙스 후작과 똑같은 생각이 들었단 말이지. 뿐만 아니라 더러운 독직의 증거인 그 명단을 대통령에게 넘기지 않겠다는 뜻이로군. 명단이 들어왔으니 나는 전지전능해졌다? 세상에 못할 일이 없다? 이제 명단을 이용해 전지전능한 신이 되겠다 이 말이로군. 더욱이 질베르와 클라리스, 그리고 어리석은 뤼팽 녀석도 내 손끝 하나에 달려 있다 이거겠지. 돈도 명예도 무엇이든 이제 당신 마음대로 조종할 수 있을 테니까 말이지?"

그러면서 그는 프라스비유 쪽으로 몸을 기울였다. 그리고 친

근한 어투로 말했다.

"그러지 않는 게 좋아. 나리, 이쯤에서 욕심을 버리는 게 좋아."

"싫다면?"

"그 명단은 자네에게 아무런 도움이 되지 않아."

"설마? 암, 그럴 리 없지!"

"좋아. 자네가 꼭 그러고 싶다면 내게서 빼앗아간 명단에 적힌 이름들을 한번 죽 훑어보는 게 좋을 거야. 그리고 세 번째 적힌 사람에 대해 생각해 보는 게 좋을 거야."

"뭐? 세 번째 사람의 이름을 확인해 보라구?"

"자네 친구의 이름이 적혀 있더군."

"친구?"

"스타니슬라스 보렝글라드…… 전 국회의원이었지 아마?"

"그게 어때서?"

프라스비유가 약간 당황하는 빛을 띠면서 말했다.

"어떠냐고? 자네 자신에게 물어보게나. 스타니슬라스 보렝글라드를 조사하면 결국 그와 이익을 등분하여 나눠먹은 상대자가 누구인지 밝혀지겠지."

"그게 누구지?"

"프라스비유."

니꼴이 테이블을 주먹으로 내리쳤다.

"허튼수작!"

"쓸데없는 입씨름으로 이십 분이나 허비했어. 이제 결판을 내는 것이 좋겠어. 먼저…… 그 권총을 내려놓아. 그 따위 쇳조각에 쩔쩔맬 뤼팽일 줄 알았나? 자, 빨리 일을 끝내자구. 나는 바쁜 사람이니까 말이야."

니꼴이 프라스비유의 어깨에 손을 얹었다.

"한 시간 안에 대통령을 면회하고 그의 서명이 있는 특사령을 가져오게. 그리고 한 시간 십 분 이내에 나 아르센 뤼팽이 자유롭게 이 방을 나갈 수 없게 됐을 때, 오늘 밤 파리의 4개 신문에는 스타니슬라스 보렝글라드와 자네 사이에 오고간 네 통의 문서가 공개될 걸세. 네 통의 문서는 내가 보렝글라드에게서 구입한 것이지. 자, 여기 자네 모자가 있네. 지팡이도 있고 외투도 있어. 빨리 다녀오는 게 좋을걸! 난 여기서 느긋하게 기다리고 있겠네."

프라스비유는 조금 전의 당당하던 태도는 사라지고 니꼴, 아니 아르센 뤼팽의 기세에 눌려 한마디도 하지 못했다. 프라스비유는 니꼴의 요구에 순순히 응하지 않을 수 없게 된 것이다.

"알겠나? 한 시간이야. 한 시간 안에 여기에 와야 하는 것이다."

니꼴이 다시 한 번 강조했다.

"한 시간 안에 돌아오겠소."

프라스비유는 얌전하게 대답했지만 한마디를 덧붙였다.

"네 통의 편지는 특별사면의 대가로 내게 되돌려줘야 해."

"아니."

"아니라니! 그게 무슨 뜻이지?"

"질베르가 풀려나고 난 두 달 후에 돌려주지. 나는 자네처럼 약속을 어기는 사람이 아니야."

"그게 다인가?"

"아니. 조건이 두 가지 더 있다. 당장 4만 프랑의 수표를 내 앞에 내놓아야 해."

" 4만 프랑? 왜지?"

"스타니슬라스 보렝글라드의 편지값. 당연한 것 아닌가?"

"다른 하나는?"

" 6개월 안에 사직하라."

"사직하라고? 그건 왜지?"

니꼴은 위엄 있는 태도를 보였다.

"신성해야 할 경찰의 고위직에 자네같이 썩어빠진 양심을 가진 자가 앉아 있다는 건 공공도덕에 위배되기 때문이지. 도브레크 사건에 다소의 공로가 있었으니까 국회의원이 되건 장관이 되건 또는 대사가 되건 상관하지 않겠어. 하지만 경찰 고문관이란 자리는 적당치가 못 해. 생각만 해도 비위가 상하거든."

프라스비유는 잠시 생각에 잠겼다. 오만불손한 이 녀석을 자기 손으로 때려눕힌다면 얼마나 통쾌하고 속시원할까? 하지만 아무리 머리를 짜보아도 마땅한 방법이 생각나지 않았다. 결과가 이렇게 된 이상 무엇을 어찌 할 수 있단 말인가?

프라스비유가 문 쪽으로 걸어가며 소리쳤다.

"라르티그!"

기운이 빠진 목소리였지만 니꼴에게는 잘 들렸다.

"라르티그, 경계를 해제하고 해산시킨다. 내 착각이었어. 그리고 내가 나가고 없는 동안에는 아무도 이 방에 들어오지 않도록 해. 이 신사분이 나를 기다리고 있을 거야."

프라스비유는 돌아와 모자를 쓰고 지팡이를 들고 방을 나갔다.

"잘했네, 나리."

문이 닫힐 때 뤼팽이 중얼거렸다.

"자넨 스포츠맨답게 또 신사답게 행동했어. 하긴 나도 잘했지. 어쩜 내가 지나쳤는지도 몰라. 하지만 이런 사건은 고압적 자세로 나가면서 상대의 숨이 넘어갈 때까지 질근질근 밟아놓아야 하는 법이거든. 이봐, 뤼팽. 머리를 들지. 그대는 참으로 과감하고 멋있는 결투를 한 투사가 아닌가. 그대의 위업은 칭찬받아 마땅해. 자, 이제야말로 의자를 가져와 사지를 쭉 뻗고 눈을 붙일 수 있게 된 거야. 그대는 그럴 만한 자격이 충분해."

프라스비유가 돌아왔을 때 뤼팽은 아주 깊은 잠에 빠져 있었다. 프라스비유는 어깨를 흔들어 그를 깨웠다.

"잘 되었겠지?"

뤼팽이 물었다.

"물론⋯⋯ 대통령은 곧 특사 명령에 서명할 걸세. 이것이 대통령의 서약서야."

"4만 프랑은?"

"여기 있네."

"좋아. 그럼 이제 자네에게 감사를 표하는 일만 남았군."

"그런데, 편지는?"

"스타니슬라스 보렝글라드의 편지는 아까 말한 조건이 다 이행되었을 때 돌려주겠어. 하지만 지금까지 나를 위해 수고해 주었으니까 그 보답으로 신문에 보내려고 했던 네 통의 편지만은 돌려주겠네."

"그럼, 그 편지를 직접 갖고 있었단 말인가?"

"고문관 나리, 자네에게 선물을 주려면 나도 뭔가를 갖고 있어야 하는 거 아니겠나."

그는 모자 안에서 제법 두툼한, 귀퉁이에 빨간 봉인이 된 봉투를 꺼내어 프라스비유에게 건넸다. 프라스비유는 그걸 빼앗듯이 낚아채어 주머니에 넣었다.

뤼팽이 말했다.

"고문관 나리, 이젠 다시 만날 영광을 가질 기회가 별로 없겠군. 만일 나와 연락할 일이 생기면 일간신문 광고란에 '니꼴 씨에게'라는 한 줄짜리 광고를 내도록 하게. 그럼…… 잘 있게나."

뤼팽은 유유히 사라졌다.

프라스비유는 혼자 남게 되고 나서야 악몽에서 깨어난 기분이었다. 그러자 새삼스럽게 울화가 치밀어 올랐다. 벨을 누른 다음 그것도 못 견뎌 복도로 뛰어나가고자 했다. 그때 비서 한 사람이 뛰어들어 왔다.

"무슨 일인가?"

프라스비유가 말했다.

"고문관님, 지금 국회의원 도브레크 씨가 아주 급한 일로 고문관님을 면회하고 싶다고 오셨습니다만…….."

"누구? 도브레크라구?"

프라스비유는 깜짝 놀랐다.

"도브레크라…… 빨리 모셔 와!"

미처 프라스비유의 말이 끝나기도 전에 도브레크가 숨을 헉헉거리며 안으로 뛰어들어왔다. 그의 옷은 엉망이었고 칼라도 넥타이도 없는 모습이었다. 왼쪽 눈에는 반창고가 붙여져 있었다. 마치 정신병원을 탈출한 사람처럼 보였다. 문이 닫히는 것을 기다리지도 않고 도브레크는 그 우람한 손으로 프라스비유의 목덜미를 잡아챘다.

"명단이 자네에게 왔지?"

"그래."

"샀는가?"

"그래."

"질베르의 특사 조건으로 말인가?"

"그래."

"대통령도 서명했나?"

"그렇다."

도브레크가 펄펄 뛰었다.

"이런 바보 멍청이 녀석! 넌 함정에 빠졌어! 나를 미워했기 때문이었겠지! 내게 복수하고자 그런 미련한 짓을 한 거겠지!"

"그래, 잘 알고 있군. 난 아주 만족스럽다네. 도브레크…… 자넨 니스의 내 친구…… 오페라 여배우의 일을 기억하고 있겠지? 이번에는 내가 춤을 출 차례가 아닐까 싶은데?"

"그건 나를 교도소로 보내겠다는 뜻인가?"

"그럴 수도 있지."

프라스비유가 말했다.

"하지만 꼭 그럴 필요는 없을 것 같아. 명단만 없어지면 넌 힘이 없잖아. 나는 네 녀석의 몰락을 지켜보겠어. 그게 내 복수가 되겠지!"

"그럴 수 있으리라고 생각하나?"

도브레크가 소리쳤다.

"감히 네 녀석이 내 목을 쉽게 비틀 수 있을 것으로 생각하느냐구! 이봐, 내가 손톱도 없고 이빨도 모조리 빠져버렸다고 생각하는 거야? 이 친구야, 내가 혼자 넘어지리라고 생각하지 말아. 프라스비유, 네 친구 보렝글라드가 네놈에 관한 증거서류 일체를 팔기로 되어 있단 말이다! 그렇게 되면 네놈도 나와 함께 쇠고랑 신세를 지게 돼 있어. 그 편지를 가지고 있는 한 나는 네놈의 목을 쥐고 있는 셈이야. 아직은 국회의원 도브레크 선생의 천하라 이 말씀이지. ……뭐야? 왜 웃지? 혹시 그 편지를 자네가 가지고 있는 건가?"

프라스비유는 어깨를 으쓱해 보이며 말했다.

"물론! 그 편지는 내가 가지고 있네. 그러니까 보렝글라드는 편지를 갖고 있지 않다 이 말이지."

"언제부터?"

"오늘 아침부터. 두 시간 전에 보렝글라드가 4만 프랑에 내게 팔았네."

도브레크가 큰 소리로 웃었다.

"웃기는군. 4만 프랑이라고? 네가 4만 프랑에 샀단 말이지? 아니지, 니꼴에게서 그 편지를 샀겠지? 그래 좋아! 내가 그 니꼴의 원래 이름을 가르쳐주지. 그는 다름 아닌 아르센 뤼팽이야!"

"알고 있어."

"역시 그랬었군. 허나 자네가 모르는 일도 있어. 이 멍청한 친구 같으니! 나는 지금 스타니슬라스 보렝글라드의 집에서 오는 길이야. 그런데 보렝글라드는 나흘 전부터 파리에 있지 않았단 말이지! 웃기는 일이지 않아! 그놈은 휴지조각을 팔았어! 그런데 자넨 4만 프랑을 지불했다고! 바보 멍청이 녀석!"

도브레크는 웃으며 문을 열고 나갔다. 남아 있는 프라스비유는 그저 멍할 뿐이었다.

그렇다면 아르센 뤼팽이 아무런 증거도 없이 협박, 명령하여 자신을 농락했다는 말인가?

"아니야, 그럴 리가 없어······."

프라스비유는 중얼거렸다.

"분명 봉인된 편지였는데······ 열어보면 알 수 있겠지."

하지만 그는 두려움 때문에 봉투를 쉽게 열 수가 없었다. 그는 한동안 봉투를 만져보고 무게도 살펴보고 이것저것 검사를 해보았다. 그러고 나서야 용기를 내어 신속하게 봉투를 열었다. 그 안에는 백지 네 장이 들어 있었다.

"이런! 그런 악당과 거래를 하다니! 하지만······ 아직 끝나지 않았어!"

실제로 아직 끝난 것은 아니었다. 뤼팽이 이렇게 대담한 짓을 했다는 것은 그 편지를 보렝글라드에게서 사들이려는 속셈이 있었기 때문이었을 것이다. 그러나 보렝글라드는 파리에 있지 않았다. 그렇다면 뤼팽에 앞서서 보렝글라드의 행방을 알아내면? 어떤 수단, 어떤 희생을 치르더라도 위험하기 짝이 없는 편지를 먼저 사버리면 그만인 것이다. 말하자면 먼저 보렝글라드를 잡는 자가 승자가 되는 것이다.

프라스비유는 다시 모자와 외투와 지팡이를 들고 경찰국을 나와 자동차로 보렝글라드의 집으로 향했다. 전 국회의원 보렝글라드는 오후 6시에 런던으로부터 돌아온다고 했다.

시계를 보니 오후 2시였다. 아직은 계획을 세울 여유가 있었다. 그는 5시에 노르 역으로 달려가 30~40명의 경찰을 대합실과 개찰구 등 요소요소에 배치시켰다.

비로소 조금 안심이 되었다. 뤼팽이 보렝글라드에게 접근할 때 체포해버리면 되는 것이다. 좀더 확실히 해두기 위해 뤼팽 비슷한 사람, 또는 뤼팽의 부하 같은 사람이 보이면 즉시 붙잡아 수색했다. 프라스비유는 역 또한 샅샅이 훑었다. 다행이랄까 별로 의심이 갈 만한 사람은 그다지 없었다. 6시 10분 전, 함께 있던 부하 브랑숑 형사주임이 말했다.

"저기 도브레크 의원이 와 있습니다."

말 그대로 도브레크였다. 당장 체포해버리고 싶은 마음이 굴뚝 같았으나 제아무리 고문관이라도 아무런 명목 없이 국회의원을 체포할 수는 없는 일! 아무튼 도브레크의 출현은 모든 것이 아직 보렝글라드의 손에 있다는 증거였다.

편지를 손에 넣는 사람은 과연 누구일까? 프라스비유, 도브레크, 아니면 아르센 뤼팽?

뤼팽은 보이지 않았다. 아니, 보일 리가 없었다. 프라스비유가 플랫폼 일대에 비상경계를 펴고 아무도 그 안으로는 들어가지 못하게 했기 때문이다.

드디어 기차가 도착했다. 프라스비유는 브랑숑과 함께 플랫폼 안으로 유유히 걸어들어 갔다.

프라스비유는 단번에 열차의 중간쯤에 있는 일등칸에서 스타니슬라스 보렝글라드의 모습을 확인했다. 기차에서 내린 전 국회의원은 함께 탄 듯한 노인을 부축해주며 플랫폼으로 나오고 있는 중이었다.

프라스비유가 그쪽으로 달려갔다.

"이봐, 보렝글라드! 자네에게 급한 용무가 있네."

그때 도브레크도 경찰의 바리케이드를 뚫고 달려가며 소리쳤다.

"보렝글라드, 자네의 편지 읽었네. 자넬 위해서라면 무슨 일이든 하겠어!"

보렝글라드는 프라스비유와 도브레크의 얼굴을 번갈아 보았다. 그러고는 미소를 지었다.

"아하, 내가 돌아오는 것을 무척이나 기다리셨군. 무슨 용건이지? 아, 그 편지 때문이로군?"

"그렇다네!"

두 사람이 거의 동시에 대답했다.

"이미 늦었네."

그가 말했다.

"그게 무슨 뜻이지?"

프라스비유가 물었다.

"팔았다는 뜻이지."

"팔았다고? 누구에게?"

"이분이야. 이 노인은 그 편지가 필요하다면서 아미엥까지 마중을 왔다네."

보렝글라드는 허리를 약간 굽히고 있는 노인을 가리켰다.

털외투를 입은 노인이 지팡이에 몸을 의지하면서 가볍게 고개를 숙였다.

'뤼팽이군! 틀림없는 뤼팽이야!'

프라스비유는 생각했다. 그는 옆에 있는 형사에게 눈짓했다. 체포하라는 신호였다. 그때 노인은 한 걸음 앞으로 다가와서 말했다.

"그렇죠. 그…… 그 편지는 뭐랄까…… 두 사람의 왕복 기차삯 정도는 되리라 생각하는데요."

"두 사람?"

"나하고 내 친구 몫 말입니다."

"친구?"

수정마개 339

"네. 내 친구는 기차 앞칸에서 내렸습니다. 그는 조금 바쁘다고 하더군요."

프라스비유는 그 말이 뜻하는 바를 금방 알 수 있었다. 과연, 뤼팽은 용의주도했다. 부하 한 사람을 데리고 갔고 이미 편지를 줘서 도망시킨 것이다. 승패는 이미 결정됐다. 이렇게 되면 승자가 제시하는 조건을 받아들일 수밖에 없었다.

"그렇군요······."

프라스비유가 중얼거렸다.

"자네도 언젠가 다시 보게 되겠지, 도브레크. 잘 가게나."

그리고 나서 보렝글라드에게로 얼굴을 돌렸다.

"보렝글라드, 자넨 위험한 도박을 했어."

"내가?"

전 국회의원이 말했다.

"왜?"

"자, 일단 가세나. 가면서 얘기해주지."

두 사람은 함께 걸어갔다.

이 광경을 본 도브레크는 넋이 빠진 사람처럼 멍하니 서 있었다. 마치 땅에 뿌리라도 내린 사람 같았다.

노인이 그에게 속삭였다.

"이봐, 도브레크. 이젠 정신이 드나? 아직 클로로포름에 취해 있는 건가?"

도브레크가 주먹을 쥐더니 그르렁거리는 신음소리를 토해냈다.

"아하, 이제야 나를 알아보는군."

노인이 말했다.

"그래, 잊을 리가 없겠지. 난 몇 달 전 라마르틴 가의 자네 집에서 질베르 건을 부탁했었네. 그때 난 자네에게 분명히 말했어. 저항을 포기하고 질베르를 구해달라고. 그렇게 한다면 너의 안전을 보장해 준다고 말이지. 그렇지 않을 땐 27명의 명단을 빼앗아 네놈을 매장시킬 것이라고 했었어. 어떤가, 이미 자네는 매장된 거나 다름 없는 것 같은데? 친절한 뤼팽 선생의 말을 듣지 않으면 이렇게 된다는 걸 이제야 깨닫다니! 좀 둔한 사내로군. 아무튼 교훈은 됐을 걸세. 아, 자네 지갑 되돌려주는 걸 깜박 잊을 뻔했군. 알맹이는 내가 다 써버렸으니 좀 가벼워졌을 걸세. 그 안에는 지폐와 내가 돌려줬던 앙장 별장의 미술품에 대한 창고 보관증이 있더군. 그 물건들은 내가 자네 대신 이미 처분했으니 그리 알게나. 아, 인사는 하지 않아도 돼. 그럼 잘 있게, 도브레크. 제 2의 수정마개를 만들 필요가 생긴다면 언제든지 부탁하게나. 그 정도는 기부해줄 수 있으니까. 그럼 ……무사하게나."

이렇게 말한 뒤 노인은 뚜벅뚜벅 걸어갔다. 그러나 노인이 채 오십 보도 걸어가지 않아 등 뒤 쪽에서 총소리가 났다.

노인은 재빨리 뒤를 돌아보았다.

도브레크가 자신의 머리를 총으로 쏜 것이다.

'아멘……!'

뤼팽은 이렇게 속으로 중얼거리면서 모자를 벗었다.

두 달이 지나고 질베르는 종신형으로 감형되었다. 그리고 뉴칼레도니아 교도소로 옮겨질 예정이었는데, 그곳으로 출발하기 직전에 복역지인 레 섬에서 그는 탈옥했다.

탈옥의 상세한 점에 대해서는 아무도 몰랐다. 아라고의 총소리 이상으로 뤼팽의 명성을 높이는 계기가 되었음은 두말할 나위가 없다.

어느 날, 여러 에피소드들을 모두 밝힌 뒤 뤼팽이 덧붙였다.

"이게 전부라네. 그 사건만큼 힘들고 에너지를 소비한 사건은 없었지. 자네가 괘념치만 않는다면 이렇게 불러도 상관없겠지. '수정마개' 혹은 '죽는다고 결코 말하지 말라.' 아침 6시에서 저녁 6시까지, 그러니까 12시간 동안 나는 지난 6개월간의 불운, 실수, 어둠 속에서의 탐색과 이 모든 것의 반전에 대해 얘기한 걸세. 난 그 기간을 내 인생에서 가장 영광스럽고 훌륭했던 시절이라고 확신하네."

"질베르는 어떻게 되었지?"

내가 물었다.

"그는 알제리로 가서 농부가 되었네. 앙트완 메르지라는 본명을 사용하고 있지. 영국처녀와 결혼해서 아들 하나를 두었는데, 이름이 아르센이라네. 난 종종 그로부터 우정의 편지를 받는다네."

"메르지 부인은?"

"그녀와 쟈크도 질베르와 함께 살고 있네."

"그녀를 그 후에 본 적이 있나?"

"아니, 전혀."

"정말인가?"

뤼팽은 잠시 망설이더니 이내 미소를 지었다.

"자네 눈에는 우스꽝스럽게 보이겠지만 비밀을 하나 얘기해 줄까? 자네도 알다시피 난 항상 감정적이고 어리석었지 않나. 그러니까, 어느 날이던가…… 내가 클라리스 메르지에게 돌아간 날 밤 난 두 가지를 뼈저리게 느껴야 했네. 하나는, 난 생각한 것보다 훨씬 더 그녀에게 관심이 있었다는 것. 다른 하나는 나의 그런 친밀한 감정과는 반대로 그녀는 나에게 경멸과 혐오, 심지어는 역겨운 감정까지 가지고 있더군."

"말도 안 돼!"

"아닐세. 그럴 만도 하지. 클라리스는 정직한 여자야. 나 같은 괴도하고는 어울리지가 않아."

"오, 저런!"

"자넨 날 매력적인 강도, 로맨틱하고 기사도가 있는 도둑이라고 추켜세울 수도 있겠지. 하지만 그만두게. 정직하고 곧게 자란 여자의 눈에 비친 나는 인간 쓰레기일 뿐이야."

나는 뤼팽이 마음의 상처가 꽤 깊었다는 것을 알 수 있었다.

"그녀를 진정으로 사랑했나?"

"난…… 난 말일세, 결혼하자고 프로포즈까지 했었네. 질베르를 구해줬으니 그 보상 심리로 기대가 컸었지. 하지만 그녀는 바로 거부하더군. 그런 뒤 우린 서먹서먹해졌지."

"이제 그녀를 잊었나?"

"암, 잊고 말고! 그러기 위해서 닥치는 대로 이탈리아 여자, 두 명의 미국 여자, 세 명의 러시아 여자, 독일 황녀, 심지어는 중국 여자까지 사귀었지. 잊으려고 무진 애를 썼지만 그래도 잘 잊히지가 않아 아예 결혼을 해버렸네."

"말도 안 돼! 아르센 뤼팽이 결혼을 했다고?"

"물론. 법적으로 하자가 없는 결혼이야. 딸도 하나 낳았네! ……한데 그 이야기를 모른다고? 들었을 만한 얘긴데……."

뤼팽은 자신의 결혼 이야기를 시작했다. 그러나 몇 마디 하지 않고 갑자기 그만두더니 시름에 잠긴 얼굴 표정을 했다.

"왜 그런가, 뤼팽?"

"아무것도 아닐세."

"그래…… 그거야! 이제야 웃는군. 도브레크의 비밀 장소, 그의 의안…… 그것이 자넬 웃게 했지?"

"아니, 전혀."

"그럼 뭔가?"

"난 단지 기억을 떠올렸을 뿐이지."

"즐거운 기억이 아닌가?"

"그래, 아주 즐거운 기억이지. 밤에 작은 고깃배를 타고 질베르를 레 섬에서 탈출시킬 때…… 클라리스와 내가 단둘이 있었던 시간이 있었다네. ……내가 말했었지. 나는 내 가슴에 담아두었던 진지한 얘기를 했어…… 그리고 침묵이 찾아왔어. 마음을 교란시키고 모든 걸 잠재우는 듯한 침묵……."

"그래서?"

"그게 말이지…… 자네에겐 맹세하네만 나는 그녀를 팔에 안고 키스를 했지. 아주 잠깐이었어. 그녀는 질베르를 구하기 위해 목숨도 아까워하지 않은 훌륭한 어머니였지만 그 순간만은…… 그 순간만은 사랑의 감정에 몸을 떤 여자였지."

뤼팽이 쓴웃음을 지으면서 계속하여 얘기를 했다.

"그 다음 날, 그녀는 떠났어. 그러곤 우린 다시 못 만났지……."

뤼팽은 다시 침묵했다. 그러다가 나직하게 속삭였다.

"클라리스…… 클라리스…… 언젠가 삶에 지치고 절망에 빠질 때 나는 당신이 기다리는 그 작은 집으로 가겠소. 당신이 날 기다리는…… 작고 하얀 그 집 말이오. 클라리스……."